사르비아 총서 · 509

수호지(중)

시내암 지음 / 최 현 옮김

범우사

국립중앙도서관 출판시도서목록(CIP)

수호지. 중 / 시내암 지음 ; 최현 옮김. -- 서울 : 범우사, 2003
    p. ;   cm. -- (사르비아 총서 ; 509)

ISBN 89-08-03303-3 04820 : ₩6000
ISBN 89-08-03202-9(세트)

823.5-KDC4
895.134-DDC21   CIP2003000817

차 례

등장 인물

공량, 공명 (孔亮, 孔明)

구붕, 소양(歐鵬, 蕭讓)

동위, 동맹(童威, 童猛)

등비, 선찬(鄧飛, 宣贊)

맹강, 송청(孟康, 宋淸)

백승, 조정 (白勝, 曹正)

설영, 두천(薛永, 杜遷)

시천, 석수(時遷, 石秀)

악화, 마린(樂和, 馬麟)

여방, 곽성(呂方, 郭盛)

연순, 두흥(燕順, 杜興)

연청, 이규(燕青, 李逵)

왕영, 호삼랑(王英, 扈三娘)

이운, 이립(李雲, 李立)

장횡, 장순(張橫, 張順)

주귀, 완소칠(朱貴, 阮小七)

진명, 장경 (秦明, 蔣敬)

화영, 노준의(花榮, 盧俊義)

수호지(중)

22. 호랑이의 퇴치

송강·송청 형제는 며칠을 계속 걸어서 드디어 시진의 집에 이르렀다. 시진은 대단히 기뻐하면서 말했다.

"전부터 성함을 듣고 꼭 한번 뵈려고 했는데, 오늘은 어떻게 이런 벽촌까지 다 찾아오셨습니까?"

송강은 불가피한 사정으로 염파석을 죽인 경위에 대해서 자세히 이야기했다. 시진은 웃으면서,

"걱정 마시오. 설사 조정의 대관大官을 죽였거나 관청의 창고를 털었다고 하더라도 힘이 되어 드리리다. 자랑이 아니라 포졸도 우리집에는 한 발짝도 들여놓지 못합니다."
하고 말했다.

시진은 곧 송강·송청 형제에게 목욕을 시키고 새옷으로 갈아입게 한 다음 술을 대접했다.

세상 이야기를 주고받으면서 술을 마시다 보니 어느 새 밤 여덟 시경이 되었다. 송강은 꽤 취하여 소변을 보러 나갔다. 술에 어느 정도 취한 송강은 비틀거리면서 위만 쳐다보고 걸

었으므로 컴컴한 복도 한구석에 몸집이 큰 사나이가 화로를
끼고 불을 쬐고 있는 것을 전혀 알아차리지 못했다. 그리하
여 무심코 화로의 부젓가락을 건드리는 바람에 그 사나이의
얼굴로 화로의 불이 튀겼다. 사나이는 발끈하여 송강의 멱살
을 잡고 큰 소리로 욕을 해댔다.

"네놈은 누구냐? 왜 나에게 싸움을 거는 거냐?"

송강은 깜짝 놀랐다.

호롱불을 들고 송강을 안내하던 하인도 깜짝 놀라,

"이봐, 건방진 수작 말아. 나리의 귀한 손님이야."

하고 책망하자, 사나이가 말했다.

"흥, 손님이라고? 나도 처음에 이 집에 왔을 때는 손님이
었다. 그것도 무척 귀한 손님 대접을 받았지. 그런데 지금은
뭐야, 너희들의 그 고자질 덕분에 푸대접이 이만저만이 아
니다!"

사나이는 이렇게 말하고 송강에게 덤벼들려고 했다. 하인이 호롱불을 버리고 말리려고 할 때 시진이 뛰어왔다. 하인에게서 사연을 듣고, 시진은 웃으면서 사나이에게 말했다.

"자네는 이 훌륭한 압사님을 아직 모르고 있나?"

"훌륭하다니요, 설마 운성의 송 압사님과 비교할 수야 없겠지요?"

"아니, 자네가 송 압사를 어떻게 아나?"

"만난 적은 없지만 급시우及時雨 송 공명宋公明의 성함은 전부터 들어 알고 있습니다. 그분이야말로 천하의 호걸이지요."

"호걸이라니, 어째서?"

"그야 한마디로 말할 수는 없지요. 아무튼 그분이야말로 완전 무결한 천하의 호걸입니다. 나는 병이 나으면 그분을 의지해 찾아가려고 합니다."

"만나고 싶나?"

"물론입니다."

"멀리는 10만 8천 리, 가까이는 바로 눈앞에 있네."

시진은 이렇게 말하고 송강을 가리키면서,

"이분이 바로 급시우 송강 어른이네."

"정말이십니까?"

"네, 내가 송강입니다."

하고 송강이 말했다.

사나이는 송강을 눈여겨보더니 머리를 숙여 인사를 했다.

"이렇게 일찍 뵐 수 있으리라고는 꿈에도 생각지 못했습니다. 아까는 큰 실수를 했습니다. 용서해 주십시오."

사나이는 마루에 엎드려 사과했다. 송강은 그를 일으켜 세우고 물었다.

"그래, 당신의 이름은 뭐요?"

"이 사람은 무송武松이라는 청하현淸河縣 사람으로 이 집에 온 지 일년쯤 되었습니다."

하고 시진이 말하자,

"오, 무이랑武二郞의 성함은 전부터 들어 알고 있습니다. 여기서 뜻밖에 만나다니 이렇게 기쁠 데가 어디 있겠습니까?"

송강은 매우 기뻐하면서 동생 송청을 무송에게 소개했다. 그리고 다시 술자리로 무송을 안내하여 앉히고는 이곳에 온 까닭을 물었다.

무송이 말했다.

"저는 청하현에서 술에 만취되어 그 고장의 기밀機密(형사)과 싸움을 하였는데, 주먹으로 그놈을 한 방 때렸더니 정신을 잃고 쓰러졌지 뭡니까? 그 자가 죽은 줄만 알고 시진 나리 댁으로 도망쳐 온 지 일년이 넘었는데 나중에 들으니까 그놈은 죽지 않고 다행히 숨을 되돌렸다는 것입니다. 그래서 고향의 형을 찾아 돌아가려고 했는데 학질에 걸려 그만 돌아갈 수 없게 되었습니다. 몸이 으스스하기에 화로 불을 쬐고 있는데, 송 압사께서 화로의 부젓가락을 건드리는 바람에 온몸에 땀이 배어 병이 한꺼번에 나은 것 같습니다."

무송이 시진에게 별로 호감을 주지 못한 데는 이유가 있었다. 그는 술버릇이 나빠 술을 마시면 성격이 사나워지고 하인들의 대접이 비위에 거슬리면 곧 주먹질을 하기가 일쑤였다.

그래서 하인들은 그를 싫어했고 주인에게 일러바쳤으므로 시진도 자연히 좋은 대접을 할 수가 없었던 것이다.

그러나 송강은 무송의 인간됨을 보고 곧 마음에 들었다. 그 후 십여 일을 함께 지내는 동안 두 사람은 점점 친해져서 드디어 의형제까지 맺게 되었다. 그리하여 무송이 고향으로 돌아가려고 하자 송강은 동생과 함께 멀리까지 전송하고 열 냥의 은화를 송별금으로 주었으며 눈물로 작별을 아쉬워했다.

무송은 송강과 헤어진 뒤 며칠 동안 여행을 계속한 끝에 고향인 청하현에서 가까운 양곡현까지 왔다.

마침 점심때라 배가 고팠다. 다행히 저쪽 선술집이 하나 보였다. 간판으로 내건 깃발에는 '석 잔 마시면 고개를 넘지 못함〔三碗不過岡〕'이라고 씌어 있었다.

무송은 술집으로 들어가 의자에 앉고, 손에 들고 있던 곤봉을 세워 놓고는,

"주인, 술 좀 주게!"

하고 소리쳤다.

무송은 주인이 가득 따라 준 술을 단숨에 들이키고,

"이 술 꽤 맛좋군. 주인장, 배를 채울 만한 음식 좀 있소?"

하고 물었다.

"쇠고기 삶은 것이 있습니다."

"먹음직한 것으로 두세 근 가져오시오."

주인은 커다란 접시에 쇠고기를 가득 담아 내오고 또 술을 한 잔 가득 따라 주었다. 무송은 "맛이 좋군!" 하면서 또 단숨에 들이켰다. 주인은 또다시 한 잔 가득 따라 주었다.

석 잔을 마시고 나자, 주인은 좀처럼 술을 내오지 않았다.

"주인, 어떻게 된 거요? 빨리 술을 가져와야지."

"손님, 고기라면 더 드리지요."

"술을 주게. 그리고 고기도 두어 근 가져오고."

"고기라면 드릴 수 있지만, 술을 더 드릴 수 없습니다."

"그건 왜?"

"저 깃발, '석 잔 마시면 고개를 넘지 못함'이라고 씌어 있는 것도 보지 못하셨습니까?"

"그건 무슨 소리요?"

"우리 집 술은 워낙 독해서 두 잔만 마셔도 취하여 고개를 넘지 못하게 됩니다. 그래서……."

무송은 웃으면서 말했다.

"허튼 소리는 말아. 지금 석 잔을 마셨는데도 끄덕없지 않느냐?"

"이 술은 '투병향透瓶香'이라고도 부르고 또 '출문도出門倒'라고도 부르지요. 입에 넣으면 구미가 당기지만 그 후에는 곧 힘이 빠져 일어날 기력이 없어집니다."

"거짓말 말아. 돈은 얼마든지 있으니 석 잔만 더 갖고 와!"

주인은 무송이 호통을 쳤으므로 또 석 잔을 가져왔다.

"참으로 맛좋군. 돈은 얼마든지 있으니 계속 가져와."

"손님, 그것만은 안 돼요. 이 술에 취하면 고칠 약이 없습니다!"

"잔말 말고 얼른 가지고 오지 못해!"

하고 호통을 치자 주인은 마지못해 석 잔을 더 가지고 왔다.

무송은 마실수록 기분이 점점 좋아져 더 마시고 싶어졌다.

그는 호주머니에서 은화를 꺼내,

"주인, 이거면 되나?"

하고 물었다.

"네, 거스름돈을 드리지요."

"거스름돈은 필요없다. 술이나 더 갖다 줘."

"제발 이제 그만하세요. 나리와 같이 몸집이 큰 분이 쓰러지면 도저히 우리 손으로는 일으킬 수도 없으니까요."

"무슨 소리야. 자네들의 손에 내가 일어나다니, 사나이로서 체면이 있지."

주인이 끝내 술을 따르려고 하지 않으므로 무송은 더욱 화를 냈다.

"이봐, 나는 공짜 술을 마시려는 게 아냐. 내가 화를 내면 어떻게 되는지 알아? 이 집을 가루로 만들어 버릴 테다."

주인은 겁이 나서 다시 여섯 잔을 더 따랐다.

그리하여 무송은 모두 18잔을 마셨다. 그제야 무송은 겨우 엉덩이를 들고,

"조금도 취하지 않는군 그래!"

하고 술집에서 나오며 코웃음을 쳤다.

"흥, 석 잔을 마시면 고개를 넘지 못한다고? 웃기는 소리야!"

그는 곤봉을 들고 뚜벅뚜벅 걸어갔다. 주인이 달려나와 뒤에서 불렀다.

"여보세요, 손님. 어디로 가세요?"

무송이 멈춰 서서 말했다.

"뭣 때문에 부르는 거야? 술값은 모두 냈잖아."

"잠깐 돌아와 조정의 푯말을 보세요."

"무슨 푯말 말이냐?"

"요즈음 이 앞 경양강景陽岡에 눈을 치뜨고 이마가 흰 굉장한 호랑이가 밤이면 나타나 사람을 해치고 있는데, 덩치 큰 사나이가 2, 30명 물려 죽었습니다. 지금 조정에서는 포수들에게 단시일에 잡으라고 명령을 내렸습니다. 그래서 고개 입구에 푯말을 박아 놓았는데, 고개를 넘으려는 사람은 아침 아홉 시부터 오후 세 시 사이에 단체로 고개를 넘어가야 하며 그 밖의 시간에는 절대로 넘어가서는 안 된다고 엄중히 경고하고 있습니다. 손님이 이 시간에 더구나 혼자 간다는 것은 그야말로 목숨을 내놓는 것이나 다름없습니다. 오늘은 우리집에서 묵고 내일 2, 30명쯤 모이면 함께 떠나십시오."

"나는 청하현 사람으로 이 경양강을 수십 번 넘어 다녔지만 지금까지 호랑이가 나타났다는 말은 들은 적이 없네. 괜히 이 따위 말로 나를 놀라게 하려고 하지 말게. 설사 호랑이가 나타나더라도 나는 조금도 무섭지 않아."

"거짓말이 아닙니다. 거짓말이라고 생각되면 잠깐 그 푯말을 보십시오."

"무슨 소리야. 정말 호랑이가 나타나도 나는 끄덕도 하지 않아. 자네는 나를 위협하여 여기에 묵게 한 후 밤중에 나를 죽여 돈을 빼앗으려는 수작은 아니겠지?"

"아닙니다. 무슨 말씀을 그렇게 하십니까. 저로서는 최선을 다해 친절을 베풀고 있는데 오히려 반대로 생각하시다니, 정 그러시다면 맘대로 하십시오!"

주인은 고개를 흔들며 상점으로 들어가 버렸다.

무송은 곤봉을 들고 뚜벅뚜벅 경양강으로 향하였다. 4, 5리쯤 가니 고개 기슭에 이르게 되었다. 그때 큰 나무 껍질을 희게 깎아 내고 뭐라고 씌어 있는 것이 보였다. 무송이 가까이 가서 보니,

"주의 사항, 요즈음 경양강에 사람을 잡아먹는 호랑이가 나타나므로 이 고개를 넘으려는 사람은 반드시 오전 9시에서 오후 3시 사이에 단체로 가도록 하라."

고 적혀 있었다. 무송은 크게 웃었다.

'하하하, 이건 술집 주인의 계략이다. 손님을 놀라게 하여 자기집에서 묵게 하려는 속셈인 거야. 이런 일로 겁을 먹을 내가 아니지.'

그는 계속해서 고개를 올라갔다. 어느새 오후 다섯 시가 되어 해가 차츰 산꼭대기로 지려고 했다. 무송은 술기운에 힘입어 곧장 고개를 올라갔다. 이윽고 황폐한 산신묘山神廟 앞에 이르렀다. 이 산신묘의 문에는 조정의 도장이 찍힌 포고문이 붙어 있었다. 무송은 멈춰 서서 읽어보았다.

'양곡현 고시陽穀縣 告示'라 하여 고개 기슭의 경고문과 같은 내용이 씌어 있었다.

'음, 그렇다면 호랑이가 나타난다는 말이 사실이었나?…….이거 안 되겠는걸. 선술집으로 되돌아갈까? …… 아니지, 그것도 쑥스러운 일이야. 그 주인이 비웃을 것은 뻔한 일이니까.'

그는 여러 모로 생각한 끝에,

'에라 모르겠다! 호랑이가 나타나면 한판 승부를 걸어 부딪쳐 보는 거야.'

이렇게 생각하고 무송은 걸어 올라갔다. 갑자기 취기醉氣가 몰려왔다. 그는 갓을 등으로 젖히고 곤봉을 옆에 끼고서 고개를 올라갔다. 벌써 사방에는 어둠이 깔리기 시작했다. 무송은 혼잣말로 중얼거렸다.

"호랑이가 어디 나온단 말이야! 모두들 제리 겁을 먹고 하는 소릴 테지."

걸어가는 동안 술기운이 점점 돌아 몸이 후끈거렸다. 그래서 가슴을 헤치고 걸어가다가 나무숲으로 들어서니 번들거리는 커다란 바위가 보였다. 그는 곤봉을 세워 놓고 바위 위에 드러누웠다. 그때였다. 난데없이 회오리바람이 불어닥치며 숲속에서 바스락거리는 소리가 들리더니 눈을 치켜 뜬 이마가 흰 호랑이 한 마리가 뛰어나왔다. 무송은 "앗!" 하고 소리치고는 훌쩍 바위에서 뛰어내려 곤봉을 들고 재빨리 바위 뒤로 숨었다.

호랑이는 굶주리고 목이 말랐으므로 양쪽 앞발의 발톱을 땅바닥에 세우고는 몸을 움츠렸다가 갑자기 공중으로 뛰어 덤벼들었다. 무송은 깜짝 놀라 술이 모조리 식은땀이 되어 흘러내렸다.

무송은 호랑이가 덤벼들자 재빨리 몸을 돌려 호랑이의 등 뒤로 돌아갔다. 호랑이라는 놈은 사람이 등뒤로 돌아가는 것을 무엇보다도 싫어했으므로 앞발의 발톱으로 땅바닥을 북북 긁으면서 엉덩이를 들어올리고 뒷발로 무송을 걸어찼다. 무송은 급히 몸을 옆으로 돌렸다. 호랑이는 더욱 화가 나서 하늘을 향해 우레같이 울부짖어 경양강을 송두리째 뒤흔들고는 철봉과도 같은 꼬리를 치켜올려 휙 갈겼다. 무송은 또

다시 몸을 옆으로 얼른 뺐다. 대개 호랑이가 사람을 해칠 때는 첫번째는 덤비고, 두번째는 차며, 세번째는 갈기는, 3수三手를 쓰게 마련이었다. 이 3수에 실패하게 되면 기운이 절반은 빠져 버리게 된다. 호랑이는 마지막 갈기는 것까지도 실패했으므로 다시 "으르렁!" 하고 울부짖더니 획 돌아섰다. 이때 무송이 곤봉을 양손으로 들어올려 호랑이를 힘껏 내려쳤다. 그러자 옆의 나뭇가지가 우지끈 꺾여 송두리째 머리 위로 떨어졌다. 자세히 보니 호랑이가 친 것이 아니라 나무를 때려 곤봉은 두 동강이 나고 손에 남은 것은 그 절반뿐인 것이다.

호랑이는 성이 나서 으르렁거리며 몸을 일으켜 다시 덤벼들었다. 무송이 얼른 10보 가량 물러서자, 호랑이는 바로 무송의 코앞까지 달려왔다. 이때를 놓칠세라 무송은 부러진 곤봉을 팽개치고 양손으로 호랑이의 머리 반점을 꽉 붙잡아 아래로 꾹 눌렀다. 호랑이는 당황하여 버둥거렸으나 무송의 힘에 눌려 일어나지를 못했다. 무송은 호랑이의 미간, 눈을 가릴 것 없이 연신 걷어찼다. 호랑이는 으르렁거리면서 땅바닥을 긁어 커다란 구멍을 팠다. 무송은 그 구멍 속으로 호랑이의 입을 꽉 밀어 놓고 기진 맥진한 호랑이를 쇠망치와 같은 주먹으로 힘껏 6, 70번 후려쳤다. 호랑이는 눈과 입, 코, 귀에서 한꺼번에 피를 뿜어내며 숨도 제대로 쉬지 못했다. 무송이 소나무 밑동에서 부러진 곤봉을 주위 들어 또다시 내려치니 호랑이는 마침내 숨이 끊어졌다. 무송이 죽은 호랑이를 고개 기슭까지 끌고 가려고 힘껏 잡아당겼으나 호랑이는 피가 흥건한 땅바닥에서 끄덕도 하지 않았다. 호랑이와의 격투

에 힘을 너무나 썼기 때문에 팔다리가 나른해진 것이다. 무
송은 바위에 걸터앉아 생각했다.

'점점 어두워진다. 만일 또 호랑이가 나타난다면 이제는
이길 자신이 없다. 오늘은 산기슭으로 내려가 쉬고 내일 고
개를 넘어야지.'

그리하여 무송은 숲속을 빠져 나와 고갯길을 터벅터벅 걸
어 내려왔다. 그때 또다시 호랑이 두 마리가 나타났다. 무송
은 외쳤다.

"앗! 이젠 끝장이다!"

두 마리의 호랑이는 어둠 속에서 벌떡 일어났다. 자세히
보니 그것은 호랑이가 아니라 호랑이 가죽을 둘러쓴 두 사나
이였다. 그들은 무송을 보고 깜짝 놀라며 말했다.

"당신……당신……이런 담대한 사람 보게나! 혼자서 무
기도 갖지 않고서 이 컴컴한 밤중에 고개를 넘다니! 다……
다……당신은 인간인가, 아니면 귀신인가?"

"너희는 누구냐?"

하고 무송이 묻자, 두 사람은 사냥꾼인데 조정에서 빨리 호
랑이를 처치하라는 독촉을 받고 이렇게 화살을 가지고 호랑
이가 나타나기를 기다리고 있는 중이라고 대답했다.

무송이 호랑이를 때려 죽였다고 말하니 그들은 깜짝 놀라
는 한편 더할 나위 없이 기뻐했다.

그러나 그의 말을 믿지 않았으므로, 무송은 4, 50명의 마
을 사람들과 함께 호랑이가 죽은 곳으로 가서 직접 보여주었
다. 그제야 그들은 기뻐하면서 여럿이 호랑이를 둘러메고 무
송을 가마에 태운 뒤 마을 촌장의 집으로 향했다. 그리고 한

사람은 현청에 보고했다.

　이튿날 아침 그들은 무송에게 단자緞子 조각을 걸어 주고 사인교에 태운 뒤, 역시 빨간 단자 조각을 걸어 놓은 호랑이를 앞세우고 양곡현 현청으로 향하였다. 양곡 거리는 큰 혼잡을 이루었다. 경양강의 큰 호랑이를 주먹으로 때려죽인 호걸의 얼굴을 보기 위해 마을 사람들이 거리로 나왔으므로 길은 이들로 밀고 밀리는 소동이 일어났다. 현 지사는 무송의 씩씩한 풍모를 보고 과연 이 사나이니까 그렇게 큰 호랑이를 죽일 수 있었겠다고 감탄했다. 지사는 무송에게 호랑이와 격투한 사실을 자세히 묻고 술을 대접한 뒤 마을 유지들이 모

은 상금 천 냥을 주었다. 그러나 무송은,

"제가 이 호랑이를 죽였지만 이것은 운이 좋았기 때문입니다. 사냥꾼들은 이 호랑이 때문에 조정으로부터 많은 책망을 들은 모양이니 이 돈은 그들에게 나눠주십시오."

하고 한 푼도 받지 않았다.

지사는, 무송이 기운센 장사일 뿐만 아니라 인정이 많은 사람이라는 것을 알고 크게 감탄하며,

"자네 고향 청하현은 이 양곡현의 바로 이웃이네. 이 현청에서 일할 생각은 없나?"

하고 물었다.

무송은 이 제의를 고맙게 받아들여 현의 보병 도두都頭가 되었다. 그리고 상관의 신임도 얻어 호걸 무송의 이름은 사방에 널리 알려졌다.

그 후 며칠이 지난 어느 날 무송이 현청 앞을 걸어가고 있는데,

"여보시오, 무 도두!"

하고 뒤에서 부르는 사람이 있었다.

23. 반금련의 남편 독살

무송이 뒤돌아보니 그는 뜻밖에도 자기 형 무대武大였다.

무송은 얼른 절을 하고,

"일년이 넘도록 뵙지 못했는데, 형님이 어떻게 이곳에 오셨습니까?"

하고 물었다.

"네가 청하현에서 도망친 후 나는 한 달 동안이나 매일 현청으로 불려 가서 매우 혼이 났다. 그 후 반금련潘金蓮이라는 부잣집 딸에게 장가를 들었는데 현에 있는 몇몇 부랑자들이 네가 없는 것을 알고 우리집에 와서 괴롭히지 않겠나? 너만 있었더라면 아무도 그렇게 하지 못했을 텐데. 그래서 끝내 그곳에 눌러 있지 못하고 이 거리로 이사 와서 여전히 떡을 팔면서 겨우 살아가고 있다."

무대와 무송은 한피를 받은 형제였지만, 무송은 키가 8척이나 되는 당당한 체격으로 호랑이도 때려잡을 수 있는 호걸이었고, 형 무대는 어떻게 된 일인지 키가 5척도 되지 않는

추남醜男으로 '검은 곰보'라는 별명을 가지고 있었다. 무대
는 말을 이었다.

"경양강의 호랑이를 잡은 호걸이 무武라는 성을 가진 사람
이라는 말을 듣고 네가 틀림없다고 생각했는데 역시 내 짐작
대로야."

무대는 매우 기뻐하며 그날의 장사를 그만두고 자석가紫石
街의 자기 셋집으로 무송을 데리고 갔다.

"이봐, 나야. 문 열어!"

하고 무대가 자기 아내를 부르자,

"아니, 오늘은 어쩐 일로 이렇게 빨리 돌아오셨어요?"

하며 무대의 아내 반금련이 나타났다. 20세가 조금 넘은 아
름다운 여자였다. 무대가 무송을 인사시키자,

"아이고, 당신이 그 호랑이를 죽인……?"

하고 깜짝 놀랐다.

'같은 어머니의 뱃속에서 태어났는데 형인 무대에 비하면
얼마나 사나이다운 풍채인가!'

하고 얼굴과는 달리 마음씨가 아름답지 못한 금련은 무송을
보자 첫눈에 호감을 가졌다. 그리고 무송이 아직 독신이며
현청에서 숙식을 하고 있다는 말을 듣고는,

"그럼 무척 불편하겠군요. 병사들에게 식사를 맡기다니
더럽잖아요? 우리집으로 오세요. 내가 뭐든지 시중을 들어
드리겠어요."

하고 친절히 권했다. 무대도 옆에서,

"네가 와 준다면 나도 마음이 든든하겠다. 남들이 무시하
지도 않을 테니까."

하고 말했다. 그래서 무송은 곧 형의 집 2층으로 숙소를 옮겼다. 금련은 무척 기뻐하며 아침 일찍 일어나 무송을 위해 식사 준비를 하고 여러 모로 시중을 들어주었다. 무송은 그것을 대단히 미안하게 생각했다. 그런데 금련이 무송에게 이상한 태도를 보이는 것이었다. 무송은 대쪽같이 곧은 사나이로 처음에는 이를 조금도 이상하게 생각지 않았다.

어느덧 한 달이 지나 12월로 접어들어 날씨는 연일 차갑고 눈발이 날렸다. 하루는 반금련이,

'오늘은 무송을 유혹해 봐야지.'

하고 생각하며 무송을 기다리던 중 그가 돌아왔다. 반금련은 무송을 반갑게 맞아들이고, 그가 방으로 들어가자 후문을 잠그고 술을 내왔다. 무송이 술을 몇 잔 마시니 반금련은 그에게 은근히 수작을 부렸다. 무송은 반금련을 단호히 뿌리치며 한마디 쏘아붙이고는 방을 나와 자기 방으로 들어갔다.

무대가 장사를 마치고 집으로 돌아와 보니 반금련이 얼굴이 벌겋게 되도록 울고 있었다. 그래서,

"누구와 싸웠소?"

하고 무대가 묻자, 반금련은,

"무송이 그런 놈일 줄은 몰랐어요. 당신이 집에 없는 틈을 타서 그놈이 나한테 이상한 짓을 하지 않겠어요? 내가 야단을 쳤더니 부랴부랴 도망쳐 버렸어요. 그런 놈은 다시는 집에 얼씬도 못 하게 할 거예요!"

하고 남편에게 무송을 모함했다.

"동생은 그런 사람이 아니야. 큰 소리로 떠들지 마. 옆집 사람이 들으면 욕하겠다."

하고 무대는 반금련을 타일러 놓고 무송의 방으로 들어가서 말했다.

"점심 안 먹었으면 나와 함께 먹자."

무송은 이에 아무 대꾸도 없이 집을 나가더니 얼마 후 부하 한 사람을 데리고 와서는 자기의 짐을 챙겨 나가 버렸다. 무대는 날마다 천평칭을 메고 돌아다니면서 떡을 팔고 있었으므로 현청에 가서 무송에게 곡절을 묻고 싶었으나 반금련이 절대로 동생을 만나서는 안 된다고 말했기 때문에 감히 무송을 찾아가지도 못했다.

그로부터 열흘이 지났다. 무송은 지사의 특별 지시에 따라 동경으로 가게 되었다. 그래서 술과 고기를 사 들고 오래간만에 자석가에 있는 형의 집을 찾아갔다. 마침 무대도 장사를 마치고 돌아와 있었다.

반금련은 무송이 생각을 고쳐먹고 돌아온 줄로 속단하고 기꺼이 맞아들여 술도 따라 주며 대접했다.

무송은 형 부부를 상좌에 앉히고 말했다.

"형님, 나는 지사의 지시로 동경으로 내일 떠나게 되었어요. 왕복 한 달 반이나 두 달은 걸릴 것 같습니다. 형님은 마음이 약해 내가 없으면 또 주위 사람들로부터 무시당할 겁니다. 그러니 날마다 떡 파는 시간을 줄여 집에서 늦게 나가고 일찍 들어와 문을 닫고 주무세요. 남들이 업신여겨도 대들지 마세요. 내가 돌아와서 그런 놈들은 가만두지 않겠습니다. 이것만은 약속해 주세요."

무대는 그대로 하겠다고 약속했다. 그래서 무송은 반금련에게 말했다.

"형수님, 내가 일일이 말할 필요는 없겠지만 형님은 고지
식한 분이라 모든 일에 형수님이 참견하셔야 합니다. 형수님
만 집을 잘 보살피면 아무 걱정도 없습니다. 옛날부터 울타
리만 튼튼하면 개도 들어오지 못한다는 말이 있지 않습니
까?"

반금련은 이 말을 듣자 점점 낯을 붉히더니, 남편에게 큰
소리로 말했다.

"이 바보야! 당신이 밖에서 사람들에게 뭐라고 떠벌렸는
지는 알 수 없지만 나까지 무시당하여 시동생에게 이래라저
래라하는 여러 말을 듣게 되잖아요. 나는 다른 여자들과는

달라요. 당신에게 시집와서 개미 새끼 한 마리도 집안에 들여놓지 않았는데, 울타리가 어떠니 개가 어떠니 하고 시동생이 참견하잖아요."

금련은 이렇게 말하고는 엉엉 울면서 2층에서 후다닥 아래로 내려갔다.

무대와 무송은 술은 나누고 나서 무송이 돌아가려고 하자 무대가,

"이제 갈 거냐? 되도록 빨리 돌아오너라."

하고 눈물을 흘리면서 작별을 서러워했다.

무송이 여행길에 오른 후에 무대는 동생의 당부를 지켜 날마다 장사를 일찍 마치고 집에 돌아와 날이 저물기 전에 문을 닫았다. 반금련이 아무리 잔소리를 해도 못 들은 체했다. 나중에는 반금련도 체념하고 자진해서 문을 일찌감치 닫았으므로 한시름 놓았는데 우연한 기회에 금련은 서문경西門慶이라는 남자와 가깝게 지내게 되었다. 서문경은 현청 앞에서 약방을 하고 있었는데 대단히 고약한 사나이로 교묘히 관원을 매수하여 사람을 등쳐먹기도 하고 협박하기도 하여 돈을 벌었다. 요즈음은 더욱 기세가 높아져 거리에서 그를 두려워하지 않는 사람이 없었다.

반금련은 날마다 무대가 떡 팔러 집을 나서면 곧 이웃에서 찻집을 열고 있는 왕王 노파의 집으로 가서 서문경을 몰래 만나고 무대가 돌아오기 전에 집에 와서 시치미를 떼고 있었다.

이것은 모두 교활한 왕 노파의 치밀한 계획에 의해 은밀히 진행되었다. 그러나 옛날부터 "나쁜 일은 천리를 달린다"는 속담이 있듯이 반 달도 못 되어 이 소문은 거리 전체에 퍼져

단지 모르는 사람은 무대뿐이었다.

그런데 이곳에는 운가鄆哥라는 15, 6세 되는 과일을 파는 소년이 있었다. 매우 영리하고 효성이 지극하여 거리의 사람들로부터 귀염을 받았으며 서문경도 그를 귀엽게 여겨 자주 과일을 사주었다. 그날도 운가는 서문경이 왕 노파의 찻집에 있다는 말을 듣고 찻집에서 배 바구니를 들고 찾아갔다.

"할머니, 나리께서 여기 오셨지요?"

"나리라니, 누구 말이냐?"

"알고 계시잖아요, 그분 말예요."

"그분이라니 이름이 누구냐?"

"쳇, 시치미 떼지 말아요. 서문경 나리 말예요."

운가는 이렇게 말하고 안으로 뚜벅뚜벅 걸어 들어갔다. 노파는 깜짝 놀라 운가를 붙잡고,

"이놈, 어딜 가느냐? 남의 집에 마음대로 들어가다니!"

하고 주먹으로 머리를 쥐어박았다. 그러자 배가 바구니에서 쏟아져 사방으로 굴러갔다. 운가는 엉엉 울면서 배를 주워 담으며,

"못된 할망구, 어디 두고보자!"

하고 도망쳤다.

운가는 분해서 견딜 수가 없었다. 그리하여 곧 무대를 찾아가서, 아주머니가 왕 노파의 찻집에서 서문경과 만나고 있다고 말했다.

이튿날 무대는 운가와 함께 왕 노파의 찻집으로 달려갔다. 그리하여 운가가 왕 노파와 실랑이질을 벌이고 있는 사이 안으로 뛰어 들어갔다. 방에 있던 서문경과 반금련은 깜짝 놀

라며, 서문경은 얼른 침대 밑으로 몸을 숨기고 금련은 어물 어물 하면서 말했다.

"쳇, 평소에 이놈이 색에 도사라고 큰 소리를 치더니 막상 알고 보니 전혀 맥을 못 쓰지 않아요."

이 말을 하는 사이에 서문경은 침대 밑에서 기어나와 문을 열고 도망치려고 하였다. 무대가 붙잡으려고 하자 서문경이 날쌔게 오른발로 무대의 가슴을 걷어차서 무대는 벌렁 뒤로 쓰러졌다. 이 때를 노려 서문경은 밖으로 도망치고 운가도 형세가 불리해지자 도망쳐 버렸다. 왕 노파가 무대를 일으켜 세우자 그는 입에서 피를 토하며 얼굴이 새파랗게 질려 기절 해 있었다. 왕 노파가 반금련을 불러 무대에게 물을 먹이게 하여 겨우 숨을 돌린 후 두 사람은 그를 어깨에 메고 집으로 돌아왔다.

그 후 닷새 동안 무대는 자리에 누워 움직이질 못했다. 반 금련은 무대가 빨리 죽기를 바랐으므로 물 한 모금도 주지 않고 여전히 이웃 찻집으로 갔다. 무대는 정신이 혼미해지고 아무도 자기를 돌보지 않자 반금련을 불러 말했다.

"네가 한 짓을 내가 직접 보았는데 너는 오히려 간부姦夫 를 시켜 내 가슴을 차게 했다. 지금 내가 이 지경인데도 너희 들은 오히려 서로 즐기기만 하다니! 동생이 돌아오면 너희 들을 그냥 두지 않을 거야. 만약 네가 나를 잘 돌봐준다면 그 일은 없었던 것으로 하고 동생에게 아무 말도 하지 않겠지만 만일 그렇게 하지 않는다면 무송에게 모든 것을 이야기할 테 다!"

이 말을 듣자 반금련은 가슴이 철렁했다. 그녀는 곧 서문

경과 왕 노파에게 그 이야기를 전했다. 서문경은 몸에 찬물을 끼얹은 듯한 심정으로,

"야, 이거 큰일이군. 아무튼 상대는 호랑이를 맨손으로 때려죽인 무 도두, 청하현에서 첫손꼽는 호걸이야. 어떡하면 좋지?"

이 말을 듣고 왕 노파가 껄껄 웃었다.

"이제 와서 뭘 벌벌 떠는 거요. 차라리 일찌감치 독毒을 먹여 죽여 버려요. 병에 걸려 죽은 것으로 하고 화장해 버리면 뒤끝이 깨끗해요. 무송이 돌아와도 증거가 없으니 어떻게 할 수 없을 거예요."

"그건 죄야. 그렇다고 안 할 수도 없고 할 수도 없으니 이를 어쩐다!"

왕 노파가 두 사람에게 자세히 묘책을 설명하니 서문경은 곧 자기 약방에서 독약을 가져왔다.

그날 밤 반금련은 일부러 상냥한 표정을 지으며 무대에게 약을 지어 왔다고 말하고 부축해 일으켜서는 독약을 그의 입 안에 쏟아 넣었다. 무대는 자기의 몸을 낫게 하는 약으로 생각하고 두어 모금 삼켰으나 뱃속이 타는 듯한 통증을 느껴 소리를 질렀다. 반금련은 무대가 발버둥을 치자 머리 위까지 이불을 뒤집어 씌웠다.

"괴로워, 숨이 막혀!"

하고 버둥거리는 남편 위로 반금련은 올라가 숨을 못 쉬도록 꽉 짓눌렀다. 그러자 얼마 후 숨이 넘어가는 소리가 나더니 이윽고 잠잠해졌다. 반금련이 이불을 걷어 보니 무대는 입, 코, 귀, 눈에서 피를 내뿜고 죽어 있었다.

그렇게 지독한 반금련도 이를 보자 무서워서 벽을 두들겨 댔다. 그러자 옆방에서 기다리고 있던 노파가 나타났다. 왕 노파는 손수건을 더운 물에 적셔 무대의 피를 깨끗이 닦아 내고 새옷으로 갈아 입힌 다음 침대에 눕혔다. 왕 노파가 나가자, 반금련은 엉엉 소리를 내며 거짓으로 곡을 하기 시작했다.

이튿날 아침 왕 노파는 관을 사오고 수의를 마련하는 등 장례 준비를 서둘렀다. 조문하러 온 이웃 사람들은 무대가 갑자기 죽은 것을 의아하게 여겼으나 아무도 입 밖에 내어 말하지는 않았다.

왕 노파는 관청의 장례 책임자인 하구숙何九叔을 불러왔다. 하구숙은 젊은이 몇 사람을 불러 입관入官 준비를 시키고는 점심때가 되어 천천히 무대의 집에서 나왔다. 그가 자석가의 입구에 다다랐을 때, 누군가가 그를 불렀다. 서문경이었다.

"잠깐 할 얘기가 있으니 저리로 가세."

서문경은 하구숙을 거리 모퉁이의 음식점으로 데리고 가서 술을 시켰다. 그리고 호주머니에서 은화 열 냥을 꺼내 탁자 위에 놓으며,

"약소하지만 받아 주게."

하고 말했다.

하구숙은 무슨 영문인지 몰라,

"이거 무슨 돈입니까?"

하고 물었다.

"실은 무대의 시체 처리를 잘 좀 해주게……."

하구숙은 뭔가 이상하다고 생각했으나 상대가 관청을 마음대로 요리하는 악당 서문경인만큼, 섣불리 거역했다가는 나중에 무슨 변을 당하게 될지 몰라 마지못해 돈을 받았다.

하구숙은 서문경과 헤어져 다시 무대의 집으로 갔다. 그는 그때 처음으로 반금련을 만났다.

'아니, 무대의 아내가 이런 미인이었나? 서문경이 열 냥을 준 까닭을 이제야 알겠군.'

하고 그는 생각했다.

하구숙은 무대의 시체 점검을 위해 씌운 천을 벗기고 죽은 자의 눈을 열어 보았다. 그 순간 하구숙은 "앗!" 하는 외마디 소리와 함께 뒤로 쓰러지더니 입에서 피를 내뿜었다.

모두들 당황하여 하구숙을 부축해 일으켰다.

"죽은 사람의 귀신이 붙었나보다. 빨리 물을 가져와요!"

왕 노파의 말에 물을 먹이자 하구숙은 겨우 정신을 차렸다. 부하 두 사람이 하구숙을 어깨에 들쳐 메고 집으로 데리고 갔다. 깜짝 놀란 하구숙의 아내가 베갯머리에서 울고 있는데, 곁에 아무도 없는 것을 확인한 하구숙이 작은 소리로 입을 열었다.

"걱정마, 아무 일도 아냐, 사실은……."

하구숙은 아내에게 서문경의 일을 자세히 들려주었다. 눈치 빠른 하구숙은 무대의 동생 무 도두가 돌아오면 가만있지 않을 것을 간파하고 일부러 이런 일을 꾸몄던 것이다.

그로부터 3일 후 하구숙은 무대의 시체를 화장시킨다는 소리를 전해 듣고, 그곳으로 가서 왕 노파와 금련을 돌려보내고 대신 자기가 화장을 시키면서 무대의 뼈 두어 개를 몰래 가져왔다. 하구숙이 그 뼈를 물에 담가 보니 금세 검게 변했다. 그것은 분명히 무대가 독살되었다는 증거였다.

그는 무대가 죽은 날짜와 장례에 모인 사람들의 명단을 종이에 적어 그 뼈와 함께 조심스레 주머니에 넣어 간수했다.

24. 형의 원수를 갚은 무송

그 후 40일쯤 지나 2개월 동안의 여행을 마치고 무송이 돌아왔다. 무송은 지사에게 보고를 마치자마자 하숙집으로 가서 옷을 갈아입은 뒤 곧바로 자석가의 형 집으로 달려갔다. 그는 여행을 하면서도 형 걱정을 잠시도 잊지 않았었다. 그를 본 이웃 사람들은 깜짝 놀라며 벌벌 떨었다.

"큰일났구나. 피를 뿌리게 될 거야."

무송이 발[簾]을 젖히면서 안으로 들어가니 제단이 마련되어 있고 '망부亡夫 무대랑 신위神位'라고 쓴 위패位牌가 눈에 띄었다. 무송은 자기 눈을 의심했다. 그는 가슴이 무너져 내리는 것을 진정하며 외쳤다.

"형수님, 제가 돌아왔습니다."

그때 반금련은 서문경과 함께 2층에 있다가 무송의 목소리를 듣고는 깜짝 놀랐다. 서문경은 뒷계단으로 해서 왕 노파의 집으로 도망치고 반금련은 급히 얼굴에서 분을 씻은 다음 상복을 갈아입고 곡을 하면서 2층에서 내려왔다.

"형님께서 언제 돌아가셨습니까? 무슨 병이었습니까? 의원은 누구였지요?"

무송이 다그쳐 물었다.

"도련님이 떠난 지 열흘쯤 지나 형님은 갑자기 심장이 아파 8, 9일 동안 앓았습니다. 여러 모로 손을 썼으나 결국……."

반금련은 흐느껴 울면서 말했다.

서문경으로부터 무송이 돌아왔다는 말을 전해들은 왕 노파는 혹시 반금련이 허튼 소리를 하여 발각되지나 않을까 걱정되어 서둘러 뛰어왔다.

"형님은 지금까지 심장이 나쁘지 않았을 텐데요?"

무송이 납득이 가지 않는다는 표정으로 재차 반금련에게 묻자, 왕 노파가,

"달에는 먹구름, 꽃에는 폭풍이라는 말이 있지만 정말 사

람의 목숨처럼 덧없는 것이 없지요."
하고 얼버무렸다.

그날 밤 무송은 곧 상복으로 갈아입고, 단도를 호주머니 속에 감춘 뒤 형의 위패 앞에서 밤샘을 했다.

아침에 무송은 반금련을 보자,

"형님이 정말 병으로 돌아가셨습니까?"
하고 믿을 수가 없다는 듯이 물었다.

"아이고 제가 어젯밤에 했던 말을 잊으셨어요? 심장병이라구요."

"관은 누가 사왔습니까?"

"이웃집 왕 할머니께 부탁하여 사오게 했어요."

"화장터에는 누가 관을 메고 갔습니까?"

"장례 담당인 하구숙이라는 분이에요."

"그래요?"
하고 무송은 자리에서 일어나 부하에게 물어 하구숙의 집으로 갔다

하구숙은 무송이 찾아왔다는 말을 듣고 미리 각오는 하고 있었지만 당황하지 않을 수 없었다.

그는 재빨리 그 열 냥의 은화와 뼈가 들어 있는 주머니를 호주머니에 넣고는, 무송의 뒤를 따라 길모퉁이에 있는 선술집으로 갔다.

무송은 술을 주문하여 꿀꺽꿀꺽 술만 마실 뿐 하구숙에게 좀처럼 입을 열지 않았다. 하구숙은 잔뜩 긴장하여 안절부절 못했다.

그때 갑자기 무송이 번쩍이는 단도를 호주머니에서 꺼내

탁자 위에 꽂았다. 그리고 깜짝 놀라 새파랗게 질린 하구숙을 노려보면서 무송은 말했다.

"놀랄 것 없다. 다만 사실을 사실대로 말해 주면 된다. 만일 일언반구—言半句라도 거짓말을 한다면 네 배때기에 수백 개의 구멍을 뚫어 놓겠다! 우리형의 시체를 부검했을 때 어떻던가? 바른 대로 말해라!"

하구숙은 호주머니에서 은화와 뼈를 싼 주머니를 꺼내 놓으며 자세한 경위를 무송에게 들려 주었다.

"그래, 간부姦夫는 누군지 아느냐?"

하고 무송이 물었다.

"그건 알 수 없습니다. 배를 팔러 다니던 운가라는 아이가 잘 알고 있나 봅니다."

"그럼, 그 아이를 만나야겠다. 너도 함께 가자."

두 사람은 곧 운가의 집으로 갔다. 마침 운가는 집에 있었다. 그 아이는 영리했으므로 두 사람이 찾아온 이유를 곧 알아차렸다.

"우리 아버지는 나이가 60이나 됩니다. 돌볼 사람이라고는 나밖에 없지요. 관청의 일로 쓸데없는 이야기를 할 시간이 없습니다."

무송은 은화 다섯 냥을 꺼내 운가에게 주며 말했다.

"이걸 아버지께 드려라."

운가는 이 돈이면 4, 5개월의 생활비는 충분하다고 생각하고 무송을 따라 나섰다. 그리고 묻는 말에 자기가 아는 대로 대답했다.

"정말이지? 거짓말하는 게 아니지?"

하고 무송이 다짐하자 이렇게 말했다.

"관청에 가서도 같은 말을 할 겁니다."

그리하여 무송은 이들 두 사람을 데리고 현청으로 가서 지사知事에게 사실대로 고하였다.

지사는 즉시 하구숙과 운가의 말을 기록하고, 관리들과 의논했다. 그러나 이들은 저마다 서문경이 두려워,

"이 사건은 아무래도 다루기 어렵습니다."

하고 말하는 것이었다. 지사도 무송에게,

"증거도 없는데 두 사람의 말만 믿고 살인 사건으로 고발하는 것은 자네답지 않은 경솔한 짓이 아닌가?"

하고 책망했다. 그러나 무송은 그 증거물을 꺼내 놓고,

"절대로 제가 억지로 고발하는 것은 아닙니다."

하고 말했으나 그때는 이미 서문경이 현청의 상하 관리들에게 뇌물을 뿌린 뒤였으므로 고소는 받아들여지지 않았다. 다만 관리들은 뼈와 은화를 무송에게 되돌려줄 뿐이었다.

"그렇다면 달리 생각해 보겠습니다."

무송은 이렇게 말하고 지사 앞을 물러 나왔다. 그리고 하구숙과 운가를 자기 방에 남겨 두고는 병사 두셋을 데리고 형의 집으로 갔다.

반금련은 무송의 고발이 취소된 것을 이미 알고 있었으므로 태평스럽게 무송을 맞아들였다.

"내일은 형님의 사십구일재齋입니다. 지금까지 이웃들에게 수고를 많이 끼쳤으니 오늘은 집에 불러서 식사를 대접하도록 하지요."

무송은 이렇게 말하고 병사를 시켜서 제단에 향을 피우고

가져온 재물을 차리게 했다.

"형수님, 손님들을 불러올 테니 잠깐만 기다려 주십시오."

무송은 왕 노파를 비롯하여 이웃집 금방, 불구점佛具店, 술집, 국수집 주인을 부르러 갔다.

그리하여 그들이 싫어하는 데도 억지로 끌고 와서 반금련과 함께 제단 앞의 의자에 앉히고 병사들에게 명하여 앞 뒤 문을 지키게 한 다음 술을 따랐다. 그곳에 온 사람들은 무슨 일이 벌어질 것만 같아 불안한 나머지 가슴이 조마조마했다.

제사를 끝내고 각각 술이 한 잔씩 마신 뒤 무송은 병사에게 자리를 정돈시켰다. 사람들이 자리에서 일어나 돌아가려고 하자 무송이 이들을 가로막으며 말했다.

"여러분, 잠깐 할 얘기가 있습니다."

무송은 옷소매를 걷어붙이고 단도를 빼들더니 눈을 부릅뜨면서 왼손으로 반금련을 붙잡았다. 그리고 단도를 왕 노파에게 들이댔다. 사람들은 깜짝 놀라 아무 말도 하지 못했다. 다만 서로 얼굴만 쳐다볼 뿐이었다. 무송이 말했다.

"뭐, 놀랄 것 없습니다. 나는 덜렁거리는 사나이지만 죽음을 두려워하지는 않습니다. 빚이 있으면 갚아야 하고 원한이 있으면 갚아야 한다는 것쯤은 구별할 줄 알고 있습니다. 다만 여러분이 증인이 되어 주시기를 바랄 뿐입니다. 여러분에게는 손가락 하나 대지 않겠습니다."

이번에는 왕 노파에게 말했다.

"이 못된 할망구야, 똑똑히 들어라. 내 형님이 죽은 것은 모두 너 때문이라는 걸 알고 있다. 나중에 조용히 문초할 테니 기다리고 있거라!"

하고 다음에는 반금련을 노려보며 말했다.

"네년은 내 형님을 어떻게 죽였느냐? 바른대로 말하면 용서하지 못할 것도 없다."

"몇 번을 말해야 알아듣겠어요! 형님은 심장병으로 죽었어요. 내 탓이 아네요!"

반금련이 이 말을 마치기도 전에 무송은 단도를 탁자 위에 꽂고 왼손으로는 반금련의 머리를 감아쥐고, 오른손으로는 멱살을 잡아 제단 앞에 내동댕이쳤다. 그리고 양발로 반금련의 발을 밟고 서서 오른손으로 칼을 빼서 왕 노파를 가리키면서 말했다.

"이 못된 할망구야! 어서 바른대로 말을 해!"

왕 노파는 달아나려고 해도 달아날 수 없음을 알아차리고,

"도두님 화내지 마십시오. 제가 모든 것을 말씀드리지요."

하고 말했다.

무송은 사병들에게 붓과 벼루를 준비하게 하고는 칼로 호정경胡正卿을 가리키며 말했다.

"수고스럽겠지만 이 할망구가 하는 말을 적어 주시지 않겠소?"

본래 관청의 서기로 있었던 적이 있는 술집 주인 호정경은 벌벌 떨면서,

"소인이 그럼 쓰겠습니다."

하고 붓을 잡았다. 무송은 왕 노파에게,

"이 못된 할망구, 어서 바른대로 말해 봐!"

하고 재촉했다.

"나는 아무것도 모르는데 무슨 말을 하라는 거야?"

"야, 이 도둑 할망구야, 시치미 떼지마! 나는 다 알고 있다. 바른대로 말하지 않으면 이 화냥의 목을 자른 다음 네년도 죽여 버릴 테다."

무송은 이렇게 말하고 단도를 들어 반금련의 얼굴을 마구 후려갈겼다. 반금련은 비명을 지르며,

"도련님, 용서하세요! 저를 일어나게 해주신다면 모든 것을 말씀드리겠어요."

무송은 반금련을 제단 앞에 꿇어앉히고 큰 소리로,

"이 못된 음부淫婦, 빨리 말해!"

하고 다그쳤다.

반금련은 어쩔 수 없이 서문경과 만난 일에서부터 왕 노파가 부추기는 바람에 무대를 독살한 것까지 남김없이 자백했다. 술집 주인은 그것을 일일이 적었다.

"네 이년, 그렇게 몽땅 털어놓았으니 이제 더 이상 변명할 여지가 없지 않느냐!"

하고 왕 노파도 할 수 없이 자백했다. 술집 주인이 그것을 받아쓰자, 무송은 두 여자에게 손도장을 찍게 하고 다른 네 명에게도 증인으로서 손도장을 찍게 했다. 무송은 두 여자를 영전에 꿇어앉히고 눈물을 흘리면서 말했다.

"형님, 굽어 살펴 주십시오. 오늘에야말로 형님의 원한을 풀었습니다!"

무송은 반금련을 쓰러뜨리고 그 배를 단도로 가른 다음 단도를 입에 물고 양손으로 내장을 꺼내어 영전에 바쳤다. 그리고 단칼에 반금련의 목을 베어 떨어뜨리고 그것을 헝겊에 싼 다음 무서워 벌벌 떠는 주위 사람들에게,

"미안하지만 여러분, 잠시 2층으로 올라가 술 좀 드시고 계십시오. 곧 돌아오겠습니다."

하고는 집을 나섰다. 그리고 그는 쏜살같이 서문경의 약방으로 달려가서 점원에게 물었다.

"주인 양반은 집에 계신가?"

"조금 전에 나가셨습니다."

"그럼, 점원이라도 좋다. 잠깐 할 얘기가 있으니 같이 가 주지 않겠나?"

점원은 상대방이 무송이라는 걸 알고 있었으므로 거절할 수도 없었다. 무송은 점원을 사람들의 내왕이 뜸한 뒷골목으로 데리고 가서 갑자기 험상궂은 얼굴로,

"너, 목숨이 아까우냐, 아깝지 않느냐?"

"저…….저……. 저는 도두님에게 아……아무것도 나…….나쁜 짓을 하……한 적이 없는데요…….."

"목숨이 아깝지 않다면 말하지 않아도 좋다. 목숨이 아깝거든 바른대로 말해라. 서문경은 지금 어디 있느냐?"

"아……. 아까 아아…… 아는 분과 함께 사아…… 사자교 근처의 으……음식점에……."

무송은 다음 말은 들을 필요도 없다는 듯 점원을 팽개치고 사자교로 뛰어갔다.

요리집에 이른 무송은 급사에게 서문경이 있는 방을 물었다. 그리고 2층으로 올라가 방 안을 들여다보았다. 서문경은 손님과 마주 앉아 두 기생을 데리고 술을 마시고 있었다.

무송은 보자기를 풀어 피가 흐르고 있는 반금련의 목을 왼손에 들고 오른손에는 단도를 든 채 발을 젖히며 안으로 들

어가자마자 서문경의 얼굴을 향해 그것을 휙 내던졌다. 서문경은 무송의 얼굴을 보자 "앗!" 하고 비명을 지르며 창문 턱에 한 쪽 다리를 걸치고 밖으로 도망치려고 했으나, 바로 밑에는 거리였으므로 뛰어내릴 엄두를 내지 못하고 있었다. 손님과 두 기생은 깜짝 놀라 어쩔 줄을 모르고 있었고, 덤벼드는 무송을 서문경은 오른발로 걷어찼다.

무송은 재빨리 몸을 휙 돌렸으나 서문경의 발길이 무송의 오른손에 명중하여 단도가 거리 한복판으로 떨어져 버렸다. 서문경은 이때다 싶어 오른손으로 치는 체하다가 왼쪽 주먹으로 무송의 가슴을 한 대 먹였다. 무송은 가볍게 몸을 돌려 얼른 왼손으로 상대방의 머리를 잡아 끌어당기고 오른손으론 서문경의 왼쪽 다리를 잡아 "에잇!" 하고 내동댕이치니, 서문경은 길거리 한복판으로 거꾸로 나가떨어졌다.

무송은 반금련의 목을 주워 들고 창문을 넘어 길거리로 뛰어내렸다. 그는 곧바로 단도를 집어들어, 눈을 멀뚱거리면서 죽어가고 있는 서문경의 목을 단칼에 잘랐다. 그리하여 두 개의 목을 머리카락끼리 하나로 동여맨 뒤 손에 들고는 눈이 휘둥그래진 거리의 사람들을 뒤로 하고 다시 자석가로 뛰어갔다.

무송은 두 개의 목을 형님의 영전에 바치고 술을 부은 다음 눈물을 흘리며 말했다.

"형님, 이제 안심하고 승천하십시오."

이어 그곳에 있던 이웃 사람들에게 말했다.

"크게 소란을 떨어 미안하오. 덕분에 형님의 원수를 갚았지만 사람을 죽인 죄는 죄이니 이제부터 기꺼이 자수하러 가겠소. 물론 사형도 각오하고 있소. 수고스럽지만 한 번만 더 여러분이 증인이 되어 주시기 바라오."

이리하여 무송은 집에 있던 물건을 모조리 처분하고 재판 비용에 쓰기로 하고 두 개의 목을 들고 네 명의 이웃 사람과 함께 왕 노파를 끌고 현청으로 자수하러 갔다. 가는 길에는 양곡현 사람들이 모두 나와 구경하고 있었다.

25. 인육人肉 만두

　양곡현 지사는 무송이 의리가 두터울 뿐만 아니라 훌륭한
사나이라는 것을 잘 알고 있었다. 그래서 어떻게 해서든지
그를 돕기 위해 관리들과 의논하여 조서調書를 가볍게 쓰고,
관계자의 신원과 증거물을 함께 동평부東平府로 보냈다. 동
평부의 장관도 사리事理에 밝았으므로 무송을 크게 동정하
여 양곡현 조서를 더욱 가볍게 고쳐 수도에 보내고, 중앙의
관리들에게도 선처善處를 당부하는 편지를 써 보냈다. 그 결
과 무송은 곤장 40대를 맞고 이마에 문신을 새긴 뒤 2천리
밖의 맹주孟州(지금의 하남성) 뇌성으로 유형을 가게 되었다.
그리고 왕 노파는 사건의 장본인이라 하여 목마木馬에 태워
거리를 한 바퀴 돌게 한 다음 네거리에서 처형되었다.
　무송은 칼을 쓰고, 두 사람의 호위를 받으며 맹주로 호송
되었다. 두 관원도 무송의 인품을 알고 있었으므로 그의 시
중을 극진히 들어주었다. 무송은 두 사람의 친절을 고맙게
생각하여 술집 앞을 지날 적마다 두 사람에게 술과 고기를

대접했다. 돈은 양곡현의 독지가篤志家들로부터 두둑이 받아 여유가 있었다.

때는 6월이라 쇠붙이도 녹을 듯한 더위가 계속되었다. 그래서 되도록 아침 서늘할 때 걷기로 하여 20여 일을 여행한 어느 날, 아침 10시경에 어느 고개를 넘게 되었다. 고갯마루에서 내려다보니 언덕 기슭에 몇 채의 초가집이 있었고, 개울가 버드나무 그늘 아래에 주점 깃발이 눈에 띄었다.

"야, 저건 선술집이 아니냐? 저기 가서 한잔 하세."

하고 세 사람은 급히 고개를 내려갔다. 내려가는 도중 나무꾼에게 지명을 물으니,

"저 산림 근처가 유명한 십자파十字坡입니다."

하고 대답했다.

선술집 앞에 다다르니, 분을 더덕더덕 바르고 야단스럽게 차려 입은 여자가 창문에 앉아 있다가 무송 일행이 다가오는 것을 보고는 반겨 맞으며 말했다.

"나리, 어서 오십시오. 맛좋은 술이 있습니다. 맛있는 고기도 있고요."

여자는 가슴을 헤치고 난잡한 꼴을 하고 있었으나 눈빛이 유난히 날카로웠다.

주점 안으로 들어가 짐을 내린 두 호송인은 무송에게 말했다.

"이곳에는 남의 귀찮은 눈도 없으니 그 칼을 벗겨 드리지요. 그래야 술맛이 나지 않겠습니까?"

그들은 무송의 칼을 벗겨 탁자 위에 놓고 겉저고리를 벗었다.

여자가 상냥하게 물었다.

"술은 얼마나 드릴까요?"

"얼마든지 가져와."

하고 무송이 말했다.

"맛좋은 고기 만두도 있습니다."

"그것도 2, 30개 가져와."

여자는 생글생글 웃으면서 요리를 날라왔다. 두 호송인은 곧 고기 만두를 먹기 시작했다.

무송은 만두 하나를 집어 안을 쪼개 보고 외쳤다.

"여보, 주인장. 이 만두 속에는 사람의 고기가 들어 있는 건가? 아니면 개고기가 들어 있는 건가?"

여자는 빙그레 웃으면서 대답했다.

"어머 손님, 농담이 과하십니다. 태평한 이 세상에 사람의 고기나 개고기를 만두 속에 넣는 데가 어디 있겠어요. 우리 집 만두는 조상 대대로 황소 고기를 넣어서 만든 것입니다."

"그래? 이 속에 사람의 털 같은 것이 들어 있어서 혹시나 하고 생각했지. 그래 주인 마님의 바깥어른은?"

"여행을 떠나고 집에 안 계십니다."

"그래요? 그렇다면 주인 마님 혼자서 꽤 쓸쓸하겠군요."

여자는 속으로,

'이 죄수가 신이 나서 사람을 놀리고 있군! 두고보라지, 불 속에 날아드는 벌레란 바로 너를 두고 하는 소리야!'

하고 생각하면서도 생글생글 웃으며,

"손님은 농담을 잘 하시는군요. 자, 술이나 드세요. 뒤뜰 나무 아래가 시원합니다. 주무시고 싶으시면 우리집에서 주무서도 좋습니다."

무송은 속으로,

'수상한 여자로군. 다시 한 번 놀려 줄까?'

하고 생각하고 물었다.

"주인 마님, 이 술은 좀 묽은 것 같은데 좀더 좋은 술은 없소?"

"있지요. 아주 맛좋은 술이 있습니다. 그렇지만 조금 탁해서요."

"좋아, 술은 탁할수록 좋아."

여자는 가볍게 눈웃음을 치고 막걸리를 가져왔다.

"야! 그것 근사하군. 그러나 따뜻하게 데워서 쭉 들이키면 더욱 맛이 나겠는걸!"

"어머, 손님은 잘도 아십니다. 그럼 데워 올게요."

여자는 속으로,

'이 죄인 놈은 영락없이 죽을 팔자야. 술을 데우면 약 효과가 더 빨리 나타날 거야……'

하고 비웃으면서 곧 데워 왔다.

두 호송인은 거침없이 술을 꿀꺽꿀꺽 들이켰다. 그러나 무송은,

"나는 안주 없이는 못 마셔. 고기를 더 가져와."

하고 말했다. 여자가 안으로 들어간 사이, 무송은 몰래 술을 쏟아 버리고 나서 일부러 입맛을 다시면서,

"음, 맛좋아. 과연 좋은 술이야!"

하고 말했다.

그때 여자가 나와서 손뼉을 치며 외쳤다.

"옳지, 쓰러진다. 쓰러져!"

두 호송인은 갑자기 어지러워지면서 천지가 빙글빙글 도는가 싶더니, 아무 말도 못 하고 쓰러져 버렸다. 무송도 눈을 감고 그 자리에 쓰러졌다.

"흥, 내 솜씨가 어떤 것인데!"

여자가 이렇게 말하고 웃으면서,

"여봐, 모두들 나와!"

하고 부르자, 건장한 젊은이 두 사람이 뛰어나왔다. 이들은 두 호송인을 어깨에 둘러메고 나서, 무송을 둘이서 들어올리려고 했다. 그러나 웬일인지 마치 천 근도 넘는 바위덩어리처럼 밀고 끌어도 꿈쩍이지 않았다.

"쳇, 너희들은 먹고 마시는 데는 남에게 뒤지지 않지만 아무 쓸모도 없어. 이런 일에도 내 손을 빌어야 하나? 이놈은 뚱뚱하니 황소 고기로 팔 수 있을 것 같군. 저 두 놈은 메말랐으니 고작해야 물소 고기 정도나 될까?"

여자는 이렇게 말하면서 윗도리를 벗어 던지더니 무송을 들어올리려고 했다. 그때 갑자기 무송이 두 다리에 여자의 하반신을 끼우고 올라타며 내리눌렀다. 여자는 찢어질 듯한 비명 소리를 냈다. 두 젊은이가 깜짝 놀라 덤벼들려고 했으나, 무송이 버럭 소리를 지르는 바람에 그들은 그 자리에 멈춰 섰다. 여자는,

"나리, 제발 살려 주십시오."

하고 말할 뿐 버둥거리지도 못했다.

그때 한 사나이가 상점 앞에 장작을 내려놓으면서, 이 모습을 보자 큰 걸음으로 급히 들어왔다.

"여보시오. 화내지 마시오. 잠시 용서해 주시고 잠깐 할 애기가 있으니 내 말을 들으시오."

무송은 벌떡 일어나 왼발로 여자를 밟고 양쪽 주먹을 불끈 쥔 채 사나이를 바라보았다. 35, 6세쯤 되어 보이는 주먹깨나 씀직한 사나이였다. 사나이는 공손히 인사를 하고,

"손님, 성함을 좀 알려 주시오."

하고 말했다.

"도두 무송이 바로 나요."

"오, 오, 그렇다면 바로 경양강에서 호랑이를 때려죽인 무도두입니까?"

"그렇소."

사나이는 머리를 숙여 절을 했다.

"성함은 전부터 듣고 있었습니다. 오늘 이렇게 뵙게 되니 정말 반갑습니다."

"당신은 이 안주인의 남편인가?"

"그렇습니다. 어떤 무례를 저질렀는지 알 수 없지만 제 얼굴을 보아 제발 용서해 주십시오."

무송은 그 여자를 일으키고,

"보아하니 당신의 부인도 보통 여자는 아닌 것 같소. 이름을 알고 싶소. 어떻게 내 이름을 기억하고 있소?"

"나는 채원자菜園子 장청張靑이라고 부릅니다. 그리고 이 마누라는 사람들이 모야차母夜叉 손이랑孫二娘 이라고 부르지요."

장청의 말에 의하면 그는 본래 이곳 광명사光明寺에서 채소밭을 가꾸고 있었으나 사소한 일로 발끈하여 중을 죽이고

절을 불사른 후에 이곳에서 강도짓을 했다고 했다. 그런데 어느 날 어떤 노인이 장작을 지고 가므로 늙은이임을 얕잡아 보고 덤벼들었다가 거꾸로 호되게 당하고 말았다. 그 노인도 젊었을 때는 강도질을 한 사람이었다. 그 후 그 노인을 따라 성 안으로 가서 무예를 닦고 그의 딸과 결혼하게 되었다. 그 딸이 바로 이 손이랑이다. 그 후 성 안에서는 살 수 없어 다시 이곳으로 돌아와 부부가 술집을 시작했는데 그것은 이름뿐이었다. 사실은 지나가는 길손 중에서 돈푼이나 있을 듯한 사람에게 마취약을 먹여 죽이고 그 살을 황소 고기라고 속여 장청이 마을에 갖고 가서 팔기도 하고 한편으로는 잘게 썰어 만두 속에 넣어 손님에게 팔아 왔다는 것이다.

"그렇지만 중과 기생, 유형자流刑者만은 절대로 마누라에게 신신당부했습니다. 중은 세속의 욕심을 버린 사람들이고, 기생은 자기 몸을 팔아 살아가는 불쌍한 사람들이니 그런 사람들을 죽인다면 호한好漢이라고 할 수 없거든요. 그리고 죄를 지어 유형을 당한 사람들 중에는 호한이 적지 않지요. 그런데 간혹 헛집는 경우도 있습니다. 언젠가는 저 유명한 화화상 노지심에게 마취약을 먹여 하마터면 죽여 버릴 뻔했습니다. 마침 내가 돌아와서 즉시 해독제를 먹여 소생시키고 의형제를 맺었지요. 그 사람은 지금 양지와 함께 이룡산에서 가끔 편지를 보내 오고 있습니다. 이런 일이 없도록 전부터 아내에게 당부해 두었는데 결국 이렇게 되었습니다."

손이랑이 말했다.

"저도 처음에는 그럴 생각이 전혀 없었습니다. 그런데 이 보자기도 꽤 묵직해 보이고 또 나한테는 우스꽝스러운 말만

하여 그만······."

"나는 본래 양가집 부인을 놀리는 사람은 아니오. 안주인이 이상한 눈으로 나를 노려보기에 이 여자가 수상하다고 생각하여 일부러 유인했던 겁니다."

무송이 이렇게 말하자, 장청은 껄껄 웃으며 안방에 다시 술자리를 마련하겠다고 했다. 무송이 말했다.

"그보다도 저 두 사람의 관원을 살려 주지 않겠소?"

"어떻게 해서 유형을 당하게 되었습니까?"

하고 장청이 물었다. 무송은 형수와 서문경을 죽이게 된 내막을 자세히 말했다. 장청 부부는 매우 기뻐하며,

"이런 말을 하기는 미안하지만 이제부터 뇌성영牢城營에 가서 곤욕을 치르기보다는 차라리 이 두 사람을 죽이고 이룡산의 노지심과 합류할 생각은 없습니까? 내가 길을 안내해 드리지요."

하고 말했다.

"친절한 제의는 고맙지만 강자를 무찌르고 약자를 돕는 것이 나의 본심이오. 이 두 사람은 나를 잘 보살펴주었소. 그런 사람들을 죽이면 하늘도 나를 용서하지 않을 것이오. 나를 염려한다면 저 두 사람을 살려 주시오."

장청은 무송의 의협심에 감동되어 두 호송인에게 해독제를 먹였다. 그러자 한 시간쯤 지나 두 사람은 꿈에서 깨어나는 듯 벌떡 일어나 무송을 보고,

"꽤 오래 잠들었던가 보지요? 이 술은 굉장히 좋군요. 많이 마시지 않았는데도 이렇게 취하다니! 이 술집을 잘 기억해 두었다가 돌아올 때에 다시 들러 마셔야겠습니다."

이 말에 무송이 자기도 모르게 웃음을 터뜨리자 장청 부부도 덩달아 웃었다. 곧 술상이 나왔다. 모두들 호쾌하게 마셔 댔다. 무송과 장청은 천하 호걸들의 소식을 서로 주고받았다.

장청이 노지심의 얘기를 꺼냈고, 무송은 송강이 지금 시진의 집에 얹혀 있다는 얘기를 했다.

이 말을 들은 두 호송인은 비로소 두 사람의 본성을 알고 새파랗게 질려서 그 앞에 엎드렸다. 무송이 말했다.

"놀랄·것 없소. 우리는 절대로 좋은 사람을 죽이지는 않으니까 안심하고 계세요."

무송은 장청 부부가 친절히 묵고 가라고 붙잡는 바람에 그 집에서 사흘을 머물렀다. 그리고 그 친절에 감동하여 장청과 의형제를 맺었는데 장청이 무송보다 아홉 살이 연상이므로 무송이 동생이 되었다.

그리고 무송 일행은 장청 부부와 눈물로 작별하고 맹주로 떠나 이윽고 맹주부의 관청에 도착했다. 두 호송인은 무송의 신분과 동평부에서 보낸 문서를 내주고 돌아갔다.

26. 무송과 장문신蔣門神

맹주의 뇌성영의 문에는 '평안채平安寨'라는 커다란 글자가 씌어 있었다. 무송은 독방으로 들어갔다. 그러자 14, 5명의 죄수들이 그의 곁으로 와서,

"너는 이제 들어와 알지 못하니까 가르쳐 주는데, 옥졸에게 얼마쯤 쥐어 주는 게 좋아. 그러면 살위봉殺威棒도 감해 주니까."

살위봉이란 죄수가 감옥에 들어가면, 곤장 백 대를 때리는 것으로, 이것은 송조宋朝 때에 시작한 후로 계속 시행되어 왔다. 무송이 말했다.

"나는 돈을 갖고 있소. 놈들이 얌전히 굴면 줄 수도 있지만 강제로 빼앗으려고 한다면 나는 한푼도 주지 않을 거요."

"이봐, 너무 고집을 부리는 건 좋지 않아. 그러다가 혼나게 될 테니까."

이때 옥졸이 와서,

"어느 놈이야, 새로 들어온 죄수는?"

하고 물었다.

"나요."

하고 무송이 대답하자,

"흥, 네놈은 눈알 두 개쯤은 갖고 있을 텐데, 나더러 먼저 입을 열게 하는 거냐? 또한 네놈은 경양강에서 호랑이를 때려잡은 호걸로 양곡현의 도두를 했다니 꽤 눈치가 빠를 줄 알았는데 전혀 벽창호 아냐! 이곳에서는 고양이 새끼 한 마리도 네놈에게 잠자코 얻어맞지 않아!"

"말 잘했다! 네가 그렇게 나온다면 네놈에게는 한푼도 줄 수 없다. 주먹이라면 얼마든지 먹여 주지! 돈은 있지만 너희들에게 줄 것은 없다. 그건 내 술값이야."

무송이 날카롭게 쏘아붙이자 옥졸은 화가 머리끝까지 치밀어서 돌아갔다. 다른 죄수들이 걱정스레,

"저놈이 전옥典獄에게 고해 바치러 갔을 거야. 너는 이제 죽은 거나 마찬가지야!"

하고 말했다. 그러자 무송은,

"뭐, 아무래도 괜찮아!"

하고 태평이었다.

결국 무송은 전옥 앞으로 끌려가 살위봉을 맞게 되었다. 무송이 말했다.

"자, 때릴 테면 때려라. 내가 곤봉 한 대라도 피하려는 시늉을 한다면 호랑이를 때려죽인 호걸이라고 할 수 없지. 또한 마디라도 비명을 지른다면 호걸이라는 말을 취소하겠다. 자, 어서 사양 말고 때려라!"

옥졸이 곤장을 들고 후려치려고 하자 전옥 옆에 서 있던

사나이가 전옥에게 뭐라고 귓속말을 했다. 24, 5세 가량의 얼굴빛이 흰 사나이는 머리에 흰 붕대를 감고 목에는 흰 명주를 묶어 팔을 걸고 있었다. 전옥이 물었다.

"이봐, 무송. 오는 길에 무슨 병에 걸리지 않았나?"

"흥, 병은커녕 이렇게 팔팔하다."

"그렇지만 어쩐지 얼굴빛이 좋지 않은 것 같다. 병이 아주 깊게 걸린 모양이야. 오늘은 살위봉을 그만두기로 한다."

옥졸들이 무송에게 살짝 말했다.

"어서 병에 걸렸다고 말해. 전옥이 용서해 줄 모양이니까."

그러나 무송은 말했다.

"아냐, 병에 걸린 적이 없어. 때리려면 어서 때려라. 곤장을 거두면 이쪽이 애가 타니까."

전옥은 쓴웃음을 지으면서 말했다.

"이놈이 열병에 걸려 헛소리를 하고 있다. 당분간 독방에 처넣어 둬."

무송은 결국 매를 맞지 않고 다시 독방으로 돌아가게 되었다. 다른 죄수들이 이상하게 여겨,

"아마도 밤에 지하 감옥으로 끌고가 죽여 버릴 모양이야."

하고 수군거렸다. 무송도 그렇게 알고 기다렸다. 이윽고 한 옥졸이 무송에게 술과 고기를 가져왔다.

'이걸 나에게 배불리 먹인 후 죽일 모양인가 보다…… 에라 모르겠다, 먹어 두자.'

무송은 이렇게 생각하고 그 술과 고기를 먹었다.

저녁때가 되자 식사를 가져왔다. 진수성찬이었다. 무송은

그것도 남김없이 먹어 버렸다.

이윽고 옥졸이 다시 목욕통을 방 안에 갖다 놓고 무송에게 목욕을 하라고 했다.

'하하하, 저들은 내가 목욕통에 들어간 다음에 죽일 참이구나…… 에잇, 모르겠다!'

무송은 목욕통에 들어갔다.

그런데도 그날 밤은 아무 일도 없이 지나갔다.

이튿날 아침에는 세숫물을 떠다 주고, 이발사가 와서 머리까지 깎아 주었다. 아침 식사를 마치고 차를 마시고 있는데 옥졸이 와서 말했다.

"이 방은 좋지 않으니 옆방으로 옮기시오."

'올 것이 왔구나. 이번에야말로 지하 감옥으로 가나 보다.'

무송은 이렇게 생각하고 옥졸을 따라갔다. 그곳은 깨끗한 방으로 좋은 방장房帳과 침대가 놓여 있었고 새 탁자와 의자도 있었다. 그리고 점심때가 되자 닭 튀김에 술 한 병이 나왔다.

그날 밤과 이튿날에도 맛좋은 음식이 나오고 죽일 기미는 전혀 보이지 않았다. 그러나 다른 죄수들은 모두 땡볕에서 일을 시키는데 무송에게는 아무 일거리도 주지 않았다. 무송은 영문을 알 수가 없었다. 마침내 많은 식사를 날라 오는 옥졸에게 곡절을 물어 보았다. 그 옥졸의 말에 의하면 이것은 모두가 전옥의 아들이 지시하는 일이라는 것이다. 전옥의 아들은 표시은彪施恩이라고 하는데 창술과 봉숙에 능하다고 했다. 지난번에 흰 붕대를 감고 전옥 옆에 서 있던 청년이 바로 표시은이었다.

"무엇 때문에 나한테 날마다 맛좋은 음식을 보내 주는 거요?"

"글쎄요, 그건 알 수 없습니다. 저는 4, 5개월 동안 식사를 운반하라는 지시를 받았을 뿐입니다."

'이상한 일이군. 나를 살찌게 한 후 죽일 심산인가?'
하고 생각해 보기도 했지만 그렇지도 않은 것 같았다.

"지금 곧 그 사람을 만나게 해 주시오. 그렇지 않으면 밥은 한 알갱이도 먹지 않겠소."

무송이 이렇게 호통을 치자 옥졸은 두려워하면서 물러갔다. 이윽고 시은이 달려와 무송에게 인사를 올렸다. 무송은 답례를 마치고,

"나는 이곳의 죄수로 당신과는 안면도 없는 사람이오. 그런데 전일에는 살위봉을 면하게 하더니 지금은 날마다 맛좋은 음식까지 보내주니 황송하오. 대체 이것은 무슨 연고요?"
하고 말하자 시은이 대답했다.

"나는 오래 전부터 당신의 명성을 듣고 있었습니다. 우연히 이곳에서 만나게 되어 무척 기쁘게 생각합니다."

무송은 시은이 더 이상 말하기를 머뭇거리자,

"솔직하게 말해 주시오. 대체 나를 어떻게 할 작정이오?"

"그럼 말하겠습니다. 당신은 호걸이요, 사나이 중의 사나이입니다. 부탁할 일이 있습니다. 실은 먼길을 여행하느라고 당신이 피로해 있으므로 3, 4개월 휴양을 하여 기운을 회복한 뒤에 말하려고 했습니다."

무송은 껄껄 웃었다.

"나는 작년에 석 달 동안이나 학질을 앓고 나서도 경양강에서 술에 취한 채 호랑이를 주먹으로 때려눕힌 사람이오. 더구나 지금은……."

무송은 이렇게 말한 뒤 감옥의 신을 모신 천왕당天王堂 앞의 커다란 바위가 있는 곳으로 시은을 끌고 갔다.

"이 바위가 몇 근쯤 되겠소?"

"4, 5백 근은 되겠지요."

"내가 들어올릴 수 있을지 모르겠군."

무송은 이 바위를 잠깐 흔들어 보고는 웃으면서 말했다.

"몸이 둔해져서 들어올릴 수 있을 것 같지 않군!"

"아무튼 4, 5백 근이나 되는 바위니까 그렇게 간단하지는 않을 겁니다."

하고 시은이 말하자,

"정말 그렇게 생각하오?"

하고 웃으면서 무송은 주위에 있던 죄수들에게 말했다.

"자, 모두들 비켜라. 내가 이 바위를 들어올리겠다."

무송은 웃통을 벗어부치고 바위를 가볍게 양손으로 들어올려 땅 위로 집어던지니, 바위가 땅 속으로 한자나 들어갔다. 시은을 비롯한 많은 죄수들은 깜짝 놀라 멍하니 바라볼 뿐이었다.

무송은 다시 오른손으로 그 바위를 꺼내어 공중으로 한 장丈이나 높이 던졌다가 아래로 떨어지는 것을 양손으로 되받아 본래 놓였던 곳에 가볍게 내려놓았다. 그는 얼굴빛은 물론 숨소리 하나 거칠어지지 않았다.

"당신은 사람이 아니라 신이오!"

시은은 감격한 나머지 이렇게 말하고 무송을 껴안았다.

"실로 신의 화신化身이야."

하고 죄수들도 일제히 무릎을 꿇고 무송에게 절을 했다. 무송은 시은에게 말했다.

"자, 말하오. 나에게 무슨 부탁을 하려는 거요? 주저하지 말고 말해 보시오. 목숨을 거는 일이라도 좋소. 아부라면 거절하겠소만."

시은이 말했다.

"이 맹주 거리 동문 밖에 쾌활림快活林이라는 곳이 있는데, 산동과 하북의 장사꾼들이 많이 모여들어 여관만 해도 백 채가 넘고 2, 30군데에 도박장과 환전상換錢商이 있어 흥청거리고 있지요. 나는 주먹에 다소 자신이 있는데다 뒤에 8, 90명의 죄수들이 있어 이를 의지하고 그곳에 음식점을 내어 그곳 상점 사람들을 단골로 삼았습니다. 그리고 떠돌이 기생들도 이곳에 오면 맨 먼저 나에게 인사하러 오곤 했지요. 날마다 많은 사람들이 모여들어 월말에는 2, 3백냥의 수입을 올리게 되었습니다. 그런데 최근 동로주東潞州에서 이곳 관청으로 배속된 장張 단련團練(무관의 일종)이 장충蔣忠이라는 사나이를 데리고 왔는데, 이 장충은 키가 9척이나 되기 때문에 장문신蔣門神이라고 부르기도 합니다. 그는 또한 창술과 봉술이 뛰어나며 특히 씨름을 잘하여 태산의 씨름 대회에서 3년이나 계속 이겨 천하 장사로 자부하고 있습니다. 그런데 이놈이 부당하게도 내 상점을 빼앗았습니다. 나는 그에게 덤볐다가 무참히 얻어맞고 두 달이나 자리에서 일어나질 못했습니다. 나는 다시 도전하고 싶은 생각이 굴뚝 같지

만 장 단련 밑에는 정규군正規軍이 도사리고 있어 섣불리 건
드릴 수도 없으므로 분하지만 꾹 참고 있는 수밖에 없습니
다. 이 원한을 당신이 풀어 준다면, 나는 지금 죽어도 여한이
없겠습니다."

무송은 말을 다 듣고 나자 껄껄거리며 웃었다.

"그래, 그 장문신이라는 놈은 대갈통이 몇 개나 달려 있고
팔이 몇 개나 되오?"

"물론 머리는 하나고 팔은 두 개지, 더 있겠습니까?"

"나는 3두 6비三頭六臂의 나타那吒(불교의 수호신)와 같은
굉장한 놈으로 생각했소. 그놈과 같은 세상의 무법자無法者
를 처치하는 것이 나의 소원이오. 그렇다면 곧 한판 치러야
지. 술이 있으면 가면서 조금씩 마셨으면 하오. 그런 놈을 처
치하는 것은 경양강의 호랑이처럼 식은 죽 먹기요."

"그렇게 서두를 것은 없습니다. 지금 그놈이 집에 있는지
도 알 수 없고 준비도 해야 하니까, 모래쯤 가기로 합시다.
괜히 풀을 두드려 뱀을 놀라게 할 필요는 없습니다."

"준비가 뭐 필요하오. 남자는 그렇게 일을 하면 안 되오.
가려면 곧 갈 것이지 오늘 내일이 또 무엇이오. 그가 두려워
준비한단 말이오?"

이때 시은의 아버지인 전옥이 나타났다. 그는 술을 무송에
게 대접하고 아들을 위해 머리를 숙이며 부탁했다. 무송과
시은은 전옥의 간청에 따라 의형제를 맺었다. 무송은 그날
저녁 몹시 취하여 잠자리에 들었다.

이튿날 시은과 전옥은 무송이 술에서 깨나지 못하면 어쩌
나 하고 걱정하였다. 또한 장문신의 형편을 알아보기 위해

쾌활림으로 사람을 보냈으나 그는 집에 없었다. 그래서 그곳에 가는 것을 하루 연기하고, 그날은 무송의 몸을 염려하여 하루 종일 술을 내놓지 않았다.

이튿날 무송은 컴컴할 때 일어나 조반을 마치고 시은에게 말했다.

"한 가지 조건이 있는데 들어주겠나?"

"말씀하십시오."

하고 시은이 말했다.

"이제부터 함께 거리에 나서면 술집 앞을 지날 적마다 술을 석 잔씩 마시도록 해주게."

"그렇지만 형님, 동문에서 쾌활림까지 14, 5리 사이에는 술집이 12, 3개나 됩니다. 한 집에서 석 잔씩 마신다면 35, 6잔이나 마시게 되는데 어떻게 쾌활림까지 갈 수 있겠습니까? 형님이 만취되면 일을 그르치게 됩니다."

하고 시은이 걱정했다. 그러자 무송은 껄껄 웃으며 말했다.

"취하면 내 팔이 나른해진다고 생각하나? 오히려 반대야. 술이 들어가지 않으면 나는 팔이 나른해지고 마시면 마실수록 힘이 더욱 솟아나네. 경양강에서 호랑이를 때려잡았을 때도 술이 취했기 때문에 배짱도 생기고 힘이 솟아난 거였지."

이 말을 듣고 시은은 기꺼이 그렇게 하기로 했다. 그리하여 두 사람은 맹주의 동문에서 나와 술집 앞을 지날 적마다 석 잔씩의 술을 마셨다. 무송은 쾌활림 바로 앞에서 시은과 헤어졌다. 그러나 그때는 별로 취하지 않았지만 일부러 만취한 것처럼 비틀거리면서 장문신의 술집으로 들어섰다.

계산대에 젊은 여자가 앉아 있었다. 그녀는 장문신이 맹주에 오자마자 얻은 첩으로 본래는 기생이었다. 무송은 일부러 취한 체하고 그녀를 빤히 노려보았다. 그러자 여자는 곧 알 아차리고 외면해 버렸다. 무송은 탁자를 치면서 말했다.

"주인은 없나?"

이 집에는 6, 7명의 사환이 일하고 있었다. 그 중 한 사람 이 와서 물었다.

"술은 얼마나 드릴까요?"

"우선 두 되만 가져와!"

사환이 계산대의 여자에게 가서 술 두 되를 받아다가 데워 서 가져왔다.

"오래 기다리셨습니다."

하고 사환이 술을 내오자 무송은 술을 조금 맛보고는 머리를 흔들면서 말했다.

"안 돼, 안 돼. 바꿔 갖고 와!"

사환은 상대방을 주정꾼으로 보고 계산대의 여자에게 말 하여 좀더 좋은 술을 바꿔서 다시 데워 왔다.

무송은 그 술도 조금 맛보고는,

"이것도 안 돼. 어서 다른 걸로 바꿔 갖고 와!"

하고 말했다. 사환은 화가 났지만 꾹 참고 계산대로 갔다.

"마님, 상대하지 않는 게 좋겠습니다. 저 주정뱅이는 일부 러 트집을 잡고 있습니다."

그러자 그 여자는 가장 좋은 술을 떠 주었다. 사환이 술을 데워서 갖고 오자 무송은 그 술을 마시고는,

"음, 이건 마실 만하군."

하고 말을 이었다.

"이봐, 이 집 주인 이름이 뭔가?"

"장蔣이라고 부릅니다."

"왜 이李라고 부르지 않나?"

계산대의 여자가 이 말을 듣고 중얼거렸다.

"저놈은 딴 데서 마시고 시비를 걸러 이곳에 왔군."

"여기가 어딘지도 모르고 멋대로 지껄이고 있습니다."

하고 사환이 말했다. 무송이 그 말을 듣고,

"이봐, 너 방금 뭐라고 했어?"

"아닙니다. 우리끼리 하는 소리입니다. 손님은 술이나 드
십시오."

"저 계산대에 있는 여자에게 이리 와서 술을 따르라고
해."

"뭐라고? 저분은 이집 주인 마님이시다."

"마님은 술을 따르면 안 되나?"

그러자 여자가 빨끈 화를 내며,

"야, 뭐 이 따위가 있어!"

하고 계산대에서 뛰어나오려고 했다. 그러자 무송은 윗도리
를 벗어 던지고 재빨리 계산대로 뛰어가서 한 손으로 여자의
허리를, 또 한 손으론 여자의 머리를 거머쥐고 계산대 너머
에 있는 커다란 술독 세 개 중의 하나에 덤벙 내동댕이쳤다.

이것을 본 5, 6명의 사환은 일제히 "와" 하고 무송에게 덤
벼들었다. 무송은 그 중의 한 놈을 양손으로 잡아 역시 술독
에 또 덤벙 동댕이치고, 다음의 한 놈도 머리를 잡아 역시 술
독에 덤벙 처넣었다. 다시 두 놈이 덤벼들자 한 놈은 한 주먹
에, 또 한 놈은 걷어차서 그 자리에 쓰러뜨렸다. 그 뒤에 남

은 놈들은 기가 질려 줄행랑쳐서 장문신에게 알리러 갔다.

무송은 그들을 쫓아 거리로 뛰어나갔다. 장문신은 이 소식을 전해 듣고 깜짝 놀라 뛰어와서, 무송이 주정꾼인 것으로 알고 덤벼들었다. 무송은 장문신을 향하여 헛주먹질을 한 번 하고는 휙 몸을 돌려 걸어갔다. 그러자 장문신을 발끈하여 무송에게 덤벼들었다. 무송이 번개같이 걷어차니 보기 좋게 아랫배에 명중하여 장문신은 "앗!" 하고 양손으로 배를 움켜잡고 주저앉았다. 이어 무송이 오른발로 장문신의 이마를 걷어차자 그는 완전히 뒤로 자빠졌다.

무송은 장문신의 가슴을 짓밟으며 절굿공이 만한 커다란 주먹으로 그의 머리를 후려갈겼다.

장문신은 곧 항복하고 용서를 빌었다.

"목숨을 건지고 싶으면, 내가 말하는 세 가지 조건을 받아들여라."

하고 무송이 말하자,

"호한, 용서해 주십시오! 세 가지 아니라 백 가지라도 받아들이겠습니다!"

"그럼 말하겠다. 첫째, 가재 도구를 모두 본래의 주인인 표시은에게 돌려주고 곧 쾌활림에서 떠나라."

"네, 알겠습니다."

"둘째, 쾌활림의 유지들을 모두 불러 놓고 그 앞에서 시은에게 사과해라."

"네, 알겠습니다."

"셋째, 오늘밤으로 고향으로 돌아가야 한다. 만일 이곳 맹주에서 네놈을 발견하게 되면 그때는 가만두지 않겠다."

"네, 네, 알겠습니다."

무송이 장문신을 일으켜 세우니 얼굴에는 검푸르게 멍이 들어 있었고 목은 비틀어져 있으며 이마에서는 피가 줄줄 흐르고 있었다.

"경양강의 호랑이도 주먹을 세 번 휘둘러 때려잡은 나다. 너 같은 놈들은 다발로 덤빈다 해도 눈 하나 까딱하지 않는다."

장문신은 이 말을 듣고 비로소 상대가 무송인 줄 알고 머리를 굽신거렸다.

그때 시은이 2, 30명의 젊은이를 데리고 나타났다. 장문신은 쾌활림의 유지 12, 3명을 모아 놓고 시은에게 사과한 다음 모든 가재 도구를 그에게 넘겨주고 어디론가 떠나 버렸다. 그리하여 시은은 쾌활림에서 상점을 다시 시작하여 전보다도 더 번창하게 되었으며 무송을 집에 머물게 하여 극진히 대접했다.

27. 피를 뿌린 원앙루

　세월은 빨라 어느새 무덥던 여름도 가고 가을 바람이 불어
오는 어느 날이었다. 무송과 시은은 상점에서 무술 이야기를
하고 있는데 두세 명의 병사가 한 필의 말을 끌고 와서,
　"호랑이를 때려잡은 무 도두 계십니까?"
하고 말했다.
　시은이 내다보니 그는 맹주 경비인 병마도감兵馬都監 장몽
방張蒙方의 부하로, 장 도감이 무송의 용맹을 듣고 꼭 만나고
싶다는 전갈을 전해 왔다. 시은은 이상한 생각이 들었으나
뭐라고 해도 아버지의 상관인지라 거절할 수 없는 일이었다.
　무송은 무슨 용무인지 알 수 없었지만 오라면 가 주지하는
식으로 가 보았다. 장 도감은 무송을 옆으로 불러다 놓고는
말했다.
　"그대의 무용과 의협심은 전부터 듣고 있었소. 나는 그대
같은 인물을 원하고 있었소이다. 어떤가, 내 부하가 되어 주
지 않겠나?"

무송이 기꺼이 승낙하자, 장 도감은 크게 기뻐하며 손수 술을 따라 주었다. 무송은 만취되어 도감의 집에서 하룻밤을 자게 되었다. 그리고 이튿날 장 도감은 무송에게 계속 머물러 달라고 간청했다. 무송은 그렇게 하기로 하고 곧 시은의 집에서 짐을 모두 가져왔다. 그리하여 장 도감의 집에서 숙식하게 되었다.

도감은 아침저녁으로 무송을 안방으로 불러 술을 내오게 하고 특별히 그에게 옷을 지어 입히는 등 한식구처럼 대해 주었으므로 무송도 이를 무척 기쁘게 생각했다. 사람들은 도감에게 무슨 부탁할 일이 있으면 무송의 입을 거치게 되었다.

도감은 무송의 말이라면 무엇이든지 들어주었기 때문이다. 사람들은 무송에게 여러 가지 금품을 보내 왔다. 그래서 무송은 고리짝을 하나 사서 그 금품들을 넣어 두었다.

이윽고 8월 15일 중추절이 돌아왔다. 장 도감은 안채 원앙루에서 달맞이 연회를 베풀고 무송을 불러 술을 마셨다. 무송은 도감의 부인을 비롯한 일가족이 모두 자리에 앉아 있었으므로 술자리를 피하려고 하였으나, 도감은 무송을 좌석에 앉히고 시녀에게 술을 계속해서 그에게 권하게 했다. 술잔이 몇 순배 돌고 한담을 나누다가 창법槍法에 대한 이야기를 시작했다.

"호걸이 작은 잔으로 술을 마시는 것은 썩 어울리지 않소."

하고 장 도감이 말하여 은 대접에 술을 따라 연거푸 마시게 했다. 무송은 거나하게 취하여 점점 사양할 줄도 모르고 꿀꺽꿀꺽 들이켰다. 도감은 아름다운 시녀 옥란에게 노래를 부르게 하고는 노래가 끝나자 술을 따르게 했다. 옥란은 도감, 도감 부인, 그 다음으로 무송에게 술을 따랐다. 도감이 옥란을 가리키면서 무송에게 말했다.

"얘는 대단히 영리하고 노래도 잘 부르지만 바느질 솜씨도 뛰어나다네. 자네가 좋다고만 한다면 곧 자네 아내로 삼게 하겠네."

"저 같은 것에게는 과분합니다."

하고 무송이 말하자,

"아닐세, 나는 일단 입 밖에 낸 말은 반드시 이행하네."

하고 도감은 웃으면서 말했다.

무송은 다시 15, 6잔을 더 마시고 실수가 있어서는 안 되겠다는 생각에서 자기 방으로 돌아와 자려고 했으나 너무 과음한 탓인지 좀처럼 잠이 오지 않았다. 그래서 곤봉을 들고 가운데 뜰로 나가 달빛 아래에서 한동안 봉술을 익혔다. 12시가 지날 무렵이었다.

무송이 방에 돌아와 자려고 하는데 갑자기,

"도둑이야! 도둑이야!"

하고 외치는 소리가 안채로부터 들려 왔다. 무송은 곧 곤봉을 들고,

'이제야 도감의 호의에 보답할 때다.'

하고는 뛰어나갔다. 그러자 옥란이 급히 달려와서,

"도……도둑이 뒤뜰에……."

하고 말했다.

무송은 성큼성큼 뒤뜰로 달려가 한 바퀴 돌아보았다. 그러나 아무 이상이 없었으므로 급히 되돌아오려고 하는데 갑자

기 어둠 속에서 뭔가 휙 던지는 소리가 들렸다. 알고 보니 의자였다. 무송은 의자에 걸려서 넘어졌다. 그러자 7, 8명의 병사가 뛰어와 무송을 덮치고는,

"잡았다!"

하고 소리치며 무송을 단단히 묶었다. 무송이 아무리,

"나야, 무송일세!"

하고 말해도 막무가내였다.

그때 마루에 불이 환히 켜지면서 장 도감이 나타나더니,

"빨리 도둑놈을 이리 끌고 와!"

하고 외쳤다.

병사들이 무송을 장 도감 앞으로 끌고 갔다. 무송은,

"도둑이 아닙니다. 무송입니다."

하고 말했으나, 장 도감은 얼굴빛이 변해서 노발대발하며,

"이놈, 역시 도둑놈은 별수 없구나. 모처럼 내가 맡아서 한 사람의 인간으로 만들려고 했는데 그 호의를 저버리다니, 못된 놈! 뭣 때문에 그 따위 짓을 했느냐?"

"아닙니다. 저는 도둑을 잡으려고 했습니다. 저는 하늘과 땅 사이에 부끄럼이 없는 호한입니다. 절대로 그런 수상한 짓을 할 인간이 아닙니다."

"시치미를 떼지 마라! 여봐라, 이놈의 방에 들어가 소지품을 조사해 보아라!"

병사들이 무송의 방에 들어가서 고리짝을 열어 보니 옷가지며 은접시와 은잔 등 약 1, 2백 냥의 장물贓物이 나타났다. 그러자 장 도감이 큰 소리로 외쳤다.

"네 이놈, 이렇게 증거가 나왔으니 이제 할 말이 없을 테

지! 아무리 생떼를 써도 소용없다. 사람의 탈을 쓴 짐승이란 너를 두고 하는 소리다. 여봐라, 이놈을 옥에 가두어라!"

장 도감은 그날 밤으로 부지사府知事를 비롯하여 압사押司와 공목孔目(문서 관리를 맡아 보는 관원) 등 관계관들에게 뇌물을 주어 잘 구슬려 놓았다.

날이 밝자 무송은 즉시 증거물과 함께 맹주부의 포도청으로 끌려갔다. 그리하여 변명할 여지도 없이 몽둥이 세례로 고문을 당하고 할 수 없이,

"욕심에 눈이 어두워 도둑질을 했습니다."

하고 거짓 자백을 하여 칼을 쓴 채 사형수의 감방에 갇히게 되었다.

"장 도감 이놈, 나를 함정에 빠뜨렸구나!"

무송은 그때야 비로소 함정에 빠졌다는 것을 알아차리고 분해 하였으나, 이미 목에는 칼이 씌어져 있었고 손발이 묶여 제대로 움직일 수가 없었다.

시은은 이 소식을 전해 듣고 놀라 펄펄 뛰었다. 아버지와 의논하여 옥지기로 있는 친구 강康에게 달려가 사정 이야기를 하니, 장문신은 지금 장 단련의 집에 머물러 있고, 장 단련과 장 도감은 의형제를 맺은 아주 절친한 사이라는 것이었다. 모든 것은 이들이 꾸민 계략임에 분명했다. 맹주부의 관리들은 모두 장문신으로부터 뇌물을 받았고, 부지사는 무송을 당장 처형하려고 했는데 섭葉이라는 정직한 공목이, 단지 절도에 불과한데 사형을 시키는 것은 부당하다고 반대하여 지사도 쉽사리 손을 대지 못하고 있다는 것을 알게 되었다. 그래서 시은은 옥지기인 강에게 은화 백 냥을 억지로 쥐어

주고 섭 공목에게도 백 냥을 보내어 무송의 일을 잘 봐 달라고 부탁했다.

시은은 옥지기가 눈을 감아 주어 몰래 사형수의 감방에 들어가 무송에게 맛좋은 음식을 먹이고 또 옥지기들에게도 각각 돈을 뿌렸다. 그리하여 무송은 크게 시달리지는 않게 되었다.

사실은 옥문을 부수고 도망치려고 했으나 잠시 얌전히 돌아가는 형편을 보기로 한 것이다.

그 후 시은은 두 번이나 감옥으로 술과 음식을 날라 왔으나, 그것을 장 단련의 심복 부하에게 들켜 감시가 심해졌으므로 이제 시은도 쉽사리 접근하지 못하게 되었다.

그럭저럭 두 달 가까이 지나갔다. 부지사는 섭 공목으로부터 모든 것은 장문신과 장 단련의 간계라는 말을 듣고 비로소 진상을 깨달으며,

'돈은 자기들이 벌고 날더러 사람을 죽이라는 거구나!'

하고 생각하니 어이가 없었다. 그래서 60일의 기한이 다가오자 섭 공목의 말대로 무송에게 곤장 20대에 이마에 문신을 새긴 뒤 은주恩州로 유형을 보내기로 했다.

무송은 칼을 쓰고 두 명의 호송인과 함께 맹주를 떠났다.

성문을 나와 1리쯤 갔을 때, 거리에 있는 선술집에서,

"형님, 기다리고 있었습니다."

하고 뛰어나오는 사람이 있었다. 그는 시은으로, 전과 같은 또 머리에 붕대를 감고 목에는 천을 묶어 팔을 걸고 있었다.

"그건 또 어떻게 된 거냐?"

하고 무송이 묻자, 반달 전에 장문신이 군사를 데리고 와서

싸움을 걸고는 상점을 다시 빼앗았다는 것이었다.

시은은 두 호송인에게 술 한잔 하고 가자고 권했다. 그러자 호송인은 몹시 화를 내면서,

"안 돼. 무송은 죄인이야. 네놈에게서 술을 얻어 마시다가 들키는 날엔 우린 모가지가 날아가게 돼! 이놈, 매맞기가 싫거든 어서 꺼져!"

하고 호통을 쳤다.

시은은 이래서는 안 되겠다는 생각에서 두 사람에게 각각 열 냥씩을 줬으나 이들은 끝내 받지 않고 무송에게 욕설을 퍼부으면서 빨리 가라고 재촉했다. 그래서 시은은 할 수 없이 무송에게 선 채로 술을 두어 잔 먹이고 오리 튀김 두 마리를 말에 걸어 주면서 소곤거렸다.

"도중에 조심하십시오. 아무래도 저 두 놈의 태도가 수상합니다."

"그래, 나도 알고 있어. 괜찮아, 걱정 말아."

시은은 눈물을 글썽이며 작별했다.

무송과 두 호송인은 다시 몇 리를 걸어갔다. 무송의 오른손은 칼에 매여 있었으나 왼손은 자유롭게 움직일 수 있었으므로, 그는 칼에 걸어 놓은 오리 고기를 왼손으로 찢어 우물우물 씹으면서 걸어갔다. 드디어 성문에서 약 8, 9리쯤 왔을 때 길가에서 기다리고 있었던 것으로 보이는 두 사나이가 무송 일행과 함께 걷기 시작했다. 두 사람 모두 요도腰刀를 허리에 차고 칼을 들고 있었다. 두 호송인이 이들과 뭐라고 눈으로 신호하고 있는 것을 무송은 재빨리 간파하고,

'이놈들 수상하구나!'

하고 생각했으나 못 본 체하고 계속해서 걸어갔다.

다시 몇 리쯤 가자 넓은 강 어구에 이르렀다. 거기에는 커다란 나무다리가 놓여 있었고 그 앞쪽 패루牌樓에는 '비운포 飛雲浦'라고 쓴 현판이 걸려 있었다.

무송은 그것을 보고 일부러,

"여기가 어디오?"

하고 물었다. 호송인이 대답했다.

"네놈은 눈뜬 장님이냐? 저기에 '비운포'라고 씌어 있는 것도 보이지 않느냐?"

그래서 무송은 멈춰 서서,

"잠시 소변을 보게 해주시오."

하고 말했다.

그때 칼을 든 두 사나이가 무송 앞으로 썩 나서며 막아섰다.

그러자 무송이,

"네 이놈, 저리 비키지 못해!"

하는 호령과 함께 발길로 차 버리니 한 사나이가 강물 속으로 나가떨어졌다. 그리고 나머지 한 사나이가 허둥지둥 도망치려고 하자 재빨리 무송의 오른발이 날라와 그도 강물 속으로 풍덩 곤두박질쳤다.

두 호송인은 깜짝 놀라 다리에서 내려와 도망치려고 했다.

무송은 큰 소리로,

"어디로 도망치는 거냐!"

하고 호령하며 칼을 힘껏 비틀어 둘로 쪼개고 다리에서 뛰어내렸다. 호송인 하나는 발길에 채여 금세 쓰러졌다. 무송은 또 한 놈을 쫓아가 뒤에서 한 대 먹여 쓰러뜨린 뒤 강가에서 칼을 주워 찔러 죽였다. 그리고 쓰러졌던 다른 한 놈도 단칼에 베어 버렸다.

강물 속으로 나가떨어졌던 두 사나이가 겨우 기슭으로 기어 올라와 도망치려고 하자, 무송은 쫓아가서 한 놈을 찔러 죽이고 나머지 한 놈은 머리를 움켜잡으며,

"이놈, 바른대로 말하면 목숨만은 살려 줄 테다!"

하고 윽박질렀다.

사나이는 벌벌 떨며 모기 같은 소리로 입을 열었다.

"우리 두 사람은 장문신의 제자입니다. 스승과 장 단련의 계략에 따라 호송인과 함께 호한을 죽이라는 명령을 받고서 그만……."

"지금 장문신은 어디 있느냐?"

"장 단련과 함께 장 도감의 집 원앙루에서 술을 마시고 있습니다. 우리의 소식을 기다리고 있을 것입니다."

"그래? 그렇다면 네놈도 용서할 수는 없다."

하고 무송은 그 사나이도 찔러 죽였다. 그리고 그 사나이들의 요도 중 좋은 것을 허리에 차고 시체는 강물에 던져 버렸다.

무송은 다리 위에 서서 잠시 주위를 살피다가 생각했다.

'이 네 놈은 죽였지만 장 도감과 장 단련, 장문신을 죽이지 않고서는 아무래도 직성이 풀리지 않는다!'

그는 칼을 들고 잠시 망설이다가 드디어 결심하고는 맹주성으로 되돌아갔다.

성 안에 들어선 것은 저녁때였다. 무송은 장 도감의 저택 뒤에 잠복했다. 뒤뜰의 울타리 밖은 마구간이었다. 무송은 그곳에 몸을 숨겼다. 이윽고 쪽문이 열리고 호롱불을 든 마

부가 나타나더니 다시 안쪽에서 문이 닫혔다. 그때 북소리가 1경 4점—更四點(오후 9시)을 알렸다.

마부는 말에게 풀을 주고 잠자리에 든 모양이었다. 무송은 문을 흔들어 보았다. 마부가 호통을 쳤다.

"나는 방금 자리에 누웠다. 도둑이 드는 건 아직 일러!"

무송은 다시 문을 슬그머니 밀어 보았다. 화가 치민 마부가 알몸으로 꼴을 뒤섞는 막대기를 손에 든 채 빗장을 벗기며 문을 열려고 했다. 순간 무송은 안으로 뛰어들어가 마부를 붙잡았다. 마부는 호롱불에 번쩍이는 칼을 든 사나이를 보자 겁에 질려서,

"목숨만……" 하고 애걸했다.

"나를 모르겠느냐?"

마부는 목소리를 듣자 무송이라는 것을 알아차렸다.

"나리, 우리에게 무슨 죄가 있습니까. 제발 목숨만……."

"바른대로 말해라. 지금 장 도감은 어디 있느냐?"

"장 단련, 장문신과 함께 오늘 하루 종일 원앙루에서 술을 마시고 계십니다."

"정말이지?"

"거짓말을 하면 천벌을 받을 것입니다."

"그래? 그러나 네놈도 용서해 줄 수는 없다."

무송은 단칼에 마부를 찔러 죽이고 시체를 걷어차 버린 다음 칼을 칼집에 꽂았다. 그리고 문짝을 떼어 담에 기대 놓고 호롱불을 끈 다음, 칼을 쥔 채 문짝을 밟고 담 위로 올라갔다.

달이 환히 비치고 있었다. 무송은 담 안쪽으로 뛰어내렸다. 그리고 등불이 비치는 곳을 향해서 무송이 살금살금 걸

어가 보니 그곳은 주방으로, 하녀 둘이 투덜거리고 있었다.

"아휴, 지겨워! 저 궁둥이 질긴 손님은 하루 종일 술타령이군. 우리만 부려먹고…… 아직 자려고도 하지 않아. 대체 언제까지 떠벌일 작정인지 몰라!"

무송은 피묻은 칼을 빼들고 별안간 안으로 뛰어들어가 먼저 하녀의 머리채를 휘어잡고 푹 찔러 죽였다. 나머지 하녀는 도망치려고 했으나 양쪽 다리가 못박힌 듯 멈춰 서서 입도 열지 못했다. 그녀도 단칼에 찔러 죽였다. 무송은 주방의 등불을 끄고 달빛을 따라 살금살금 안채로 다가갔다.

무송은 전에 이 집에 살았으므로 길눈이 밝았다. 이윽고 원앙루까지 오자 신발을 벗고 계단을 올라갔다. 다행히 주위에는 시종이 한 사람도 없었다. 장 도감, 장 단련, 장문신의 이야기소리가 들려 왔다.

무송은 문 뒤에 서서 엿들었다.

"나리 덕분에 무난히 원수를 갚게 되어 무어라고 답례를 해야 할지……."

"장 단련의 주선이 아니었으면 아무도 이런 일은 할 수 없었을 것이오. 지금쯤 그놈은 비운포에서 뻗어 있을 겁니다."

"넷이서 그놈에게 덤벼들었으니 목숨이 아무리 많아도 모자라지요."

"제자들에게 잘 지시했으니 곧 좋은 소식을 갖고 올 겁니다."

무송은 화가 머리끝까지 치솟아 불쑥 방 안으로 뛰어들었다. 의자에 앉아 있던 장문신은 무송을 보자 깜짝 놀라 허겁지겁 일어나려고 했으나 번개같이 정면으로 내려친 무송의 칼을 맞고 쓰러졌다. 무송은 휙 돌아서서 도망치려던 장 도 감도 힘껏 내려쳤다. 도감은 귀에서부터 목줄기까지 절단되 어 마루 위에 쓰러졌다.

장 단련은 무관 출신답게 술에 취해 있었으나 아직 기력은 남아 있었다. 두 사람이 쓰러진 것을 보자 의자를 들고 덤벼 들었다. 무송이 의자를 잡아 뒤로 떠밀자 단련은 뒤로 자빠 졌다.

무송은 곧 단칼에 목을 잘랐다.

그때 장문신이 애써 몸을 일으키려고 했으므로 무송은 왼 발로 걷어차 쓰러뜨리고 목을 벤 다음 다시 장 도감의 목도 베었다. 그리고 탁자 위를 보니 술과 고기가 남아 있었다. 무 송은 한 잔 부어 단숨에 들이키고는 다시 몇 잔을 연달아 들 이켰다. 그리고 시체의 옷자락을 잘라 내어 피에 적셔 흰 벽 에다 커다랗게 썼다.

"사람을 죽인 자는 호랑이를 때려잡은 무송이다〔殺人者打 虎武松〕."

그리고 탁자 위의 은접시와 술잔 몇 개를 호주머니에 쑤셔 넣고 계단을 내려서려고 했다.

그때 도감 부인의 목소리가 들려 왔다.

"2층 손님들이 취한 모양이야. 누가 가서 시중을 들어 드 려라."

곧 두 사람이 계단을 올라왔다. 무송은 한옆으로 몸을 숨 겨 두 사람을 피했다. 그들은 전에 무송을 체포했던 놈들이 었다. 두 사람은 피바다 속에 세 사람의 시체가 뒹굴고 있는 것을 보자 깜짝 놀라 소리도 지르지 못한 채 돌아서려고 했

다. 이때 무송이 뒤에서 한 사람을 찔러 죽였다. 그리고 나머지 한 사람이 '제발 목숨만은……' 하고 무릎을 꿇으며 애걸하는 것도 단칼에 베어 버렸다.

"에잇, 독을 마시려거든 접시까지라고 했지. 백 놈을 죽여도 내 목숨 하나만 내놓으면 그만이다!"

그러곤 무송은 칼을 들고 2층에서 내려왔다.

"2층에서 뭘 그렇게 떠들고 있느냐?"

부인이 이렇게 물었다.

무송은 재빨리 방으로 뛰어 들어갔다. 부인이 물었다.

"누구야?"

무송은 아무 말 없이 정면으로 칼을 내리쳤다. '왓!' 하고 쓰러진 부인을 내리누르며 목을 자르려고 했으나 칼이 들어가지 않았다.

'이상하군!' 하고 달빛에서 살펴보니 칼날이 무디어져 있었다. 그래서 주방에 세워 둔 칼을 가지고 오는데 옥란이가 두 하녀를 데리고 왔다. 무송은 이들을 차례로 찔러 죽이고 다시 거실에서 하녀 셋을 가볍게 처치했다.

"야, 이제 겨우 직성이 풀리는구나!"

무송은 쪽문을 나와 칼을 들고 성큼성큼 걸어서 성벽까지 왔다. 다행히 성벽은 그다지 높지 않아도 도랑의 물도 마침 갈수기渴水期라서 1, 2척의 깊이밖에 되지 않았으므로 무난히 맹주성을 탈출할 수 있었다. 그때 성 안에서 4경 3점四更三點(새벽 3시)을 알리는 북소리가 들려왔다.

무송은 동쪽 샛길을 따라 약 2시간쯤 곧장 걸어갔다. 몸은 몹시 피곤해 젖은 솜 같았다. 게다가 감옥에서 얻어맞은 상처가 아파오기 시작하여 견딜 수가 없었다. 마침 앞의 숲속에 황폐한 작은 사당이 있었으므로 무송은 그곳에 들어가 눈을 붙였다. 그때 사당 밖에서 쇠갈퀴 두 개가 쑥 뻗어와 무송의 몸을 거는가 싶더니 곧 네 사나이가 뛰어 들어와 무송을 억누르며 밧줄로 묶어 버렸다.

"이놈은 꽤 살쪘군. 형님에게 좋은 선물이 되겠어."

네 사나이는 이렇게 말하면서 무송을 끌고 갔다. 4, 5리쯤 걸어 한 초가집에 도착하자 그들은 무송의 옷을 벗기고 오두막 기둥에 얽어맸다.

무송이 쳐다보니 사람의 다리가 대들보에 매달려 있었다. 무송은 속으로 생각했다.

'아이고, 이런 흉악한 놈들의 손에 잘못 걸려 매장되다니! 이럴 줄 알았더라면 차라리 맹주부에 자수할 것을! 비록 사지가 찢기는 한이 있더라도 호걸의 이름은 세상에 남길 수 있었을 텐데……!'

네 놈이 입을 모아 말했다

"형님, 형수님! 어서 일어나세요. 굉장한 놈을 잡아왔어요!"

"곧 나갈게. 너희들이 손을 대서는 안 돼. 내가 손수 요리할 테니까!"

하고 여자의 목소리가 들려 왔다. 그리고 곧 한 여자와 건장한 사나이가 나타났다.

두 사람은 무송을 바라보더니 먼저 여자가 말했다.

"어머, 이 사람은……!"

사나이도 말했다.

"아이고, 무이랑武二郎이 아니냐!"

그 사나이는 뜻밖에도 장청이었고, 여자는 손이랑이었다. 아까 그 네 사나이도 깜짝 놀라 무송을 풀어 주며 머리를 굽실거리면서 무례를 사과했다. 장청은 십자파의 여기저기에 상점과 일터를 갖고 있었는데 무송은 그것을 몰랐던 것이다. 장청은 무송을 곧 객실로 안내했고 헤어진 후에 있었던 이야기로 그들은 시간 가는 줄을 몰랐다.

28. 공량을 때린 무송

　무송은 장청의 집에서 4, 5일 쉬었으나, 장 도감의 집에서 15명, 비운포에서 4명을 죽인 흉악 살인범에 대한 당국의 검색은 엄하였다. 3천 냥의 현상금을 내걸고 무송의 인상人相이 방방곡곡에 나붙었다. 포리捕吏는 마을마다 한 집 한 집씩 이 잡듯이 뒤지고 다니는 판이었다. 그리하여 장청의 집도 안전한 곳이 되지는 못했다. 그래서 무송은 장청 부부와 의논한 끝에 마침내 청주의 이룡산 보주사에 있는 노지심과 양지를 의지하여 찾아가기로 결심했다.

　장청은 곧 노지심에게 자상한 편지를 쓰고 여장을 준비해 주었다.

　그러나 가는 도중 포주들의 눈을 피하는 것은 쉬운 일이 아니었다. 무송의 이마에 새겨진 문신을 어떻게 피할 수 있단 말인가? 고약을 두어 장 붙이는 정도로는 눈가림을 할 수가 없었다. 그래서 손이랑의 제의에 따라 무송은 수도승으로 가장하게 되었다.

다행히 2년 전에 십자파를 지나가는 중을 그런 수단으로 죽인 적이 있었는데, 혹시 쓸모가 있을지도 모른다는 생각에서 그 옷과 염주, 석장錫杖, 계도戒刀 그리고 도첩度牒(증명서) 등을 그대로 보관해 둔 것을 손이랑은 상기하고 곧 그것을 꺼내 왔다.

무송이 그 옷을 입어 보니 마치 새로 맞춘 것처럼 몸에 잘 어울렸다. 그래서 수건으로 머리를 매고 석장을 든 다음 염주를 목에 두르니 영락없는 수행승의 모습이었다. 무송도 거울에 자기 모습을 비춰 보고 파안대소했다. 이리하여 무송은 드디어 머리의 앞뒤를 자르고 장청 내외와 헤어져 이룡산으로 떠났다.

그는 십여 일 동안 여행을 계속했다. 어디를 가나 방문榜文이 나붙어 무송의 체포를 호소하고 있었으나 아무도 무송의 수행승 차림을 눈여겨보지는 않았다.

때마침 11월이라 날씨는 무척 추웠다. 그는 추위를 견디기 위해 술과 고기를 사 가지고 여행을 계속했다.

어느 날 무송은 험한 산봉우리 앞에서 선술집을 발견하곤 안으로 들어가,

"주인, 술 두 되와 고기 좀 주게나."

하고 말했다.

"소주는 있지만 고기는 마침 다 팔고 없는데요."

하고 주인이 대답했다.

"그럼 얼른 술이나 주게. 아이고, 추워. 한 잔 마시고 몸을 덥혀야겠다."

주인은 술 두되와 야채를 삶아서 안주로 한 접시 내놓았

다. 무송은 주발에 술을 따라 금세 마셔 버리고 다시 두 되를 주문하여 그것도 순식간에 마셔 버렸다. 북풍에 시달려 온 몸이 네 되의 술을 한꺼번에 들이붓고 나니 갑자기 취기가 돌았다.

무송이 큰 소리로 외쳤다.

"주인, 정말 고기가 없나? 집에서 먹는 것도 좋으니 좀 내놓게나. 돈은 틀림없이 치를 테니까!"

"출가한 스님께서 웬일이십니까?…… 그만 드시지요."

"나는 공짜로 달라는 게 아니야. 왜 안 파는 거야?"

"아까도 말한 대로입니다. 지금 집에는 소주밖에 없습니다. 정말입니다."

이렇게 두 사람이 승강이를 하고 있는데, 밖에서 건장한 사나이가 서너 명의 젊은이를 데리고 들어왔다. 주인은 무송에게 찌푸렸던 얼굴을 금세 바꿔 야들야들한 웃음으로 그들을 맞아들였다.

"어서 오십시오. 자, 앉으시지요."

"주문한 것은 다 됐나?"

"네, 네. 닭과 쇠고기도 삶아 놓았습니다. 오시기만을 기다리고 있었습니다."

"그 술은?"

"네, 여기 있습니다."

이들은 무송의 바로 맞은편 자리에 앉았다. 주인은 푸른 무늬가 있는 술항아리를 안고 와서 마개를 뽑고는 희고 커다란 주발에 술을 가득 따랐다. 무송이 슬쩍 보니 그것은 굴속에서 오래 저장해 두었던 고급 술임에 틀림없었다. 향기로운 술 냄새가 바람에 확 풍겨 왔다.

무송은 자기도 모르게 군침이 돌아 와락 빼앗아 먹고 싶었다. 이윽고 주인은 주방에서 커다란 접시에 두 마리의 튀김 닭과 쟁반에 가득 담은 쇠고기를 갖고 나와서 그 사나이 앞에 놓고는 술을 데우러 갔다.

무송은 자기 앞에는 야채 한 접시 하나밖에 놓여 있지 않은 것을 보자 문득 화가 치밀었다. 그래서 탁자를 확 내려치며 호통을 쳤다.

"이봐 주인, 사람을 무시해도 분수가 있지!"

주인이 깜짝 놀라 뛰어왔다.

"스님은 꽤 성급한 분이군요. 잠자코 술을 들고 계시면 좋을 텐데요."

무송은 주인을 노려보면서,

"뭐 이 따위가 있어! 저 고급술과 쇠고기를 나한테는 왜 팔지 않는 거야? 나도 똑같이 돈을 내고 먹을 거야!"

"저건 저 손님들이 손수 갖고 온 겁니다. 우리는 자리만 빌려 주고 있어요."

"거짓말 말아!"

"스님 같은 분은 처음 봅니다. 어거지를 써도 분수가 있지요."

"뭐라고? 내가 경우가 없다고? 내가 언제 공짜로 먹겠다고 했나?"

"스님, 진정하십시오."

무송은 벌떡 일어나 커다란 손바닥으로 주인의 뺨을 한 대 후려갈겼다. 주인은 한참 비틀거리다가 가까스로 몸을 가누

었는데 얼굴의 절반이 금세 부어 올랐다. 그것을 보자 그 덩치 큰 사나이가 발끈하여 무송에게 호통을 쳤다.

"야, 중이면 중 다워야지. 어디다 함부로 주먹질을 하는 거야?"

"나는 저놈을 때렸지 너를 때리지는 않았다. 상관없는 일이니까 너는 잠자코 앉아 있기나 해!"

"좋은 말로 충고하는데 오히려 나에게 트집을 잡으려 하다니!"

무송은 화가 나서 탁자를 밀어 놓고 말했다.

"이놈, 누구에게 함부로 말참견이냐?"

사나이는 웃으면서 말했다.

"이거 재미있게 됐군. 나한테 싸움을 거는 거냐? 그야말로 불 속에 날아드는 여름 벌레로군! 자, 밖으로 나가자!"

"좋다, 내가 두려워할 줄 아느냐?"

두 사람은 밖으로 나갔다. 사나이는 무송을 강적으로 보고 조심스럽게 자세를 취했다. 무송은 재빨리 사나이의 팔을 잡았다. 사나이는 무송을 쓰러뜨리려고 했으나 그는 꿈쩍도 하지 않았다. 무송은 오히려 사나이의 팔을 휙 낚아채어 주먹을 한 대 먹였다. 사나이는 어이없이 그 자리에 곤두박질쳤다. 마치 젖먹이를 대하는 것처럼 상대가 되지 않았다. 무송은 사나이를 짓밟고 주먹을 연달아 몇 대 안긴 뒤 끌어다가 술집 앞 개울에 휙 던져 버렸다. 그때까지 벌벌 떨면서 잠자코 지켜보기만 하던 3, 4명의 사나이들은 '앗!' 하고 외치더니 허둥지둥 개울로 가서 그 사나이를 끌어올려 어디론가 가 버렸다. 그리고 아까 한 대 맞아 움직일 수도 없게 된 주인은 방에 숨어서 나오려고도 하지 않았다.

"모두들 꺼져 버렸군. 어디 한 잔 할까!"

무송은 이렇게 말하면서 흰 주발에 들어있는 술을 꿀꺽꿀꺽 들이켰다. 그리고 아직 젓가락도 대지 않은 닭고기와 쇠고기를 손으로 집어서 삽시간에 거의 다 먹어 치웠다.

배가 부른 무송은 옷소매를 걷어붙이고 술집 문을 나섰다. 그리고 개울가를 따라 걷기 시작했다. 북풍이 세차게 불어와 휘청거리면서 4, 5리쯤 갔을 때 흙담 모퉁이에서 갑자기 한 마리의 개가 뛰어나와 무송을 보고 멍멍 짖어 댔다. 무송은 몹시 취해 있었는데 개는 한사코 뒤쫓아오면서 귀찮게 짖어 댔다. 무송은 왼손으로 계도를 빼들고 개를 쫓았다. 개는 개울가를 빙빙 돌면서 여전히 짖어 댔다.

무송은 개를 향해 '에잇!'하고 내려쳤으나 계도는 공중을 갈랐다. 그 바람에 무송은 비틀거리다가 개울로 나가떨어져 한 동안 일어나지를 못했다. 마침 겨울이라 물은 1, 2척밖에 되지 않았으나 살을 에는 듯이 차가웠다. 마침내 무송은 기어 올라왔지만 온몸이 흠뻑 젖었다. 계도는 물 속에 가라앉아 번쩍거렸다. 그래서 다시 개울가로 가서 몸을 굽혀 칼을 주우려는 순간 그는 다시 물 속으로 풍덩 빠졌다. 이번에는 도저히 일어날 수가 없어 개울 속에서 허우적거렸다.

그때 개울 옆 울타리에서 한 건장한 사나이를 선두로 십여 명이 손에 손에 몽둥이와 갈퀴를 들고 나타났다. 그리고 개가 극성스럽게 짖어 대는 것을 보고는 저마다 떠들었다.

"서방님을 때린 놈이 저놈입니다. 저기 빠진 중놈이에요."

그리고 저쪽에서는 아까 무송에게 얻어맞은 사나이가 칼을 들고, 창과 몽둥이를 든 2, 30명의 하인을 데리고 뛰어왔다.

그러곤 먼저 온 사나이에게,

"형님, 저 중놈입니다. 나를 때린 건 바로 저놈입니다."

하고 말했다.

"알았다. 저놈을 집으로 끌고 가서 혼줄을 내줘야겠다."

"잡아라!"

하는 명령과 함께 3, 40명이 '와!'하고 무송에게 덤벼들었다. 무송은 술에 취해 마음대로 몸을 가누지 못했다. 그들은 당황하여 일어나려고 하는 무송을 덮쳐서 손발을 끌고 기슭으로 올라갔다. 그리고 높다란 울타리에 에워싸인 큼직한 저택으로 무송을 데리고 가서 옷을 벗기고 큰 버드나무에 붙잡아 맸다.

"등나무 몽둥이를 가지고 와! 이놈을 호되게 때려 줘야겠다!"

이리하여 몇 대 때리고 있을 때 집 안에서는 한 사나이가 나타났다.

"대관절 누구를 그렇게 때리고 있는 건가?"

하고 물었다. 두 사나이는 양손을 모아 공손히 인사를 하고는 대답했다.

"스승님, 사실은……."

하고 지금까지의 경위를 이야기하고 덧붙여 말했다.

"이놈이 아무래도 가짜 중 같습니다. 이마에 문신이 새겨있는데 그것을 머리카락으로 감추고 있었습니다. 감옥을 부수고 도망친 죄인임에 분명합니다. 곧 자백을 받아 조정에 고발해야겠습니다."

"그보다 단번에 때려 죽여 불살라 버리기 전에는 내 직성이 풀리지 않을 것 같습니다! 이놈 때문에 나는 온몸이 상처투성이가 되었어요."

하고 동생이 말했다. 그러자 스승이라는 사나이는,

"잠깐만, 어쩐지 이 사나이는 호걸인 성 싶군."

하고 말했다.

그때 무송은 술기운이 어느 정도 깨어 정신을 차렸으나 눈을 지그시 감고 때리는 대로 자기 몸을 내맡긴 채 아무 말도 하지 않고 있었다. 그 사나이는 우선 무송의 등에 난 몽둥이

자국을 보고는,

"가만 있자. 이 상처는 생긴 지 얼마 되지 않은 것 같다."

하며 가까이 다가와 무송의 머리채를 잡아 올려 자세히 보다가 외쳤다.

"아니, 무이랑이 아니야?"

무송은 깜짝 놀라 눈을 크게 떴다.

"오, 형님이군요!"

"빨리 밧줄을 풀어라, 이 사람은 내 동생이야!"

하고 사나이가 말했다. 모두들 깜짝 놀랐다.

"이 중이 스승님의 동생이라구요?"

"그래, 이 사람이 내가 늘 말하던 경양강에서 호랑이를 때려죽인 무송이다."

두 형제는 이 말을 듣고 급히 밧줄을 풀고 무송에게 마른 옷을 입혀 안방으로 안내했다.

무송은 이 사람을 만난 것이 무엇보다 기뻤다. 운성현의 압사押司 송강이었다.

"형님은 시 대인柴大人의 집에 계시는 줄만 알고 있었는데 어떻게 이런 곳에 계십니까? 형님을 만나다니 꿈만 같습니다."

무송이 이렇게 말하자, 송강은 그 후 반 년쯤 시진의 집에 머물러 있다가 이곳 공 은거孔隱居의 집에 온 지는 반 년쯤 되었다고 했다. 그리고 무송에게 얻어맞은 사나이는 공 은거의 차남으로, 성급하고 싸움을 즐겨 독화성獨火星이라는 별명을 가졌는데 이름은 공량孔亮이고 그의 형은 공명孔明이며, 형제가 모두 창술과 봉술을 좋아하여 송강이 조금 가르

처 줬기 때문에 자기를 스승이라고 부른다고 했다. 그리고 무송에게 물었다.

"어떻게 중이 되었나?"

무송이 이때까지의 지나온 이야기를 상세히 말하자, 공명과 공량은 무릎을 꿇고 무송에게 무례를 사과한 다음 절을 했다.

이윽고 송강은 공 은거에게 무송을 소개하고 술을 나눴다.

송강과 무송은 일년 만에 다시 만났으므로 매우 기뻐했다. 송강은 무송에게 앞으로의 계획을 물었다.

"이룡산의 노지심을 찾아가려고 합니다."

그러자 송강이 말했다.

"그것도 좋겠지만 실은 청풍채淸風寨의 지채知寨(요새의 사령관) 소이광 화영花榮이 나한테 여러 차례 편지를 보내어 꼭 좀 놀러오라는 거야. 청풍채는 이곳에서 그리 멀지 않은 곳이어서 2, 3일 내에 떠나려고 하네. 어때, 자네도 나와 함께 가지 않겠나?"

이에 무송이 대답했다.

"고마운 말씀이지만 나는 큰 죄를 지은 몸입니다. 혹 화지채에게 화가 미치기라도 한다면 안 되니 이룡산으로 가겠습니다. 만일 하늘이 도와 조정에서 자비를 베풀어 살아 남는다면 그때 형님을 다시 찾아뵈어도 늦지는 않을 겁니다."

"그처럼 갸륵한 심정이라면 하늘도 무심하지는 않겠지. 억지로 권하지는 않겠네."

두 사람은 그 후 십여 일 동안 공 은거의 집에 함께 머물다가 공 은거 부자父子가 간곡히 만류하는 것도 뿌리치고 길을 떠났다.

송강과 무송은 이틀 만에 서룡진瑞龍鎭이라는 거리에 이르렀다. 그곳은 길이 세 갈래로 갈라져 있었는데 동쪽이 청풍진, 서쪽이 이룡산으로 가는 길이었다. 두 사람은 술집으로 들어가 작별의 술잔을 들었다.

송강이 눈물을 글썽이며 말했다.

"작별은 언제나 아쉬운 것이네. 한 가지만 충고하겠네. 제발 술을 조심하게. 만일 조정에서 자비를 베풀겠다고 권하면 부디 노지심에게도 권하여 함께 귀순하도록 하게. 그리하여 변경에라도 가서 훌륭한 공로를 세워 이름을 후세에 남길 수 있다면 인간으로 태어난 보람이 있지 않겠나? 나는 이처럼 보잘것 없는 인간으로 충성심은 갖고 있으나 별로 기대할 건덕지가 없네. 그러나 자네는 나와는 달라. 당당한 호걸이 아닌가. 반드시 앞으로 큰일을 하게 될 거야. 부디 몸조심하게. 그럼 다시 만날 수 있길 기대하겠네."

이리하여 두 사람은 눈물로 작별하고, 무송은 이룡산으로 향하였다.

29. 배은 망덕

송강은 무송과 헤어져 동쪽의 청풍산을 향해 며칠 동안 계속 걸었다. 드디어 눈앞에 청풍산이 나타났다. 송강은 하늘 높이 솟아오른 산을 바라보면서 마냥 걷다가 그만 숙소를 잡는 것을 잊어버렸다. 주위는 어느새 어두워져 송강은 당황했다.

'큰일났다. 여름이라면 숲속에서 하룻밤 보내는 것쯤 문제도 아닌데, 지금은 엄동설한이다. 호랑이라도 만나게 된다면 목숨을 부지할 수 없어!'
하고 생각하면서 동쪽으로 통하는 샛길로 급히 걸어갔다. 한두 시간쯤 걸었는데 갑자기 그의 발이 밧줄에 걸렸다. 그러자 숲속에서 방울 소리가 들리는가 싶더니 길가에 잠복해 있던 14, 5명의 산적들이 일제히 뛰어나와 그를 밧줄로 묶어 산채로 끌고 갔다.

횃불에 비친 산채는 나무 울타리에 에워싸여 있었고 한복판에는 초가집으로 된 안채가 있었으며 그 뒤에는 백여 개의 작은 방이 있는 것 같았다. 졸개들은 송강을 장작더미처럼 꽁꽁 묶어 가운데 기둥에 동여매어 놓았다.

"두목께서 지금 막 잠이 드셨으니까 깨나시면 이 '황소'의 간肝을 도려내어 드리고 우리는 고기를 먹도록 하세."
하고 부하들이 말했다.

'아! 이제 끝장이구나! 고약한 여자 하나를 죽이고 이런 곳에서 매장되다니!'

기둥에 묶여 있던 송강은 추위에 떨면서 눈만 굴리고 있었다.

이윽고 밤 10시경이 되지 "두목이 깨나셨다!" 하고는 부하 4, 5명이 나타나 안채에 등불을 켰다. 그리고 안쪽에서 적갈색의 두툼한 잠옷을 걸친 두목이 나타나더니 복판에 놓인 호랑이 가죽을 깐 의자에 걸터앉았다.

이 사람의 이름은 연순燕順, 별명은 금모호錦毛虎로 산동 내주山東萊州의 양과 말을 팔던 사람인데 장사 밑천을 날리고 산적의 무리에 끼게 된 것이다. 이어 안채에서 두 사람의 호한이 더 들어왔다. 한 사람은 키가 작고 눈이 반짝거려 왕왜호王矮虎라고 불렸는데 이름은 왕영王英이었다. 그는 본래 양회兩淮의 마부였으나 짐을 운반하는 도중 상인의 물건을 빼앗았기 때문에 포도청에 붙잡혔다가 도망쳐서 이 청풍산으로 들어오게 된 것이었다.

또 한 사람은 살결이 흰 미남자로 백면낭군白面郎君이란 별명을 가진 정천수鄭天壽였다.

그는 소주蘇州에서 은세공을 경영했으나 무예를 즐겨 여러 곳을 유랑하다가 청풍산으로 들어와 왕왜호와 5, 60차례

를 겨루어도 승부가 나지 않자, 연순의 권유로 이 산에서 세
번째 자리를 차지한 것이었다.

두 두령은 의자에 앉았다. 왕왜호가 입을 열어,

"여봐라, 빨리 저놈의 간을 도려내어 바쳐라!"

하고 말하자, 한 부하는 번쩍이는 단도를 들고, 다른 한 명은
찬물을 송강의 명치에 뿌렸다.

송강은 한숨을 내쉬며 중얼거렸다.

"송강이 여기서 그만 죽게 되는구나!"

연순이 '송강'이라는 말을 언뜻 듣고,

"이봐, 잠깐만!"

하고 부하를 제지하며,

"이놈이 지금 '송강'이 어쩌고 하지 않았나?"

하고 물었다.

"네, 이놈이 '송강이 여기서 그만 죽게 되는구나' 하고 말
했습니다."

하고 부하가 말했다.

연순이 자리에서 일어나 물었다.

"이봐, 송강을 알고 있느냐?"

송강이 대답했다.

"내가 바로 송강이오."

연순은 가까이 다가가서 물었다.

"운성현의 압사 송강이 바로 나요."

"그럼 당신이 염파석을 죽이고 숨어 다니는 산동의 송 공
명 송강이란 말이오?"

"어떻게 그것을 알고 있소? 내가 바로 그 송강이오."

연순은 깜짝 놀라 부하가 갖고 있던 단도를 빼앗아 송강의 밧줄을 잘라 내고 자기가 입고 있던 적갈색의 두툼한 잠옷을 벗어 송강에게 입혔다. 그리고 송강을 가운데 호랑이 가죽 의자에 앉히고 왕왜호, 정천수와 함께 송강에게 꾸벅 고개를 숙여 사죄했다.

송강은 당황하여 답례를 하고는 영문을 몰라 눈만 껌뻑거리고 있는데 연순이 말했다.

"모르고 한 소행이기는 하지만 하마터면 천하의 의사義士를 죽일 뻔했습니다. 이 단도로 제 눈을 도려내고 싶은 심정입니다. 저는 녹림綠林에 들어온 지 십여 년이 됩니다. 언제나 송 압사의 명성을 그리워하다가 오늘 이렇게 만나 뵐 수 있게 되었으니, 이런 기쁠 데가 어디 있겠습니까. 양산박이 최근 크게 세력을 확장하여 그 이름을 천하에 떨치게 된 것도 모두 압사님의 힘에 의한 것이라고 듣고 있습니다. 그런데 어떻게 혼자 이곳에 오시게 되었습니까?"

송강은 지금까지의 사정을 자세히 이야기했다. 세 사람은 매우 기뻐하며 곧 양과 말을 잡아 환대하였다. 그리하여 송강은 이 산에서 6, 7일 동안 머물게 되었다.

송강이 세 두령과 함께 술을 마시고 있는데 한 부하가 뛰어와서 부인을 태운 가마 일행이 산기슭을 지나간다고 보고했다. 이 말을 듣자 여자를 좋아하는 왕영은 송강이 말리는 것도 뿌리치고 뛰어나갔다.

"왕영도 호한인데 저 버릇만은 옥의 티지요."
하고 연순이 쓴웃음을 지었다.

이윽고 왕영이 그 부인을 붙잡아 왔다. 송강이 가엾게 여

겨 그 부인에게,

"당신은 어디 사람이오. 어찌하여 이런 시각에 이곳을 지나가게 되었소?"

하고 묻자 부인은 부끄러운 듯 송강에게 얌전히 절을 하고는 말했다.

"저는 청풍채 지채의 아내입니다. 어머니의 일주기―週忌라 성묘하러 가는 길입니다. 제발 목숨만은 살려 주십시오."

송강은 깜짝 놀랐다. 자기가 이제부터 찾아가려는 화영의 아내가 아닌가 하는 생각이 들었기 때문이다.

"그럼 당신이 화 지채의 부인인가?"

"아닙니다. 청풍채에는 문관과 무관 두 지채가 계시는데 무관인 지채는 화영 나리이고 문관인 지채는 저의 남편인 유고劉高입니다."

화영의 동료인 유고의 부인인 줄 알면서 죽는 것을 그대로 보고만 있다면 청풍채에 가서 화영을 대할 면목이 없게 된다고 송강은 생각했다. 송강은 어쨌든 왕영에게 이 부인을 놓아 주는 것이 좋겠다고 청하였다.

"나는 이 여자를 기어코 내 압채 부인押寨夫人(산적의 아내를 존중하여 부르는 말)으로 만들 거요."

이렇게 왕영이 우겨댔으므로 세 사람은 입이 닳도록 그를 설득했다. 그리고 송강은,

"나중에 더 좋은 아내감을 소개하겠소."

하고 약속하고, 왕영에게 머리를 숙여 가면서까지 간곡히 부탁했다. 이렇게 되니 왕영도 끝까지 고집만 부릴 수가 없어서 마지못해 부인을 놓아주었다. 부인은 송강에게 머리를 굽

실거리며 고맙다고 인사를 하고는 산을 내려갔다.

송강은 청풍산에 며칠 동안 더 머문 뒤, 마침내 세 두령과 작별하고 청풍채의 화영의 집을 찾아갔다. 화영은 아직 젊은 무사였다. 그는 송강과 5, 6년 만에 다시 만나게 된 것을 무척 기뻐하면서 그를 안방으로 안내하고 아내와 여동생을 송강에게 소개시킨 뒤 술을 내오게 했다.

술을 나누면서 송강이 유 지채의 부인을 도와준 이야기를 했다. 그러자 화영이 얼굴을 찌푸리며,

"형님, 괜한 일을 했군요. 그런 여자는 차라리 죽게 내버려두는 편이 세상을 위해서 좋았을 텐데요."

하고 말했다. 송강이 이상하게 여겨 까닭을 물으니 이렇게 대답하는 것이었다.

"이 청풍채는 청주靑州(지금의 산동성)의 요새로, 자랑 같지만 제가 이곳에 버티고 있는 한 원근 각처의 산적들은 손가락 하나 댈 수 없었습니다. 그런데 최근에 저 유고가 이곳의 정지채正知寨로 부임하고 나는 부지채副知寨가 되었습니다. 그건 좋은데 유고는 문관인 주제에, 학문도 없을 뿐만 아니라 재주라고는 백성들로부터 돈을 우려내는 것밖에 없습니다. 게다가 그 자의 마누라도 고약하여, 남편을 부추겨서 양민을 괴롭히고 뇌물을 거둬들이는 데만 열을 올리고 있지요. 그야말로 죽여도 싼 계집입니다."

송강은 화영을 달랬다.

"그렇지만 어쨌든 동료이니 성급한 생각은 말아야 하네."

송강은 화영의 극진한 대접을 받았다. 심심하면 부하의 안내를 받아 여러 절과 사당을 구경하기도 하고 거리의 번화가

에 놀러 다니면서 즐거운 하루하루를 보냈다. 송강은 안내하는 병사들에게 용돈도 자주 쥐어 주었으므로 병사들도 그를 몹시 따랐다.

이리하여 어느새 해가 바뀌고 정월 보름이 되었다. 청풍채의 거리에는 집집마다 꽃등이 내걸렸고 토지묘土地廟 앞에는 6, 7백개의 꽃등이 장식되었다. 물론 동경의 수도와는 비교할 수 없었으나 갖가지 행사가 마련되었고 거리는 사람들로 붐볐다. 송강도 구경하러 나갔다. 먼저 토지묘를 구경하고 6, 7백보쯤 가니 커다란 저택 앞에 많은 사람들이 박수를 치면서 뭔가를 구경하고 있었다. 송강은 사람들 뒤에서 발뒤꿈치를 올리고 보려 했으나 사람들이 너무 많아 보이지 않았다. 그러자 그를 따라온 병사가 사람들을 헤치고 송강을 떠밀어 주었다. 거기에서는 가면을 쓴 사람이 골계무滑稽舞를 추고 있었다. 그는 엉덩이를 흔들기도 하고 몸을 비틀면서 춤을 추고 있었는데 그 광경이 어찌나 촌스럽고 우스꽝스러운지 송강은 자기도 모르게 크게 소리 내어 웃고 말았다.

이때 저택 안에서는 유 지채의 내외가 하녀들과 함께 이 춤을 구경하고 있었다. 유 지채의 아내는 송강의 웃음소리를 듣자 등불 아래로 송강의 얼굴을 보더니 남편에게 말했다.

"여보, 저기 지금 웃고 있는 남자 있지요? 얼굴색이 검은 저 남자 말예요. 저놈이 나를 끌고 간 청풍산 산적의 두목이에요!"

유 지채는 깜짝 놀라 즉시 부하에게 송강을 체포하도록 명했다. 송강은 허둥지둥 도망치려고 했으나 곧 붙잡혀 밧줄에 묶인 채 유 지채 앞으로 끌려왔다.

"네놈은 청풍산 산적인 주제에 꽃등 구경을 하다니, 네가 망령이 든 모양이로구나! 네 목숨은 이제 내 손에 달렸으니, 그리 알아라."

"저는 운성현에서 온 여행자로 장삼張三이라는 사람입니다. 화 지채와는 오랜 친구로 벌써 여러 날 전부터 이곳에 와 있었습니다. 청풍산의 산적이라니 천만의 말씀입니다."

하고 송강이 말했다. 그러자 유 지채의 아내가 병풍 뒤에서 나오며 말했다.

"이놈이 잡아떼고 있어요. 네놈이 나에게 '두령'이라고 부르게 한 것을 벌써 잊었느냐?"

"부인, 그건 오해입니다. 그때 소인이 부인께 말씀드리지 않았습니까? 소인 역시 운성현 사람으로 이곳에 붙잡혀 있으니 산을 내려가시게 할 수 없다구요."

"흥, 네놈이 가운데 의자에 앉아서 큰소리를 치지 않았느냐!"

"부인, 내가 그처럼 애써 부인을 도와 드린 것을 잊으셨습니까? 나를 산적이라고 하다니 그건 너무하지 않습니까?"

"이 뻔뻔스런 놈 보겠나! 이놈아, 골이 터지도록 맞아 봐야 사실대로 말하겠느냐?"

유 지채는 대나무로 세게 치게 하여 피투성이가 된 송강을 쇠사슬로 묶어 놓았다가 날이 밝으면 죄수의 수레에 태워 '운성호 장삼鄆城虎張三'이라는 이름으로 주州의 포도청에 송치할 심산이었다.

화영은 송강이 유 지채에게 체포되었다는 말을 듣고 깜짝 놀라 곧 유 지채에게 편지를 썼다. 유고는 그 편지를 읽고 나

서는 갈기갈기 찢어 버리며,

"화영은 조정의 녹祿을 먹는 관원의 신분으로 산적과 짜고 나를 속이려고 하는구나! 이놈이 자기 입으로 운성현의 장삼이라고 말했는데 이 편지에는 제주의 유가劉哥로 써 놓았다. 사람을 우롱해도 분수가 있지. 유가라고 하면 내 성과 같아 이놈을 놓아 줄줄 알고 있나 본데 천만의 말씀이야."

부하로부터 이 말을 전해들은 화영은 안절부절 못하다가 갑옷을 걸치고 창을 들더니 말에 올라탔다. 그리고 4, 50명의 병사를 거느리고 유고의 집으로 달려갔다. 유고의 문지기는 그 기세에 눌려 도망쳤고 화영은 유고의 집 깊숙이 들어가 말을 내린 다음 데려간 병사들로 하여금 모두 청청廳 앞에 늘어서게 했다.

"유 지채, 할 얘기가 있소이다!"

하고 큰 소리로 외쳤다.

유고는 그 소리를 듣고 겁에 질려 얼른 나서려고 하지 않았다. 화영은 집 안을 샅샅이 뒤져 피투성이가 된 채 밧줄에 묶여 대들보에 매달려 있는 송강을 발견했다. 화영은 송강을 곧 구해 내고,

"유 지채! 당신은 정지채이면서 부지채인 나를 어찌 이렇게 대하는 거요? 당신은 무슨 심산으로 나의 종형을 데려와 도둑이라 하시오! 사람을 얕보아도 분수가 있지! 내일 당신에게 따지겠소이다!"

하고는 유유히 물러갔다.

유고는 화영이 송강을 구출해 가자 곧 1, 2백 명의 병사를 모아 화영의 집으로 가서 송강을 빼앗아 오게 했다. 교두敎頭

두 사람은 모두가 신참 무예사범으로 화영의 실력은 이미 들어서 알고 있었기 때문에 겁을 집어먹고 화영의 집 앞까지 오기는 왔으나 아무도 앞장서서 쳐들어가려고는 하지 않았다.

날이 훤히 밝자 대문이 활짝 열렸다. 화영은 청에 앉아서 왼손으로 활을 잡고 오른손으로 화살을 당기더니 큰 소리로 외쳤다.

"너희들은 듣거라. 유고와 같은 놈에게 충성하는 것은 이제 그만둬라! 여봐라, 새로 온 교두들은 내 실력을 아직 모를 것이다. 지금부터 내가 활솜씨를 보여줄 테다. 그것을 보고도 두렵지 않다면 쳐들어와도 좋다! 먼저 저 왼쪽 문짝에 있는 문신門神의 금강장金剛杖 끝을 쏘아 맞힐 테니 잘 봐라!"

화영이 활에 화살을 메겨 힘껏 잡아당겨 쏘니 보기 좋게 문신의 금강장 끝에 명중했다. 2백 명의 병사들은 저마다 깜짝 놀라 입을 딱 벌렸다.

"다음 화살의 표적은 오른쪽 문짝의 문신 투구에 달려 있는 빨간 술이다!"

이번에도 화살은 영락없이 술에 명중했다. 화영은 세 번째 화살을 잡고 외쳤다.

"세번째 화살의 표적은 흰 옷차림을 하고 있는 교두의 심장이다!"

하니, '우왓!' 하고 그 교두가 외치며 번개같이 도망쳤다.

그러자 다른 병사들도 사방으로 도망쳤다.

유고는 병사들이 모두 도망쳐 돌아오는 것을 보고 문관답게 간계를 부렸다.

'화영 이놈, 너는 틀림없이 오늘밤으로 그 사나이를 청풍 산으로 도망치게 할 것이다. 그리고 내일은 끝까지 시치미를 떼겠지. 그렇게 되면 상사에게 고발해도 흔히 있는 문관과 무관 사이의 갈등으로 여기게 될 것이다. 그렇다면 나에게도 생각이 있다.'

하고는 그날 밤으로 유고는 20여 명의 병사를 5리 가량 떨어진 길목에 숨겨 놓았다.

송강은 그런 줄도 모르고 화영과 의논한 뒤 밤중에 청풍산으로 도망치기로 했다. 화영에게 폐를 끼치고 싶지 않았기 때문이다. 그리하여 완전히 유고의 올가미에 걸려들게 되었다.

유 지채는 묶인 채 병사의 등에 업혀 오는 송강을 보고 신바람이 나서,

"저놈 꼴 좋다! 안뜰에다 단단히 감금해 두어라. 아무한테도 말하면 안 된다."

하고 그날 밤으로 상신서上申書를 써서 사자를 시켜 청주부에 전하게 했다.

이튿날 화영은 송강이 청풍산에 무사히 도착한 줄로 생각하고,

"이번에는 놈이 어떻게 나오나 보자."

하고 태평이었다. 한편 유고는 유고대로 일부러 모른 체하고 있었다.

청주부의 지사는 유 지채의 밀고密告를 받고 매우 놀랐다. 그의 성은 모용慕容, 이름은 언달彦達로 휘종 황제의 황후 모용귀비慕容貴妃의 오빠였다. 그는 여동생의 세도를 믿고 안하무인眼下無人으로 행세하며 백성들을 괴롭히는 고약한 관

리였다. 그는 곧 주의 병마도감 황신黃信을 불렀다.

황신은 무예 전반에 통달한 청주의 호걸이었다. 그는 청주 관내에서 산적이나 강도가 우글거리는 청풍산과 이룡산, 도화산, 이 세 산을 곧 자기가 토벌해 보이겠다고 큰소리를 쳤으므로, 사람들은 그를 '진삼산鎭三山'이라고 불렀다.

병마도감 황신은 지사의 명령을 받고 50명의 건장한 병사를 이끌고 그날 밤으로 청풍채의 유고 집으로 달려갔다. 그리하여 두 사람은 뭐라고 소곤거리더니 날이 밝자 먼저 본채의 양쪽에 병사를 숨겨 두고 술상을 차리라고 일렀다. 그리고 황신은 조반 전에 부하 세 사람만을 거느리고 화영의 집으로 갔다.

화영은 기꺼이 황신을 객실로 맞아들였다. 황신이 말했다.

"나는 지사 나리의 명령으로 왔소. 이 청풍채에는 당신과 유지채의 사이가 원만치 못한 것을 지사 나리께서 몹시 안타까워하여 꼭 화해시키라고 나를 보냈소. 본채에 이미 술상을 차리라고 일러 뒀으니 이제부터 나와 함께 가서 화해의 술잔을 들지 않겠소?"

화영이 웃으면서 말했다.

"저는 결코 유고를 무시한 적이 없습니다. 그는 역시 정지채입니다. 다만 그가 언제나 내 약점을 들추려고 하기 때문에 여러분에게 심려를 끼친 것입니다. 죄송합니다."

그러자 황신이 화영의 귀에 대고 소곤거렸다.

"지사 나리는 자네 하나만을 신뢰하고 계시오. 막상 전투가 벌어지면 유 지채는 문관이라 아무짝에도 쓸모가 없소이다. 화해해도 당신에게 손해가 가지 않게 할 테니 모든 것을 나한테 맡기시오."

"고맙습니다."

두 사람이 말을 몰아 본채로 가니 유고는 벌써 마루에 나와 있었다. 세 사람은 인사를 나누고 황신이 술을 가져오라고 일렀다. 화영은 계략이 있는 줄은 전혀 알지 못했다. 자기와 마찬가지로 무관인 황신에게 악의惡意가 있으리라고는 꿈에도 생각지 못했던 것이다.

황신은 먼저 술잔을 유고에게 돌린 다음 화영에게 돌렸다.

그리고 화영이 돌려주는 술잔을 받고 한 번 주위를 돌아보더니 갑자기 그 술잔을 마루 위에 떨어뜨렸다. 이것을 신호로 안에서 4, 50명의 병사가 뛰어나와 화영을 둘러쌌다.

"단단히 묶어라!"

하고 확실이 명령을 내렸다.

"내게 무슨 죄가 있다고 그러시오?"

하고 화영이 말하자,

"무슨 죄라니? 지금 네놈은 청풍산의 산적과 내통하여 조정에 화살을 겨누고 있지 않느냐?"

하고 황신이 말했다.

"증거를 가지고 하는 말입니까?"

"오, 증거를 보고 싶다면 보여주지. 여봐라! 그놈을 이리로 끌고 오너라!"

이윽고 죄수를 실은 한 대의 수레가 밖에서 나타났다. 거기에는 뜻밖에도 송강이 타고 있었다. 화영은 깜짝 놀라 아무 말도 못 하고 다만 송강과 마주 쳐다볼 뿐이었다.

화영도 즉시 죄수의 수레에 태웠다. 그리고 황신과 유고는 각각 말을 타고 주병州兵 50명, 채병寨兵 백 명에게 죄수를 태운 수레 두 대를 엄중히 경호하게 한 뒤 청주부를 향해 떠 났다.

일행이 청풍채에서 약 3, 40리 떨어진 산기슭에 이르렀을 때 갑자기 선두의 채병이 멈춰 서서 말했다.

"저쪽 숲에서 이쪽을 엿보는 자가 있습니다!"

"괜찮다. 그냥 가라!"

하고 황신은 말 위에서 호통을 쳤다.

그런데 그 숲 가까이 다가가자 갑자기 2, 30개의 징소리가 일제히 울려 퍼졌다. 채병들은 당황하여 뿔뿔이 흩어졌다.

"모두들 산개散開해!"

황신은 이렇게 외치고,

"유 지채, 죄수의 감시를 부탁하네!"

하고 말했다.

유고는 답변도 못 하고 얼굴이 붉으락 푸르락하면서 다만 중얼중얼 염불만 욀 뿐이었다.

그러나 황신은 무관답게 배짱이 있었다. 황신은 말을 달려 전방을 바라보니 숲속에 잠복시켜 둔 4, 5명의 사나운 산적 들이 일행을 에워싸고 세 사람의 호한이 숲속에서 뛰어나와 호통을 쳤다.

"네 이놈, 이곳을 그냥 지나가지는 못한다! 꼭 지나가야겠 다면 3천 냥의 통행세를 물어라!"

거기에는 가운데에 연순, 오른쪽에 왕영, 왼쪽에 정천수가 버티고 서 있었다.

"무례한 놈들 같으니, 진삼산이 여기 있다!"

"'진삼산' 은커녕 '진만산' 이라도 3천 냥의 통행세를 바치지 않으면 통과시킬 수 없다는 것을 알아라."

"나는 공무公務로 가는 도감이다. 그런데 무슨 통행세란 말이냐?"

"공무로 가는 도감은커녕 송나라 천자가 간다고 해도 3천 냥의 통행세를 내야 한다. 돈이 없으면 죄수의 수레를 담보로 놓고 가거라!"

"이런 고약한 놈 보았나!"

황신은 칼을 휘두르면서 말을 몰아 연순에게 덤벼들었다.

그리하여 세 사람의 호한은 일제히 칼을 들고 십여 차례 마주 싸웠다. 그러나 용맹한 황신도 세 사람을 한꺼번에 상대할 수는 없었다. 그래서 산채로 사로잡혀 가는 수치를 당하는 일이 있어서는 안 되겠다는 생각에서 할 수 없이 적에게 등을 돌리고 말을 몰아 청풍진으로 급히 도망쳤다.

대장이 없어지자 병사들은 죄수의 수레를 버려둔 채 사방으로 도망쳤다. 뒤에 남은 유고는 허겁지겁 말을 몰아 도망치려고 했으나 적이 늘여 놓은 밧줄에 걸려 그만 말과 함께 쓰러져 잡히고 말았다.

그때 화영은 재빨리 수레를 부수고 밖으로 뛰어나와 동여맨 밧줄을 풀었다. 그리고 송강의 수레도 때려 부숴 송강을 구출하고, 유고의 옷을 벗겨 송강에게 입힌 다음 그를 끌고 산채로 돌아갔다.

산에서는 곧 축하 잔치가 열렸고 화영은 유고의 심장을 도려내어 송강에게 바쳤다.

"그렇지만 은혜를 원수로 갚은 그 계집을 죽이지 않고서는 도저히 직성이 풀리지 않는다."

　송강과 화영은 두령 셋과 함께 청풍채를 탈취할 계책을 의논했다.

30. 진명의 합세

　도감 황신은 혼자 청풍채로 도망와서 사방의 경비를 엄중히 하고 급히 상소를 지사에게 올렸다. 지사는 깜짝 놀라 청주 지휘사 총관指揮司總管 겸 본주本州 병마통제兵馬統制인 진명秦明을 불러들였다.

　진명은 본래 산너머 개주開州(지금의 사천성四川省) 사람으로 성미가 성급하고 목소리가 벽력 같아 사람들은 그를 '벽력화霹靂火'라고 불렀다. 조상 대대로 무관으로 낭아봉狼牙棒을 휘두르면 당할 자가 없는 용사였다.

　그는 지사로부터 연유를 듣고 매우 화를 냈다. 즉시 1백의 기병과 4백의 보병을 거느리고 '병마총관 진통제'라고 크게 쓴 깃발을 앞세우고 청풍산을 향해 떠났다. 갑옷과 투구로 무장한 진명의 뭇은 너무도 당당했다.

　진명이 거느린 부대는 청풍산 아래에 도착하여, 그날은 산에서 10리쯤 떨어진 곳에서 야영을 했다. 이튿날 아침 일찍 이들은 한 발의 호포號砲를 신호로 북을 치면서 청풍산으로 쳐들어갔다. 그러자 산꼭대기에서 하늘을 뒤흔드는 징소리와 함께 한 떼의 기병이 뛰어 내려왔다. 진명이 말을 멈추고 바라보니 화영이 많은 산적에게 에워싸여 산을 내려오고 있었다.

화영은 말 위에서 창을 옆에 끼고 진명에게 고개를 끄덕여 보였다. 진명이 외쳤다.

"화영! 네놈은 장군의 집안에서 태어나 나라의 녹을 먹으면서 무엇이 부족하여 산적과 내통하여 조정에 화살을 겨누느냐? 부끄러운 줄 안다면 어서 말에서 내려와 순순히 결박을 받아라!"

화영은 겸손하게 웃음을 지어 보이며 대답했다.

"총관, 들어 보시오. 내가 어찌 감히 조정에 화살을 겨누겠습니까? 모두가 그 유고 놈이 있는 말 없는 말로 고해 바쳐서 나를 모함했기 때문에 잠시 이곳에서 재난을 피하고 있을 뿐입니다. 총관, 그 점을 이해해 주시기 바랍니다."

"어서 말에서 내려 포박을 받지 못할까? 교묘한 말로 속여서 군심軍心을 현혹시키지 말아라!"

진명은 이렇게 호통치고 나서 좌우의 병사에게 북을 울리게 하고는 낭아봉을 휘두르면서 화영에게 돌진했다. 화영은 껄껄껄 웃더니,

"진명, 내가 고개를 수그리려고 하는데 오히려 목에 힘을 주는구나! 네놈을 상관으로 생각하여 자제하고 있는 것을 두려워하는 것으로 생각한다면 큰 오산이다!"

하고 말을 몰아 창을 휘두르면서 덤벼들었다.

두 사람은 약 4, 50차례 겨루었으나 좀처럼 승부가 나지

않았다. 화영은 일부러 허점을 보이고 말머리를 돌려 산기슭의 샛길로 달아났다. 진명은 화가 나서 그를 쫓아갔다. 화영은 창을 요사환了事環(쓰지 않는 무기를 꽂아 두는 곳)에 꽂아두고 말을 멈추어 재빨리 활을 꺼낸 뒤 진명의 투구를 겨냥하여 힘껏 쏘았다. 화살은 진명의 투구에 명중하여 끝에 달린 붉은 술이 땅에 떨어졌다.

진명은 깜짝 놀라 감히 뒤쫓아가지 못하고 말머리를 돌려 되돌아오니, 모두 산 위로 후퇴한 뒤였다.

"고약한 놈들 같으니!"

진명은 부하에게 북을 치도록 명령하고 보병은 선두로 함성을 지르면서 산채로 쳐들어갔다.

산을 두세 개 넘었을 때 갑자기 나무토막, 돌, 쇳물 등이 험준한 곳으로부터 떨어져 내렸다.

선두에 선 군사들은 앞으로 나아갈 수도 뒤로 물러설 수도 없었고 4, 50명이 연달아 쓰러졌다. 할 수 없이 산기슭으로 후퇴해 내려올 수밖에 없었다.

진명이 화가 머리끝까지 치밀어 부대를 이끌고 다시 올라가기 위해 다른 길을 찾고 있는데 갑자기 서쪽 산에서 징소리가 들리더니 숲속에서 붉은 깃발 두 개가 불쑥 나타났다. 진명은 그곳을 향해 병사를 몰고 갔다.

그곳에 가 보니 징소리도 들리지 않았고 붉은 깃발도 보이지 않았다. 다만 좁다란 오솔길밖에 없는 데다가 베어서 쓰러뜨린 나무들이 뒤얽혀 있어서 도저히 산 위로 올라갈 수가 없었다. 그래서 병사들에게 길을 트게 하려는데 군졸 한 명이 뛰어와서,

"동쪽 산에서 징소리가 울리고 붉은 기를 든 적이 나타났습니다."

하고 보고했다.

진명은 군사를 이끌고 부리나케 동쪽 산으로 갔다. 그러나 그곳에서도 징소리는 울리지 않았고 붉은 기도 보이지 않았으며 아까워 같은 좁은 길에 나무가 잔뜩 가로놓여 앞을 막고 있을 뿐이었다. 그때 척후병이 달려와서,

"서쪽 산에서 또다시 징소리가 울리고 붉은 기가 나타났습니다."

하고 보고했다.

진명은 말에 채찍을 가해 부하를 이끌고 서쪽 산으로 달려갔다. 그러나 역시 사람이라고는 그림자도 보이지 않았고 붉은 기도 없었다. 화가 날 대로 난 진명은 아드득 이를 갈았다.

그때 동쪽 산에서 또다시 천지를 뒤흔드는 징소리가 울려퍼졌다. 급히 군사를 이끌고 가보니 적군은 한 놈도 보이지 않았다. 진명은 가슴이 부글부글 끓어올랐다. 그때 다시 서쪽 산에서 함성이 들려왔다. 진명이 또다시 뛰어갔으나 역시 아무도 보이지 않았다.

결국 동남쪽 큰길로 쳐들어갈 수밖에 없어서 그곳으로 갔을 때는 이미 해가 저물었고, 사람도 말도 지칠 대로 지쳐 있었다. 할 수 없이 산기슭에서 야영을 하려고 취사 준비를 하고 있는데 산 위에서 횃불이 주위를 환히 밝히더니 징소리가 요란하게 울리기 시작했다. 진명은 4, 50명의 기병을 이끌고 산 위를 향하여 공격해 올라갔다. 이때 산 위의 숲속에서 화살이 날아와 몇 사람이 부상당했다. 진명은 어쩔 수 없이 말

머리를 돌려 내려와 다시 취사를 명했으나 또다시 산 위에서 8, 90개의 횃불이 바람을 타고 내려왔다. 진명이 급히 군사를 이끌고 달려가 보니 횃불은 일제히 꺼지고 주위는 컴컴했다. 그날 밤 달은 떠올랐으나 구름에 가려 주위는 어두웠다. 진명은 화가 치밀 대로 치밀어 도저히 견딜 수가 없었다. 그는 병사에게 명하여 횃불로 그 숲을 태워 버리도록 했다. 그때 산모퉁이에서 북소리가 들려 왔다.

진명이 말을 몰아 그곳으로 달려가 보니 거기에는 십여 개의 횃불 아래 화영이 송강과 함께 술잔을 기울이고 있었다. 진명이 더욱 화가 나서 욕설을 퍼붓자 화영이 웃으면서 대답했다.

"진 통제, 그렇게 화낼 것 없소이다. 오늘은 돌아가서 쉬도록 하시오. 내일 결판을 내도록 합시다."

진명이 호통을 쳤다.

"이 반역자, 어서 내려와라! 여기 와서 당당히 승부를 겨루자!"

"진 총관, 당신은 지금 지칠 대로 지쳐 있소. 둘이 싸워 내가 이겨도 솜씨를 자랑할 수 없지 않소? 오늘은 이대로 돌아가시오. 모든 일은 내일로 미룹시다."

진명은 더욱 화가 치밀어 고함을 질렀다. 길을 찾아 산 위로 올라가려고 했으나 화영의 화살이 무서워 산비탈 아래서 호통만 쳤다.

그때 본진 쪽에서 일제히 함성이 일어났다. 진명은 급히 산 아래로 내려갔다. 그러자 갑자기 산 아래서 화포火砲와 화전火箭이 일제히 날아오고 2, 30명의 산적이 떼를 지어 배

후의 어둠 속에서 활과 쇠뇌를 마구 쏘아 댔다. 당황한 관군은 일제히 깊은 골짜기로 허둥지둥 도망쳤다.

그때 놀랍게도 골짜기의 상류에서 한꺼번에 많은 물이 쏟아져 내려왔다. 산채에서 미리 흙을 쌓아 골짜기의 물을 막아 놓았다가 갑자기 둑을 터뜨렸던 것이다.

관군은 아우성을 치며 떠내려갔고 겨우 기슭으로 헤엄쳐 오른 자는 산적의 쇠갈고리에 끌려 올라와 생포되었으며 기슭까지 헤엄치지 못한 자는 모두 물에 휩쓸려 죽었다.

진명은 화가 치밀어 머리가 지끈지끈했다. 그리고 옆에 나 있는 오솔길을 발견하고 말을 몰아 산 위로 올라가려고 했다. 그러나 그는 4, 50보도 못 가서 말과 함께 함정에 빠져 양쪽에서 기다리고 있던 50여 명의 산적들에게 붙잡히고 말았다.

그리하여 갑옷과 투구, 그밖에 무기 등을 그들에게 몽땅 빼앗기고 밧줄에 묶여 청풍산으로 끌려갔다.

이것은 모두가 화영과 송강의 계략에 의한 것으로 진명이 이끌고 온 5백여 명의 병사는 거의가 물 속에 빠져 죽고, 1백 6, 70명은 생포되었으며 7, 80필의 말도 모두 빼앗기고 진명 자신도 생포되었던 것이다.

진명이 묶여서 산채에 도착한 것은 이미 새벽녘이었으며 다섯 명의 호걸은 취의청聚義廳에 모여 있었다. 화영은 진명이 끌려온 것을 보자 급히 의자를 걷어차고 일어나 아래로 뛰어갔다. 그리고 친히 진명의 밧줄을 끊고 취의청에 부축해 올리고는 그 앞에 엎드려 절을 했다.

진명은 당황하여 답례하고는 말했다.

"나는 잡혀온 몸으로 몸뚱이를 찢어 죽인다 해도 그대들에게 할 말이 없거늘 어찌하여 나에게 절을 하는가?"

화영은 무릎을 꿇은 채,

"젊은 것들이 분수도 없이 당신께 실례한 것을 용서해 주시오."

하고 말하고는 곧 비단옷을 진명에게 갈아 입혔다.

"여기에 모인 분들은 어떤 분들이오?"

하고 진명이 화영에게 물었다.

"이쪽은 내 형님뻘 되는 운성현의 압사 송강이고, 저쪽은 산채의 주인 연순, 왕영, 정천수입니다."

"세 분은 알고 있는데, 이쪽 송 압사는 혹시 산동의 송 공명이 아니오?"

송강이 그렇다고 대답하자, 진명은 얼른 엎드렸다.

"명성은 전부터 들어 왔습니다. 오늘 여기서 만나 뵙게 되다니 실로 뜻밖입니다."

송강도 얼른 답례를 했다.

진명은 송강이 부자연스럽게 서 있는 것을 보고는,

"다리를 다치셨습니까?"

하고 물었다.

송강이 유 지채로부터 고문당한 이야기를 자세히 들려주자, 진명은 머리를 흔들면서,

"한쪽 말만 들었다가 큰 실수를 저질렀습니다. 돌아가면 지사에게 자세히 이야기하겠습니다."

하고 말했다.

연순은 곧 진명을 위해 술자리를 마련하도록 지시하고 포

로가 된 관군들에게도 술과 음식을 대접했다. 진명은 술 네
댓 잔을 들더니 자리에서 벌떡 일어나,

"이렇게 내 목숨을 건져 주셨으니 제발 나를 주州의 관가
로 돌아가게 해주시오."
하고 말했다. 그러자 연순이,

"그러나 그것은 좀 생각해 볼 문제가 아닐까요? 이미 청주
의 5백 인마를 모두 잃었는데 어떻게 빈손으로 돌아갈 수 있
겠습니까? 지사가 용서해 줄까요? 그보다는 차라리 산채에
머물러 있으면서 금은을 나눠 가지고 자유롭게 사는 편이 나
을 것입니다. 그런 문관 아래서 눌려 지낼 필요가 없지 않습
니까?"
하고 말하자 진명이 목청을 높여 대답했다.

"나는 대송大宋 사람으로 태어났으니 죽은 후에도 대송의
귀신이 되려고 하오. 조정에서는 나를 병마총관으로 세워 통
제사의 직분을 겸하도록 했소. 그런 큰 은혜를 받은 내가 어
찌 산적이 되어 조정에 화살을 겨눌 수 있겠소? 여러 장사들
께서는 차라리 나를 죽여주시오!"

화영이 앞으로 나오며,

"화를 가라앉히시고 잠시 제 말을 들어 주십시오. 저도 조
정 대관大官의 자식이나 할 수 없이 사정에 따라 결국은 이
렇게 되었습니다. 싫다는 일을 억지로 강요하지는 않겠습니
다. 어쨌든 술이나 드시지요. 연회가 끝나는 대로 갑옷과 투
구, 군마, 무기를 돌려드리겠습니다."
하고 말했으나 진명은 자리에 앉으려고 하지 않았다. 그래서
화영이 다시,

"총관께서는 하루 종일 싸우시느라고 피로하실 테고, 군마도 배불리 먹여야 갈 수 있지 않겠습니까?"

하고 말하자 진명은 '하긴 그렇다'는 생각에서 다시 자리에 앉았다.

진명은 다섯 호한이 번갈아 권하는 술잔을 거절할 수 없어 일일이 받아 마시니 곧 만취되었다.

이튿날 아침, 진명이 눈을 뜬 것은 여덟 시가 지나서였다.

진명은 일어나 얼굴을 씻는 둥 마는 둥 하고 산에서 내려가려고 했다. 그때 호한들이,

"아침 식사는 하고 가시지요?"

하고 붙잡았으나 진명은 이를 듣지 않았다. 그들은 급히 술과 음식을 마련하여 대접하고 갑옷과 투구, 군마, 그리고 그의 낭아봉 등을 돌려주었다.

진명은 산기슭까지 호한들의 전송을 받으며 청주를 향해 말을 달렸다.

청주에서 10리쯤 떨어진 곳에 진명이 도착한 것은 열 시전후였는데 멀리서 연기가 무럭무럭 피어오르고 한길에는 사람의 그림자 하나 보이지 않았다. 진명은 이상한 생각이 들었다. 드디어 성벽 밖까지 가서 보니 뜻밖에도 어제까지 있었던 몇백 호의 인가가 지금은 고스란히 불타 버리고 허허벌판에는 수많은 남녀의 시체가 즐비하지 않은가!

깜짝 놀란 진명은 그곳을 급히 빠져 나와 성으로 가서 큰 소리로 문을 열라고 외쳤다.

그런데 성문의 조교弔橋는 높이 걷혀져 있었고 성벽 위에는 병사와 깃발, 통나무, 돌멩이 등이 즐비하게 놓여져 있었

다. 그리고 진명을 보자 북을 치면서 그들은 일제히 함성을 질렀다.

진명이 외쳤다.

"나는 진 총관이다! 어찌하여 성문을 열지 않는가?"

이때 지사가 성벽 위에 나타나더니 버티고 서서 큰 소리로 외쳤다.

"이 반역자야! 네놈은 부끄러운 줄도 모르느냐! 네놈은 어젯저녁에 민가를 불태우고 많은 양민良民을 죽이고도 지금 또 나타나 문을 열라고 떠드는 게냐? 네놈의 반역은 이미 조정에 보고했다. 곧 너는 붙잡혀 갈가리 찢길 것이다!"

지사는 진명의 변명은 들으려고도 하지 않고 말을 계속했다.

"네놈이 한 짓이라는 증거를 분명히 갖고 있다. 이제 와서 시치미를 떼어도 소용없어. 감쪽같이 속여 성에 들어와 마누라를 데리고 도망치려는 속셈일 테지만 어림도 없다. 이것을 봐라!"

그러자 병사가 창 끝에 목을 매달아 보여준 것은 뜻밖에도 진명의 아내였다. 성급한 진명은 분노로 가슴이 미어질 지경이었다.

그리고 성벽 위에서 화살과 돌이 빗발치듯 날아왔다. 진명은 할 수 없이 말머리를 돌렸다.

차라리 죽고 싶은 심정이었다. 진명은 아직도 가느다란 연기를 뿜어내고 있는 허허벌판에 서서 잠시 생각에 잠겼다가 이윽고 말을 몰아 지나온 길을 되돌아갔다.

진명이 10리도 채 못 갔는데 숲속에서 한 떼의 인마人馬가 나타났다. 선두에 말을 타고 있는 다섯 명의 호한은 바로 송강, 화영, 연순, 왕영, 정천수로 그들은 3백여 명의 부하를 거느리고 있었다.

송강은 말 위에서 몸을 굽혀 말했다.

"총관, 어찌하여 청주로 돌아가지 않았습니까? 혼자서 어디로 가십니까?"

진명은 독기毒氣를 품고 말했다.

"어느 찢어 죽일 도둑놈인지 알 수 없지만, 어쨌든 잘 만났소. 나로 둔갑하여 성 밖의 마을을 온통 불사르고 양민을 학살했소이다. 그 때문에 나의 일가는 몰살당했소. 이제 나는 하늘로 오를 수도, 땅으로 들어갈 수도 없게 되었소. 그놈을 꼭 찾아내어 이 낭아봉으로 가루를 만들고야 말 것이오!"

"총관께서는 화를 진정하십시오. 여기서는 이야기가 되지 않습니다. 아무튼 산채로 갑시다."

진명은 송강이 권하기도 하고 마침 갈 데도 없었으므로 할 수 없이 청풍산으로 돌아갔다. 다섯 사람의 호한은 취의청으로 들어가서 진명을 중앙에 앉도록 권하고 일제히 땅에 엎드렸다. 그러자 진명도 급히 답례를 하며 엎드렸다.

송강이 입을 열었다.

"총관, 제발 너무 탓하지 말아 주십시오. 사실은 어제 총관을 산에 머물게 하려고 했으나 총관의 뜻이 굳으신지라, 총관을 닮은 병사에게 총관의 갑옷과 투구를 입힌 다음 낭아봉을 들려 말에 태우고 청주성에 가서 민가에 불을 지르게 했습니다. 그리고 원군援軍으로 연순, 왕왜호에게 50여 명을 이끌게 하고 총관께서 가족을 구하러 간 것처럼 가장했습니다. 이렇게 해서 사람을 죽이고 불을 놓아 총관께서 집에 돌아가려는 마음을 돌이키려고 했던 것입니다. 우리가 모두 이렇게 엎드려 사과드립니다."

진명은 마음속으로 화가 치밀어 송강 등과 한판 승부를 내려고 생각했다. 그러나 다시 생각해 보니 이것은 하나의 운명인 것 같았다. 그런데다 다섯 명이나 머리를 조아리고 사과하는데 매정스럽게 거절할 수도 없는 일이었다. 게다가 싸움을 하기에는 상대가 너무 강하였다.

그리하여 진명은 아니꼬운 것을 참기로 했지만 자기도 모르게 불평이 터져 나왔다.

"나를 산으로 끌어들이려는 호의는 알겠소. 그러나 그 방법은 너무 지나쳤소. 덕분에 나는 아내를 잃게 되었소이다!"

"그렇게 하지 않고서는 도저히 당신은 결단을 내리지 못할 것으로 생각했습니다. 부인이 세상을 떠나게 된 것은 애처롭기 짝이 없는 일이나 화 지채에게는 훌륭한 여동생이 있습니다. 사과하는 의미에서 총관께 중매하려고 합니다. 어떻습니까?"

하고 송강이 말했다.

모두들 이렇게 정중하게 나오자 진명은 드디어 그들에게 동료로서 합세하기로 결심했다.

"그것은 나에게 맡기시오. 황신은 나의 부하이며 그의 무예도 내가 가르쳐 준 것이니 내일 가서 항복하도록 설득하겠소. 그리고 화 지채의 가족을 구해 내고 유고의 고약한 마누라도 붙잡아 와서 원한을 풀도록 하겠소이다."

송강은 매우 기뻐하며 주연을 마치고 각자 돌아가 휴식을 취하도록 했다.

날이 밝자 진명은 혼자서 말을 몰아 청풍채로 갔다. 황신은 급히 대문을 열어 진명을 맞아들이고는,

"총관께서 어떻게 혼자서 이곳에 오셨습니까?"

하고 물었다. 진명은 지금까지의 경위를 자세히 이야기하고,

"산동의 송 공명은 재물을 경시하고 의리義理를 존중하며 천하의 호한과 사귀는 훌륭한 인물이네. 지금 청풍산에 있는데, 이번에 나도 그의 권유에 따라 동료로 합세하게 되었다네. 어떤가, 자네도 나와 같이 산채로 가서 동료가 되지 않겠나? 그 문관들 밑에서 굽실거리는 것보다는 그 편이 훨씬 나을 것이네."

"총관께서 그곳에 있기로 했다면 저도 물론 그 뜻에 따를 것입니다. 그런데 송 공명이 산에 있다는 말은 금시초문입니다!"

"하하하…… 자네가 저번에 끌고간 운성현 장삼이 바로 송 공명이었네."

황신은 이 말을 듣자 발을 동동 굴렀다.

"그분이 송 공명인 줄 알았더라면 도중에 도망치게 했을 텐데! 모르고 한 짓이기는 하지만 유고의 말을 곧이 듣고 하마터면 그분의 목숨을 빼앗을 뻔했습니다!"

그때 대부대가 청풍진으로 쳐들어오고 있다고 척후병이 알려 왔다. 진명과 황신이 밖으로 나가 보니 한편에는 송강과 화영이, 다른 편에서는 연순과 왕왜호가 각각 백여 명을 이끌고 왔다. 황신은 곧 대문을 열어 맞아들였다. 송강은 백성과 병사들을 죽여서는 안 된다고 명령하고 먼저 유고의 집

으로 쳐들어가 한 가족을 모조리 쳐죽였다. 왕왜호는 재빨리 유고의 아내를 납치하고, 화영은 자기 집으로 가서 아내와 여동생을 구출해 냈다. 그런 다음 일행은 산으로 돌아왔다.

유고의 아내는 송강 등 두목 앞으로 끌려 나오자 눈물을 흘리면서 용서를 빌었다. 그러자 송강이,

"내가 호의를 베풀어 목숨을 살려 줬는데 어찌하여 너는 은혜를 원수로 갚았느냐?"

하고 책망하자, 연순이 옆에 있다가,

"말이 필요 없습니다."

하고 외치며 단칼에 그녀를 죽였다.

왕왜호는 이 여자를 모처럼 자기의 첩으로 삼으려던 참이었으므로 화가 나서 칼을 들고 연순에게 덤벼들었다. 그러자 송강을 비롯한 여럿이 말리는 바람에 그는 진정했다.

이튿날 송강의 주례로 화영의 여동생은 진명과 결혼하게 되었다. 그리하여 산에서는 성대한 잔치가 4, 5일 동안 계속되었다.

31. 기러기를 쏘아 맞힌 화영

송강 등은 청주의 지사가 화영, 진명, 황신의 배신을 조정에 보고했으므로 곧 대군이 청풍산으로 쳐들어올 것이라는 정보를 탐지하고 급히 대책을 의논했다. 이 조그마한 청풍산이 조정의 대군에게 포위되면 견디지 못할 것은 뻔한 일이었다. 그래서 모두가 그 대책을 마련하기 위해 궁리하고 있을 때 송강이 말했다.

"이곳에서 남쪽으로 가다 보면 양산박이라는 곳이 있는데 주위가 8백 리나 되며 그 안에는 완자성宛子城, 요아와蓼兒洼 등이 있어서 천하의 요새지요. 지금 거기엔 조 천왕晁天王이 4, 5천의 부하를 거느리고 있는데 정부군도 두려워 얼씬하지 못할 정도지요. 조 천왕은 나의 친구이니 내가 말하면 받아줄 것이오. 그쪽과 합류하는 것이 어떻겠소?"

모두들 이에 찬성하여 그렇게 하기로 하고 그날로 산채를 정리하기 시작했다. 가족들과 금은 보화를 실은 십여 대의 수레와 2, 3백 필의 말을 포함하여 모두 4, 5백 명이 3대로 나눠서 청풍산을 떠났다. 이들은 양산박을 토벌하러 가는 관군으로 가장했기 때문에 도중에서 제지도 받지 않았다.

그리하여 6, 7일째 되는 날, 송강과 화영은 본대에서 조금 떨어져 선두에 서서 대영산對影山이라는 곳에 이르렀다. 그곳은 양편에 두 개의 높은 산이 둘러져 있어서 병풍을 두른 듯하였고 가운데에는 넓은 도로가 나 있었다. 두 사람이 막 그 길로 접어드는데 갑자기 앞에서 징소리와 북소리가 들려왔다.

"에크, 산적인가?"

그리하여 두 사람은 20여 명의 군사를 이끌고 앞길을 탐색하였더니 반리 가량 떨어진 곳에 붉은 갑옷과 투구를 쓴 약 백여 명이 역시 붉은 옷차림을 한 젊은 무사 한 사람을 에워싸고 있었다. 그리고 그 젊은 무사는 말 위에서 창을 들고는,

"오늘은 승부를 내고야 말겠다."

하고 외쳤다.

그리고 다른 쪽 산을 보니 그곳에도 갑옷과 투구가 흰 백십여 명의 병사가 역시 흰 옷차림을 한 젊은 장사를 에워싸고, 큰길을 사이에 두고 그들과 서로 대치하고 있었다. 또한 이쪽은 모두 흰 깃발이고 저쪽은 모두 붉은 깃발이었다. 이윽고 양쪽이 붉은 깃발과 흰 깃발을 흔들자 북이 크게 울리고 두 장사는 창을 옆에 끼고 말을 달려 30여 차례 서로 겨뤘다. 그러나 승부는 나지 않았다.

송강과 화영은 말 위에서 이들에게 갈채를 보냈다.

이윽고 두 젊은 장사는 서로 싸우면서 깊은 골짜기로 들어갔는데 한쪽 창에 달린 표범의 꼬리와 다른 쪽 창에 달린 깃

발이 하나로 뒤엉켜 떨어지지 않았다. 화영은 그것을 보고 재빨리 활을 꺼내 화살을 메기더니 활을 당겼다. 그러자 화살은 보기 좋게 뒤엉킨 표범의 꼬리와 깃발을 꿰뚫어 두 개의 창은 금세 떨어졌다. 이것을 본 2백여 명은 일제히 갈채를 보냈다.

그러자 두 젊은이는 싸움을 그치고 말을 달려 송강과 화영의 말 앞으로 와서 몸을 굽혀 인사를 하고는 말했다.

"실로 귀신같은 활 솜씨입니다. 장군의 성함을 알고 싶습니다."

화영이 말했다.

"이분은 나의 의형義兄이며 운성현의 압사이신 송 공명이시고, 나는 청풍채의 지채 화영이네."

두 사람은 이 말을 듣자 말에서 훌쩍 뛰어내려 무릎을 꿇고 말했다.

"성함은 오래 전부터 듣고 있었습니다."

송강과 화영도 급히 말에서 내려 두 젊은 무사를 일으켜 세우고 물었다.

"두 젊은이의 이름은 무엇이오?"

붉은 옷차림을 한 사나이의 이름은 여방呂方이라고 했다. 담주潭州(지금의 호남성湖南省 장사長沙) 태생으로 일찍이 한말韓末의 호걸 여포呂布의 인품을 사모하여 무술을 익혔으므로 사람들은 그를 '소온후小溫侯 여방'이라고 부른다고 했다. 그는 생약을 구하러 산동에 왔다가 밑천이 떨어져 고향에 돌아갈 수 없게 되자 이 대영산에서 산적이 되었다고 했다.

한편 흰 옷차림을 한 사나이는 곽성郭盛으로 사천 가릉嘉

陵 사람인데 수은水銀 장사를 하러 왔다가 황하에서 배가 뒤집히는 바람에 역시 고향으로 돌아가지 못하게 되었다고 했다. 이 사람도 무술이 능하여 당대唐代의 호걸 설인귀薛人貴 못지 않다 하여 사람들이 '새인귀賽仁貴 곽성'이라고 부르고 있었다. 이 두 사람은 세력을 다투다가 이처럼 솜씨를 겨루었는데 십여 일이 지나도 승부가 나지 않았다는 것이다.

송강은 두 젊은 장사를 화해시키고 함께 양산박으로 가자고 권유했다. 두 사람은 매우 기뻐하며 곧 2백여 명과 함께 일행에 가담했다.

양산박도 이제 얼마 남지 않았다. 이 대부대를 이끌고 갑자기 양산박에 접근했다가 정말로 관군이 쳐들어오는 줄로 알면 큰일이었다. 그래서 송강이 한 발 앞서 양산박으로 가서 연락을 취하기로 했다.

송강은 연순과 함께 말을 타고 십여 명의 부하만 이끌고 본대보다 반나절 먼저 양산박을 향해 떠났다.

이틀쯤 지나 점심때쯤 어느 선술집 앞을 지나게 되었다.

"부하들도 피로할 테니 한잔 살까?"

하고 송강이 연순을 데리고 안으로 들어가자 십여 명의 부하들도 뒤따라 들어왔다.

그런데 상점에는 커다란 탁자 세 개와 몇 개의 작은 탁자가 놓여 있었는데 그 큰 탁자 하나를 눈매가 날카로운 관리같이 보이는 건장한 사나이가 차지하고 있었다. 그래서 송강이 사환을 불러,

"우리는 일행이 많으니 저 손님에게 다른 곳으로 옮겨 달라고 부탁할 수 없겠나?"

하고 말하자,

"네, 그렇게 해보지요."

하고 사환은 그 사나이에게 가서 자리를 바꿔 달라고 부탁했다. 그러나 그 사나이는 사환의 태도가 못마땅한 듯 몹시 화를 냈다.

"나는 먼저 온 손님이야! 저쪽이 관원 나부랑이인지 알 수 없으나 난 싫다. 바꿀 수 없어!"

연순이 송강에게 말했다.

"저놈 돼먹지 않았군요!"

"상대하지 않는 게 좋아."

하고 송강이 연순을 만류했다.

사나이는 송강과 연순을 흘끗 쳐다보더니 냉소를 지었다.

사환이 다시 사나이에게 가서 부탁하자 사나이는 버럭 화를 내며 탁자를 두들겼다.

"이놈아, 사람을 보고 입을 열어! 내가 혼자라고 무시하는 거냐! 상대가 송나라 천자라도 나는 못 옮긴다! 다시 그따위 허튼 소릴 해봐라. 이 주먹이 가만있지 않을 거야!"

"제가 못할 소리는 하지 않았는데요."

"이놈이 말이 많군!"

연순이 드디어 참다못해 한마디했다.

"이봐, 당신 옹졸하군 그래. 옮기기 싫으면 옮기지 않아도 돼. 사환에게 호통칠 건 없잖아!"

사나이는 자리에서 벌떡 일어나더니 몽둥이를 집어들고 외쳤다.

"나는 사환에게 말했다. 그게 너와 무슨 관계가 있느냐?

내가 하늘 아래서 어려워하는 사람은 둘밖에 없다. 그 밖의
놈들은 왼눈으로도 거들떠보지 않아!"

연순이 발끈하여 의자를 집어들고 후려치려고 했다.

"잠깐만, 싸움은 그만둬!"

하고 송강이 두 사람 사이에 끼어들었다. 사나이의 말이 이
상하게 들렸기 때문이다.

송강이 물었다.

"잠깐 묻겠는데 천하에 당신이 어려워하는 두 사람은 대
체 누구와 누군가?"

"굳이 묻는다면 대답해 주지. 그렇지만 듣고 나서 놀라지
는 말아."

"말해 보시오."

"한 사람은 창주 횡해군에 있는 시세종의 자손 소선풍 시
진이시다."

송강은 고개를 끄덕이고 나서 다시 물었다.

"그리고 또 한 사람은?"

"또 한 사람도 굉장한 사람이다! 운성현의 압사인 산동의
급시우 송 공명이시다!"

송강은 연순을 바라보며 미소를 지었다. 연순은 들어올린
의자를 내려놓았다. 사나이가 말을 이었다.

"나는 이 두 사람 이외에는 상대가 송나라 황제라 할지라
도 눈곱만큼도 여기지 않는다!"

송강이 말했다.

"잠깐만! 당신이 말한 그 두 사람을 나는 모두 알고 있네.
당신은 어디서 두 사람을 만났나?"

"당신이 알고 있다면 바른대로 말하지. 3년 전에 시 대인의 집에서 넉 달쯤 신세진 일이 있고, 송 공명은 아직 만난 적이 없다."

"그럼 송 공명을 만나고 싶지 않나?"

"이제부터 찾아가려던 참이다."

"누가 소개시켜 주던가?"

하고 송강이 물었다.

"그 분의 동생 송청이 소개장을 써 줬다."

송강은 기뻐하면서 사나이의 손을 잡고 말했다.

"역시 인연이 있나 보오. 송 공명은 바로 나요."

사나이는 송강을 한참 바라보다가 엎드려 절을 했다.

사나이는 본래 대명부大名府의 노름꾼으로 석 장군이라는 별명을 가진 석용石勇이라는 자였다. 그는 도박을 하다가 사람을 죽이고 시진의 집에 숨어 있었으나, 그 후 송강의 명성을 사모하여 운성현으로 찾아가서 송청에게서 소개장을 써 받고 송강을 찾아 헤맸다는 것이었다.

석용은 곧 보따리에서 소개장을 꺼내 송강에게 주었다. 송강이 그것을 받아 보니 괴이하게도 봉투는 거꾸로 봉해 있었고 '평안平安'이라는 글자가 보이지 않았다(조상을 당하고 쓴 편지를 나타냄). 이상하게 생각하면서 송강은 급히 봉투를 뜯었다. 편지 끝에 이렇게 씌어 있었다.

"아버지는 올해 정월 초에 병으로 세상을 떠나셨습니다. 영구는 집에 모셔 두고 형님이 돌아오셔서 장례를 마치기만을 기다리고 있습니다. 하루 빨리 돌아오시기 바랍니다. 동생 청淸이 눈물로 이 편지를 씁니다."

송강은 '앗' 하고 가슴을 치면서,

"이 불효 자식! 아버지가 세상을 떠나셨는데도 자식된 도리를 다하지 못하다니 짐승과 다를 것이 없구나!"

하고 자신을 저주하며 머리를 벽에 마구 부딪치면서 엉엉 울었다. 연순과 석용이 말렸으나 소용없었으며 송강은 기절했다가 얼마 후에 겨우 정신을 되찾아 말했다.

"내가 전부터 걱정해 온 것은 늙은 아버지였네. 그런데 이제 세상을 떠나시고 말았어. 곧 고향으로 돌아가야겠네. 박정한 말이지만 자네들끼리 먼저 양산박으로 가 주게나."

연순이 깜짝 놀라 말했다.

"그러나 형님께서 아무리 급히 집으로 가신다고 해도 이미 세상을 떠난 분을 만날 수는 없습니다. 그러니 우리를 양산박까지 데려다 주시고 고향으로 가시도록 하십시오. 형님께서 우리를 데리고 가지 않는다면 양산박에서는 우리를 받아 주지 않을 겁니다."

"그 점에 대해서는 자세히 편지를 써 주겠네. 석용도 원하는 바이니 함께 데리고 가게. 내가 아버지의 소식을 받지 않았다면 이야기가 다르지만 하늘이 나에게 알려 준 이상 이제는 잠시도 지체할 수 없지 않은가? 말[馬]도 필요없고 수행하는 사람도 필요없네. 곧 밤을 도와 달려가겠네!"

연순과 석용이 아무리 말려도 소용없었다. 송강은 눈물을 흘리면서 조 천왕에게 편지를 쓴 뒤 봉투도 붙이지 않은 채 밥도 먹지 않고 술집을 나섰다.

"진 통제나 화 지채를 만나고 나서 가셔도 늦지는 않을 겁니다."

하고 연순이 부탁했으나, 송강은 듣지 않고 혼자서 가버렸다.

연순과 석용은 그날 밤 여관에서 묵으며 본대를 기다렸다. 이튿날 아침 본대가 도착하여 연순으로부터 송강의 소식을 듣고는 모두들 크게 낙심했다. 이곳까지 온 이상 되돌아갈 수도 없는 일이었다. 그래서 어쨌든 송강의 편지를 가지고 양산박으로 가기로 했다. 만일 받아 주지 않는다면 그때 가서 대책을 강구하기로 했다.

일행은 양산박이 가까워지자 큰길을 찾아 산으로 오르기 시작했다. 갈대 숲을 지나는데 갑자기 강물 위에서 징소리가 울려 퍼졌다. 주위를 살펴보니 산과 들에는 형형색색의 깃발들이 바람에 나부끼고 있었으며 강 어구에서는 두 척의 배가 다가오고 있었다. 앞에 있는 한 척에는 4, 50명의 졸개들이 타고 있었고 뱃머리 한복판에는 두령으로 보이는 사람이 앉아 있었는데 그가 바로 임충이었다. 뒤에 있는 한 척에도 역시 4, 50명의 졸개들이 타고 있었고 뱃머리에는 역시 두령으로 보이는 사람이 앉아 있었다. 그는 유당이었다.

임충이 배위에서 호령했다.

"네놈들은 대체 누구냐? 어디서 온 관군인지 모르지만 감히 나를 토벌하러 오다니! 그렇다면 네놈들을 몰살시켜 양산박의 위세를 보여줄 테다!"

화영과 진명 등은 말에서 내려 강기슭에 서서 대답했다.

"우리는 관군이 아닙니다. 산동의 송 공명 형의 편지를 가지고 동료가 되기 위해서 왔습니다."

"송 공명의 편지를 가지고 왔다면 우선 이 앞 주귀의 술집에 가서 기다려라. 편지를 보고 나서 대면하겠다."

임충이 이렇게 말하고 배 위에서 푸른 깃발을 흔들자 갈대
숲 사이에서 한 척의 작은 배가 다가왔다. 그 배에 탄 세 어
부 중 두 사람이 기슭으로 올라와서는,

"어서 이쪽으로!"

하고 안내했다.

이윽고 두 척의 배 중 한 척의 배에서 흰 기를 흔들자 징을
울리며 배는 모두 가버렸다. 모두들 이것을 보고 혀를 내두
르면서 한마디씩 했다.

"이 정도니 관군이 섣불리 손을 댈 수 없겠군. 우리 산채
와는 비교도 안 돼!"

일행이 주귀의 술집에 도착하자, 주귀는 화살을 맞은편
갈대밭으로 쏘아 산적들과 연락을 취하고 일행을 크게 환대
했다.

이튿날 아침 여덟 시경 군사軍師 오학구吳學究가 직접 주
귀의 술집으로 찾아왔다. 그리하여 화영 등 한 사람 한 사람
과 인사를 나누고 자세한 이야기를 들은 뒤 2, 30척의 큰배
로 금사탄金沙灘을 건너 일행을 맞은편 기슭으로 실어 날랐
다. 산에서는 조 두령 이하 호한들이 음악을 연주하면서 내
려와 일행을 취의청으로 맞아들였다.

그리하여 각각 인사를 나눈 다음 왼쪽 의자에는 조개, 오
용, 공손승, 임충, 유당, 완소이, 완소오, 완소칠, 두천, 송
만, 주귀, 백승(백승은 제주 감옥에서 도망쳐 이곳에 와 있었다),
그리고 오른쪽 의자에는 화영, 진명, 황신, 연순, 왕영, 정천
수, 여방, 곽성, 석용 등 모두 21명의 두령들이 두 줄로 나란
히 앉고 중앙의 향로에 향을 피워 맹세했다.

그날은 온종일 풍악이 울려 퍼지는 가운데 환영 잔치를 열었고, 송강의 소문과 청풍산에서의 토벌 등 여러 가지 이야기꽃을 피웠다. 그리고 여방과 곽성이 창으로 시합을 하고 있을 때, 서로 뒤엉킨 것을 화영이 활을 쏘아 떨어지게 한 이야기를 하자 조개는 도저히 믿어지지 않는다는 듯이 말했다.

"그처럼 활솜씨가 훌륭하다면 나중에 한 번 구경해 봅시다."

술이 거나하게 되자 잠시 근처를 산책하고 나서 다시 마시기로 하고 두령들은 함께 산 경치를 구경하였다. 그때 기러기가 줄을 지어 하늘을 날아갔다. 화영이 생각했다.

'아까 조개는 내가 창槍의 술을 활로 쏘아 맞혔다는 이야기를 듣고 믿지 않는 모양이야. 여기서 한번 내 솜씨를 보여 줘야겠다.'

그는 활과 화살을 빌어서는 조개에게,

"제가 저 세 번째 기러기의 머리를 쏘아 보이겠습니다."

하고는 화살을 시위에 메기고 힘껏 잡아당겼다. 그러자 화살은 보기 좋게 세 번째 기러기에 명중하여 산비탈 아래로 떨어졌다. 급히 병사에게 명하여 기러기를 주워 오게 하니 화살은 바로 기러기의 머리를 관통했다. 조개를 비롯한 두령들은 모두 혀를 내둘렀고 화영을 '신비장군神臂將軍'이라고 칭찬까지 했다. 그리하여 양산박에서는 화영을 존경하지 않는 사람이 없게 되었다.

이튿날 산채에서는 다시 주연이 베풀어졌다. 두령들의 서열에 대해 의논한 결과 화영을 임충 다음으로 제5위, 진명을 제6위, 유당을 제7위, 황신이 제8위, 그리고 완씨 삼형제 다음으로 연순, 왕왜호, 여방, 곽성, 정천수, 석용, 두천, 송만, 주귀, 백승의 순서로 21명의 두령들의 서열이 차례로 정해졌다.

한편 송강은 그 술집에서 나와 밤낮을 가리지 않고 걸음을 재촉했다. 그리고 어느 날 저녁 고향 마을의 입구에 있는 선술집에 도착하여 잠시 휴식을 취하였다. 이 술집 주인은 장張이라고 하는데 마을의 촌장 일도 보고 있었으며 송강의 집과는 평소 가까이 지내고 있던 노인이었다.

"여, 어서 오게. 만난 지 반년은 되겠군."

하고 노인이 말했으나, 송강의 어두운 얼굴을 보고는,

"아니, 무슨 일이 있나?"

하고 물었다.

"아버님께서 세상을 떠나셨습니다. 눈물이 복받쳐 견딜 수가 없습니다."

하고 송강이 말하자, 장 노인은 "하하하" 하고 웃더니 이렇게 말하는 것이었다.

"압사도 농담을 잘하는군! 춘부장 어른께서는 아까도 이곳에서 술을 마셨다네."

"어르신께서는 농담하지 마십시오."

송강은 이렇게 말하고 동생 송청의 편지를 보여주었다.

"자, 이것 보세요."

"말도 안 되는 소리야! 낮에 동촌의 왕 노인과 이곳에서 술을 마시고 가셨다네. 내가 뭐 때문에 거짓말을 하겠나!"

송강은 이상한 생각이 들었다. 어느덧 날은 저물어 어둑어둑해졌다. 송강은 단숨에 집으로 달려가 대문에 들어섰다.

그러나 별로 달라진 기색은 보이지 않았다. 송강은 하인을 보자 마자 아버지의 안부를 물었다.

"나리께서는 막 잠자리에 드셨습니다."

하고 대답했다. 그때 동생 송청이 나타났다.

"이런 불효막심한 놈이 어디 있느냐! 멀쩡하게 살아 계신 아버님을 두고 그런 편지를 써서 사람을 놀라게 하다니! 내가 얼마나 울었는지 아느냐?"

하고 화가 나서 송청에게 욕을 하고 있는데 송 노인이 나타나서는,

"애야, 그렇게 화낼 것 없다. 그건 네 동생 탓이 아니야. 모두 내가 시킨 일이다. 어떻게 해서든지 너를 한 번 보고 싶어서 네가 빨리 집으로 돌아오도록 그런 편지를 동생에게 쓰라고 시킨 뒤 석용 편에 보낸 거다. 게다가 요즈음은 사방에서 산적이 행패를 부리고 있으니 혹시 네가 산적과 손을 잡고 불효불충한 자가 되지는 않을까 해서 그렇게 꾸민 것이다. 동생을 너무 나무라지는 말아라."

그리고 송 노인의 말에 의하면 최근 조정에서는 황태자를 책봉하고 대사령大赦令을 내려 누구에게나 감형을 시키는 모양이었다. 그래서 설사 포도청에 붙잡힌다고 해도 사형은 되지 않고 고작해야 유형流刑 정도라는 것이었다. 또 송강과 친한 주동은 동경에 전출되어 갔고 뇌횡도 어디론가 나가 있어 도두가 새로 온 모양이라는 이야기도 들려주었다. 오래간만에 만나는 부자의 재회라서 이야기는 그칠 줄을 몰랐다. 송 노인은 말했다.

"너도 오랜 여행길에 고단할 테니 방에 가서 쉬거라."

이윽고 달이 동쪽 하늘에 떠 올랐다. 그럭저럭 8시경이 되자 집안 사람들은 벌써 잠자리에 들었다. 그때 갑자기 대문에서 일제히 함성이 일었다. 송강이 나가 보니 집 주위는 온통 횃불로 밝혀져 있었다. 그리고 큰 소리로 외치는 소리가 들렸다.

"송강을 잡아라!"

송 노인은 깜짝 놀라 어쩔 줄을 몰랐다.

32. 네 호걸의 만남

송 태공이 담에 사닥다리를 놓고 올라가 보니, 횃불이 대낮같이 주위를 환히 밝히고 있는 가운데 약 백여 명이 집을 에워싸고 있었으며 선두에는 운성현에 새로 임명된 도두 조능趙能과 조득趙得 형제가 서 있었다. 이 두 사람은 입을 모아 외쳤다.

"송 노인! 당신은 사리事理를 판단할 줄 아는 사람이니 순순히 송강을 내준다면 우리들은 그를 그런대로 봐 주겠지만 만일 내놓지 않으면 당신도 함께 체포할 것이오!"

"송강이 언제 돌아왔단 말이오?"

하고 송 노인이 말하자, 조능이 말했다.

"시치미를 떼지 마시오! 마을 어구의 술집에서 술을 마시고 있는 것을 보고 이곳까지 뒤를 밟아 온 사람이 있소. 속이려고 하지 마시오!"

송강이 사닥다리 옆에서 말했다.

"아버님, 그와 무슨 말씀을 하십니까? 저는 깨끗이 자수하겠습니다. 현청 사람들은 모두 아는 사이고 대사령도 내렸으니 감형될 겁니다. 저 두 놈에게 무엇 하러 부탁을 하시는 겁니까? 저 조가놈은 의리도 없는 놈이니 괜히 그에게 부탁하실 건 없습니다."

"나 때문에 네가 이런 변을 당하는구나!"

하고 송 노인은 눈물을 흘렸다.

"뭐, 걱정하실 건 없습니다. 차라리 발각되길 잘했습니다. 만일 용케 도망쳐서 사람을 죽이고 불이나 지르는 자들 측에 끼여 함께 붙잡힌다면 아버님의 얼굴을 어찌 뵐 수 있겠습니까? 설사 어디로 유형을 가더라도 기한이 있으니 언젠가는 돌아와 아버님을 봉양할 수 있을 겁니다."

송강은 이렇게 말하고는 사닥다리에 올라가서 말했다.

"여러분, 조용히 하시오. 두 분 도두께서는 안으로 들어와 한 잔 드시지요. 내일 함께 포도청으로 갑시다."

"너는 그따위 격식으로 우리를 속이려고 하지 말아!"

"당치 않는 말씀입니다. 나 때문에 아버님과 동생을 고생시킬 생각은 없습니다. 염려 마시고 들어오시지요."

송강은 문을 열어 두 도두를 객실로 안내하고 밤새 술을 대접했다. 그리고 백여 명의 병사들에게도 술과 음식을 대접하고 각자 얼마씩 돈을 쥐어 준 다음 두 도두에게도 은화 스무 냥을 주었다.

그날 밤 도두들은 송강의 집에서 묵고 이튿날 아침 일찍 송강을 끌고 현청으로 갔다. 지사 시문빈時文彬은 무척 기뻐하면서 곧 송강의 진술서를 작성케 하고 그를 감옥에 집어넣었다.

운성현 사람들은 송강이 붙잡혔다는 말을 듣고 저마다 언짢게 생각하여, 지사에게 가서 관대한 처분을 내려달라고 탄원했다.

지사도 그럴 생각이었으므로 송강에게 칼을 씌우거나 손을 묶지는 않았다. 그리고 염파석도 반년 전에 이미 죽었으므로 그 일에 이의를 제기하는 사람이나 원수가 될만한 사람은 없었다. 송강은 60일의 취조 기한이 차서 재주부에 송치되었다. 결국 그곳에서 곤장 20대를 맞고 이마에 문신을 새긴 뒤 강주江州(지금의 강서성 구강현)의 뇌성으로 유형을 가게 되었다.

이리하여 송강은 장천張千, 이만李萬이라는 두 호송인과 함께 강주로 떠났다. 장천과 이만은 송강에게서 많은 돈을 받았을 뿐만 아니라, 그가 호한임을 알고 있었으므로 가는 도중 송강의 시중을 잘 들어주었다. 첫날 하루 종일 걷고 나서 숙소에 도착한 송강은 두 호송인에게 술과 식사를 대접하고 나서 말했다.

"우리는 이제부터 양산박 근처를 지나가게 되오. 산채의 호한들은 내가 이렇게 된 것을 알고 혹시 산에서 내려와 나를 구하러 올지도 모르오. 그렇게 되면 두 분에게 화가 닥칠 우려가 있으니 내일은 일찍 일어나 샛길로 갑시다. 좀 멀리 돌기는 하겠지만……."

"압사, 고맙습니다. 당신이 가르쳐 주지 않았더라면 큰일 날 뻔했습니다. 그렇게 하도록 하지요. 길을 알고 있습니다."

그리하여 이튿날에는 날이 밝기 전에 일어나 샛길로 30여

리쯤 걸어갔다. 그때 저쪽 언덕에서 갑자기 사람들이 떼를 지어 나타났다. 송강은 깜짝 놀라 '앗!' 하고 소리를 질렀다.

앞장선 호한은 바로 유당으로 4, 50명의 부하를 거느리고 두 호송인에게 덤벼들었다. 장천과 이만은 겁에 질려 땅바닥에 꿇어 엎드렸다. 송강이 외쳤다.

"누구를 죽이려고 하는가?"

"형님, 물론 이놈들입니다."

하고 유당이 말하자 송강은,

"자네의 손을 빌 것 없네. 칼을 이리 주게, 내가 처리를 할 테니까."

하고 말했다. 두 호송인은 비명을 질렀다. 유당은 칼을 송강에게 넘겨주었다. 송강이 칼을 받아 들고 물었다.

"무엇 때문에 이 사람들을 죽이려고 하는가!"

"조 두령의 명령입니다. 이번에 형님이 강주로 유형을 가게 된 것을 알고, 도중에 형님을 빼앗아 산으로 모셔 가려고 이렇게 여럿이 길목을 지키고 있었습니다. 이놈들을 죽이지 않으면 어찌하려 하십니까?"

"호의는 고맙지만, 그것은 달갑지 않은 일이네. 오히려 나를 불효와 불충으로 몰아넣는 것이 될 거야. 나더러 죽으라는 말과 같네. 차라리 내 스스로 목숨을 끊는 편이 나아."

송강은 이렇게 말하고는 즉시 자기 목을 베려고 했다.

유당이 당황하여 그의 팔에 매달리며,

"형님, 잠깐만 참으십시오!"

하고 칼을 빼앗았다.

"나를 가엾게 생각한다면 제발 이대로 강주 뇌성으로 보내주게. 형기를 마치고 돌아올 때 다시 만나세."

"그렇지만 형님, 제 마음대로 결정할 수는 없습니다. 저쪽 도로에 군사 오학구가 화 지채와 함께 형님을 맞으러 와 있습니다. 지금 곧 부르러 사람을 보내겠습니다."

부하가 부르러 가니, 곧 오용과 화영을 선두로 수십 명의 기병이 뒤를 따라왔다. 그들은 말에서 내려 인사를 마치고 화영이 호송인에게 말했다.

"어찌하여 칼을 벗기지 않는가?"

"동생, 이게 무슨 말인가! 이것이 나라의 법률이네."

하고 송강이 말했다. 오학구가 입을 열었다.

"당신의 심정은 잘 알고 있소. 결코 당신을 억지로 산채에 머물게 하려는 것은 아니오. 다만 조 두령이 당신을 만나 여러 가지로 감사의 뜻을 전하고 싶어하오. 잠시 산채까지 갈 수 없겠소?"

이리하여 송강은 결국 호송인들과 함께 산채로 올라가 조개 이하 두령들과 취의청에서 만났다. 조개는 운성현에서 목숨을 구해 준 데에 대하여 대단히 고맙게 생각한다고 말하고 부디 산에 머물러 달라고 간곡히 권유했다. 그러나 송강의 결심은 흔들리지 않았다.

"호의는 고맙습니다만 그렇게 하시는 것은 저를 위하는 것이 못 됩니다. 저는 일찍이 부친께 단 하루도 효도를 해 본 적이 없는데 어찌 부친의 교훈에 어그러지는 일을 하겠습니까? 부친께서는 제가 길을 떠날 때 누누이 당부하셨습니다. 자신의 쾌락을 위해 집에 남은 식구들을 괴롭히지 말라고 말씀하셨지요. 나로서는 위로 천리天理에 벗어나도 아래로는 부친의 가르침을 어겨 불효불충한 인간이 될 수는 없습니다. 그렇게 살아서 무엇하겠습니까? 끝내 저를 놓아 주시지 않는다면 차라리 여러분의 손에 죽음을 당하는 것이 낫겠습니다!"

송강은 이렇게 말하고는 눈물을 흘리면서 꿇어앉아 애원했다.

그러자 조개를 비롯한 다른 두령들은 하루 저녁만이라도 산에서 머무르고 내일 떠나도록 송강에게 간곡히 권했다. 그리하여 송강은 할 수 없이 하룻밤을 산에서 묵었지만 술을 마실 때에도 칼을 벗으려고 하지 않았다. 그리고 공포에 떨고 있는 두 호송인을 자기 곁에서 떨어지지 않게 하여 조금이라도 일이 잘못되는 일이 없도록 신경을 썼다.

이튿날 아침 두령들은 송강을 위해서 송별연을 열었다. 그리고 쟁반에 금은을 수북이 담아 송강에게 여비로 주고 두 호송인에게도 은화 20냥을 쥐어 줬다. 그리고 오학구는 자기의 친구이며 강주의 간수장으로 있는 대종戴宗에게 소개장을 써 주며,

"그 고장 사람들은 그를 대원장이라고 부릅니다. 의협심이 강할 뿐만 아니라 하루에 8백리나 걸어갈 수 있는 축지법縮地法을 행사하고 있으므로 신행태보神行太保라는 별명을 갖고 있지요. 편지에 다 썼지만 그곳에 가시면 부디 그들과 잘 사귀도록 하십시오. 그리고 어려운 일이 생기면 그 사람에게 부탁하십시오."

하고 말했다.

송강의 일행은 산에서 내려와 강주를 향해서 반달쯤 여행

한 끝에 높은 계양령揭陽嶺에 이르렀다.

"야! 저 계양령만 넘으면 심양강이다. 그 다음부터 강주까지는 배로 조금만 가면 되는구나."

"아침나절에 고개를 넘어 숙소를 잡읍시다."

그것이 좋겠다고 생각되어 세 사람은 고개를 오르기 시작했다. 반나절이나 걸려서 겨우 고개를 넘어서니 술집 하나가 보였다. 절벽을 뒤로하고 앞에는 스산한 숲이 우거진 가운데 초가집이 한 채 있었다.

"이런 산골에도 술집이 있군요. 배도 고프니 한잔 하고 가시지요."

세 사람은 곧 술집으로 들어가 짐을 내려놓았다. 그런데 반시간이 지나도 아무도 나타나질 않았다.

"어떻게 된 거야. 주인 없나?"

송강이 큰 소리로 말하자 안에서,

"네, 네. 지금 갑니다."

하고 옆의 본채에서 붉은 수염을 기른 키다리 사나이가 나타났다.

"배가 고픈데, 뭐 먹을 것 좀 없나?"

"삶은 쇠고기와 막걸리밖에는 없습니다."

"좋아, 고기 세 근과 술 한 되만 주게."

"손님, 언짢게 생각지 마십시오. 우리집에서는 돈을 먼저 받고 있습니다."

"좋아, 그렇게 하는 것이 우리도 마음 편해."

송강은 보따리에서 은화를 꺼냈다. 사나이는 옆에 서서 묵직한 보따리를 곁눈질해 노려보았다.

이윽고 세 사람은 먹고 마시면서 이야기를 시작했다.

"요즈음은 나쁜 놈들이 많아 호한들도 꽤 많이 변을 당하는 모양이더군요. 술이나 고기에 독약을 섞어 쓰러뜨린 다음 돈을 빼앗고 죽여서 그 고기를 만두 속에 넣어 판다는 이야기가 나돌고 있는데 그게 사실일까요?"

그때 술집 사나이가 웃으면서 말했다.

"그렇다면 그 술과 고기는 먹지 마십시오. 마취약이 들어 있을지 모르니까요."

"이 사람, 우리가 마취약 이야기를 했다고 해서 우리를 놀리는군."

하고 송강이 웃었다.

"압사, 술을 따끈하게 하여 쭉 들이키는 것이 좋지 않겠습니까?"

하고 두 호송인이 말하자,

"네, 그럼 따뜻하게 드십시오. 제가 곧 데워 오지요."

하고 사나이는 술을 데워 가지고 왔다. 세 사람은 꿀꺽꿀꺽 마셨다.

그러자 두 호송인의 눈이 움푹 들어가는 것 같더니 입에서 침을 흘리면서 뒤로 쓰러졌다.

송강이 벌떡 일어나서,

"어떻게 된 거요. 한 잔에 그렇게 취하다니……!"

하면서 두 사람을 부축해 일으키려고 하자 그도 다리를 비틀거리면서 푹 쓰러졌다. 세 사람 모두 몸이 마비되어 움직일 수 없게 되자 술집 사나이는,

"고마운 일이야! 여러 날째 시세가 없더니 오늘은 하늘이

세 마리나 안겨 주셨어!"

하고 말하면서 송강을 인육人肉 요리장으로 끌고 가서 커다란 도마 위에 눕히고 다른 두 사람도 끌어들였다. 그리고 세 사람의 짐을 열어 보니 그 속에는 금은이 가득 들어 있었다. 사나이는 기뻐 좋아하며 중얼거렸다.

"술집을 낸 지 여러 해가 됐지만 이런 죄수는 처음 보겠네! 이거야말로 하늘이 내린 선물이야!"

그때 고개 밑에서 세 사람의 사나이가 올라왔다.

"아니, 형님 어디 가십니까?"

하고 술집 주인이 물었다.

"어떤 사람을 기다리고 있네. 이제 나타날 때가 되었는데, 날마다 고개 밑에서 기다려도 어디서 어떻게 보내고 있는지 아직 나타나지 않고 있어."

하고 세 사람 중에서 가장 덩치가 큰 사나이가 말했다.

술집 주인이 물었다.

"누구를 기다리시는데요?"

"굉장한 호한이라네."

"굉장한 호한이라니요?"

"자네도 그 이름은 알고 있을 거야. 제주 운성현의 압사 송강 말일세."

"아, 산동의 송 공명 말인가요?"

"그래."

"그런데 그 분이 어째서 이곳을 지나가지요?"

"무슨 사건을 저질러 강주의 뇌성으로 유배된 모양이네. 제주에서 온다면 반드시 이곳을 지나갈 게 아닌가. 달리 길

이 없으니까. 나는 전부터 운성현에 가서라도 그분을 만나려고 생각하고 있었네. 그래서 이번 기회에 그분과 인연을 맺고 싶어서 며칠을 기다리고 있다가 자네 술집에 들러서 술한잔 하려고 왔네. 그래 요즈음 장사는 어떤가?"

"근래 4, 5개월은 공쳤는데 오늘은 다행히 세 마리나 붙잡았습니다."

"뭐, 세 사람이라고? 어떻게 생긴 사람들인가?"

하고 덩치 큰 사나이가 다급히 물었다.

"관원 두 놈과 죄인 한 놈이지요."

"그 죄인은 혹시 얼굴이 검고 키가 작으며 뚱뚱하지는 않던가?"

"글쎄요., 키는 별로 크지 않았고 얼굴은 검은 것 같았습니다."

"아직 요리하지는 않았겠지?"

"네, 젊은 일꾼들이 돌아오지 않아서 아직 손을 대지 않고 있습니다."

"그렇다면 잠깐 보여주게나."

네 사람은 급히 인육 요리장으로 갔다.

물론 그들 모두가 송강의 얼굴은 알지 못했다. 그러나 보따리 속에서 공문公文을 꺼내 보고는 놀라 소리쳤다.

"아이고, 큰일날 뻔했구나. 천만 다행이야!"

하고는 즉시 네 사람은 송강부터 일으켜서 해독제를 먹였다.

잠시 후 송강이 조금씩 의식을 되찾았다. 네 사나이는 송강에게 넓죽 엎드려서 절을 했다.

그러자 송강은 의아하여 물었다.

"여기가 어디오? 그리도 당신들은 누구시오?"

그 덩치 큰 사나이가 말했다.

"저는 이준李俊이고 여주廬州(지금의 안휘성 합비현) 사람입니다. 지금은 양자강에서 뱃사공을 하고 있는데 헤엄을 잘 쳐서 사람들은 혼강룡混江龍이라고 부르고 있지요. 그리고 이 술집 주인은 게양령 사람으로 고약한 장사를 한다 하여 최명판관催命判官 이립李立이라고 부르고 있습니다. 이 두 사람은 심양강 기슭에 살고 있는데, 소금 암거래를 위해 이곳에 왔다가 지금 우리집에 묵고 있습니다. 물 속에서 오래 잠수할 수도 있고 노도 잘 젓습니다. 두 사람은 형제로 형은 동위童威, 동생은 동맹童猛이라고 부르지요."

이렇게 소개하고 나서는 송강에게 연유를 물었다. 송강은 지금까지 있었던 일들을 자세히 얘기하니 그 사나이들은 감탄해 마지않았다. 이준은 즉시 두 호송인에게도 해독제를 먹여 정신을 차리게 하였다. 두 호송인은 깨어나 서로 얼굴을 마주보면서,

"아마도 긴 여행길에 지쳐서 이렇게 빨리 취했나 보군!"

하고 말하니, 모두들 크게 웃었다.

그날 밤은 모두들 술에 취해 함께 잠자리에 들었다.

이튿날 아침 송강 일행은 이립과 헤어져 고개를 내려와 이준의 집에서 묵었다. 이준은 술과 음식을 내어 송강을 극진히 대접했다. 그리고 송강과 의형제를 맺고 그를 형님이라고 불렀다. 송강은 이준의 집에서 며칠 더 묵은 다음 다시 칼을 쓰고 강주로 향했다.

33. 위기에서 벗어나다

송강과 두 호송인은 반나절쯤 걸어서 오후 2시경에 번화한 거리로 들어섰다. 그때 사람들이 떼를 지어 거리를 에워싸고 무엇인가를 구경하고 있었다. 송강이 사람들을 헤치고 안을 들여다보니 고약을 파는 사람이 창술을 보여주고 있었다. 그러더니 이번에는 창을 버리고 주먹으로 재주를 부렸다.

"잘한다!"

하고 송강이 갈채를 보냈다.

이윽고 그 사나이는 쟁반을 들고 말했다.

"나는 먼나라에서 산 넘고 물을 건너 이곳에 왔습니다. 별로 사람을 놀라게 할만한 재주는 없지만 여기 계신 여러분께서는 부디 널리 선전해 주시기 바랍니다. 그리고 고약이 필요하신 분께서는 사 가시고, 필요치 않은 분은 몇 푼 적선해 주시기 바랍니다."

무예자는 쟁반을 들고 구경꾼 앞을 한 바퀴 돌았다. 그러나 쟁반에 돈을 넣는 사람은 아무도 없었다. 사나이는 다시 말했다.

"여러분 부디 적선해 주십시오."

그는 쟁반을 들고 다시 한 바퀴 돌았다. 사람들은 저마다 그를 흘겨보면서 여전히 아무도 돈을 내지 않았다.

송강은 가엾은 생각이 들어 호송인에게 다섯 냥의 은화를 꺼내 오게 하여 말했다.

"사범, 나는 죄인이라 줄 것이 없소. 약소하지만 이 다섯 냥의 은화를 받으시오. 내 적은 성의의 표시오."

사나이는 은화를 받아 들고 말했다.

"이름난 게양진에서 나에게 선심을 쓰는 호한이 한 사람도 없는데, 선생께서는 지나가는 유형자의 몸으로 다섯 냥의 은화를 적선해 주시니 고맙기 그지없습니다. 이 다섯 냥은 다른 분의 50냥보다도 값어치가 있습니다. 참으로 고맙습니다. 성함이 누구신지 알고 싶습니다. 제가 천하에 그 이름을 널리 전하겠습니다."

"뭐, 몇 푼 안 되는 것을 가지고 그럴 것 없소이다."

하고 송강이 말했다.

그때 구경꾼들 중에서 덩치가 큰 한 사나이가 사람들을 헤치고 나와 큰 소리로 외쳤다.

"이놈, 어디서 굴러 들어온 죄수인지 알 수 없으나 괜한 짓을 하여 이 게양진의 내 판도版圖에다 똥칠을 하는구나!"

"내 돈을 주었는데 그게 당신과 무슨 관계가 있소?"

"뭐, 어쩌고 어째? 감히 내 말에 대꾸를 하다니!"

사나이는 주먹을 휘두르면서 덤벼들었다. 송강이 재빨리 몸을 피하자 사나이는 한 걸음 다가섰다. 송강은 상대방을 노려보았다. 그러자 뒤에서 약을 팔던 사나이가 다가와 한 손으로 덩치 큰 사나이의 두건을 잡더니 그의 갈비뼈에다 한 대 먹였다. 사나이는 비틀거리면서 쓰러졌다. 다시 사나이가 일어나려고 하자 이번에는 발로 걷어차 버렸다. 두 호송인이 말리는 사이에 사나이는 일어나서 송강과 약장수에게,

"어디 두고 보자. 너희들을 가만두지 않겠다!"

하고 한 마디를 던지고는 남쪽으로 가버렸다.

송강이 약장수에게 이름을 묻자, 그가 대답했다.

"저는 하남河南 낙양 사람으로 설영薛永이라고 부릅니다. 할아버지는 노충경략상공 아래서 군관軍官으로 있었으나 동료의 미움을 받아 그만두고, 아버지와 저는 봉술을 이용하여 고약을 팔고 있습니다. 저를 세상에서는 병대충病大蟲 설영이라고 부르고 있지요. 그런데 당신의 존함은 어떻게 되시는지요?"

"나는 운성현의 송강이라는 사람입니다."

"그럼 산동의 송 공명이 아니십니까?"

"그렇소."

설영은 이 말을 듣자 얼른 무릎을 꿇어 절을 했다.

송강은 그를 일으켜서 함께 가까운 술집으로 갔다. 그런데 술집 주인이,

"술과 고기가 있기는 하지만 당신들에게는 팔 수 없소."

하고 말하는 것이었다.

"무슨 이유로 우리에게 팔 수 없다는 것이오?"

"아까 당신들은 몸집이 큰 어떤 사나이와 싸움을 했잖습니까? 그 사람이 당신들에게 술과 음식을 팔면 상점을 박살

내어 가루로 만들겠다고 했습니다. 그 사람은 이곳 게양진의 세도가로서 그에게 미움을 사는 날에는 경치게 되니, 누구든 그의 말을 따르지 않을 수 없습니다."

이리하여 두 사람은 할 수 없이 그 술집에서 나왔다. 설영은 어차피 하루이틀 사이에 강주로 가게 될 터이므로 그곳에서 만나기로 하고 헤어졌다.

송강 일행은 다른 술집을 몇 군데 찾아갔으나 번번이 같은 이유로 거절을 당했다. 마침내 거리를 벗어나자 조그마한 여관이 몇 집 나란히 있어서 묵어 가려고 했으나 여기서도 모두 같은 이유로 거절당했다. 할 수 없이 일행은 큰길로 나와 줄곧 걷는 동안 어느새 날은 저물어 주위가 어두워졌다. 세 사람은 몹시 초조했다.

그때 멀리 숲속에서 반짝이는 불빛이 보였다. 큰길에서 상당히 떨어져 있었으나 그 집에서 하룻밤 묵어 가는 수밖에 없다고 생각한 세 사람은 2리 남짓 걸어 커다란 집 앞에 다다랐다.

송강이 정중하게 하룻밤 묵어 가기를 부탁하자 집주인은 그들을 친절히 맞아들여 저녁을 대접했다. 저녁을 먹은 뒤 호송인은 송강에게 말했다.

"참 잘되었군요. 압사님, 이곳에는 아무도 없으니 칼을 벗고 푹 주무십시오. 내일 아침 일찍 떠나기로 합시다."

세 사람이 문을 닫고 자려고 하는데 보리 타작 마당 쪽에서 햇불이 비쳤다. 송강이 문틈으로 밖을 내다보니, 노인이 하인을 데리고 사방을 돌아보고 있었다.

"저 노인도 우리 아버님처럼 무슨 일이든지 손수 하지 않으면 마음이 놓이지 않는 모양이야. 이렇게 늦게까지 자지 않고 직접 돌아보는군.”

송강이 감탄하여 바라보고 있는데 대문 밖에서 어떤 사람이 문을 열라고 크게 외쳤다. 하인이 재빨리 문을 여니 사나이 5, 6명이 뛰어 들어왔다. 앞에 선 자는 손에 칼을 쥐고 있었고, 다른 자들은 몽둥이를 들고 있었다. 횃불에 보니 칼을 든 사나이는 낮에 게양진에서 송강에게 덤벼든 사나이였다.

“웬일이냐? 또 싸움을 했느냐? 몽둥이를 들고……”

하고 노인이 물었다.

“아버지는 잠자코 계세요. 형 집에 있습니까?”

“술에 취해 자고 있다.”

“깨워 일어나게 하세요. 그놈들을 쫓아가야 하니까요.”

“그 애가 일어나면 또 일이 벌어진다. 무슨 일인지 까닭을 말해 봐라.”

아들에게서 자세한 이야기를 듣고 난 노인은 말했다.

“그런 짓을 하면 안 된다. 그 사람이 고약 장수에게 돈을 준 게 너와 무슨 관계가 있느냐. 이 밤중에 소동을 부리면 이웃에 피해가 간다. 밤도 깊었으니 그만두고 가서 잠이나 자도록 해라.”

하고 노인이 간곡히 말했으나, 사나이는 듣지 않고 안으로 들어갔다.

송강 일행은 이 부자父子가 주고받는 이야기를 듣고 깜짝 놀랐다.

‘이것 큰일났군. 하필이면 이런 집에 묵다니! 노인은 잠자코 있어도 하인들이 가만있지 않을 테지. 이곳에서 한시 바

삐 도망쳐야 해!'

세 사람은 이렇게 생각하고 급히 뒤쪽 벽을 부수고 방에서 빠져 나와 별빛 아래 숲속 오솔길을 따라 줄행랑을 쳤다. 약 두 시간쯤 걸어가니 온통 갈대로 뒤덮인 큰 강가에 이르렀다.

심양강이었다. 그러나 곧바로 뒤쪽에서 함성이 들리더니 수많은 횃불을 든 사람들이 뒤쫓아왔다. 세 사람은 허겁지겁 갈대 숲으로 숨었다. 횃불이 점점 가까이 다가왔다. 세 사람은 무작정 갈대 숲을 헤치고 도망치려고 했으나 앞에는 강물이 유유히 흘러내리고, 옆은 넓은 나루터로 막다른 길이었다.

송강은 하늘을 우러러보며 탄식했다.

"아! 이렇게 될 줄 알았더라면 차라리 양산박에 남아 있을 것을! 이런 데서 목숨을 잃다니!"

그때였다. 갈대 숲에서 갑자기 배 한 척이 불쑥 나타났다. 송강은 하늘이 돕는구나 싶어서 큰소리로 말했다.

"여보시오, 사공. 도와주시오. 돈은 얼마든지 주겠소!"

뱃사공이 말했다.

"당신네들은 어찌하여 그곳에 있소?"

"나쁜 놈들에게 쫓기다 보니 여기까지 왔습니다. 제발 강을 건너가게 해주시오. 돈은 두둑이 드리겠습니다."

뱃사공이 배를 저어 기슭에 대자 세 사람은 얼른 배로 뛰어 올랐다. 호송인이 뱃전에 보따리를 내려놓자 보따리 속에서 은화가 철렁거렸다. 뱃사공이 그 소리를 듣고 은근히 기뻐하며 노를 저어 강 한가운데쯤 갔는데 갑자기 십여 개의 횃불을 든 20여 명이 몽둥이와 칼을 들고 뒤쫓아와서 외쳤다.

"뱃사공, 배를 돌려라!"

송강과 두 호송인은 배에 엎드린 채,

"사공, 지금 배를 돌려서는 안 됩니다. 돈은 얼마든지 드리겠소."

하고 말했다. 뱃사공은 고개를 끄덕이며 강가의 사람들에게는 대꾸도 하지 않고 배를 저어 나갔다. 그러자 강가의 사람들이 호통을 쳤다.

"야, 뱃사공. 배를 돌리지 않으면 네놈도 함께 죽여 버릴 테다!"

뱃사공은 냉소를 지으면서 여전히 대꾸하지 않았다. 강가의 무리들이 또 외쳤다.

"너는 웬 놈이냐? 우리말을 안 들으면 찢어 죽일 테다!"

뱃사공은 여전히 냉소를 지으며 대답했다.

"나는 장張이라고 한다. 내게 욕을 하지 말아라!"

그러자 횃불 속에서 덩치 큰 사나이가 외쳤다.

"아니, 장형 아냐! 이봐, 우리 형제를 모르겠나?"

"흥, 소경도 아닌데 내가 너희들을 어찌 알아보지 못하겠느냐!"

"알아보았으면 이쪽으로 돌리게! 할 얘기가 있네."

"얘기는 내일 해. 급한 일이 있어서 가야 한다!"

"우리가 그 세 사람을 붙잡으러 온 거네!"

"이 사람들이 우리 친척이다. 빨리 돌아가서 칼국수라도 대접해야겠다!"

"어쨌든 이쪽으로 배를 대게. 의논할 것이 있네."

"오랜만에 만난 친척이어서 그렇게는 못 한다! 서운하게 생각지 말고 내일 다시 만나세!"

배는 이미 기슭에서 멀어졌다. 송강은 비로소 안도의 한숨을 쉬고 두 호송인에게 말했다.

"얼마나 고마운 일이오. 뱃사공 덕분에 화를 면했소. 이 은혜는 잊지 말아야 하오."

그때 뱃사공이 노를 저으면서 호주湖州의 가락으로 노래를 불렀다.

이 강물에서 잔뼈가 굵은 내로다
임금도 하늘도 두려울손가
짐승이면 어떠랴, 귀신인들 어떠랴
내 손에 걸린 놈이면 가죽을 벗기리

송강 일행은 이 노래를 듣고 소름이 끼쳐 질려 버렸다. 하지만 아마도 농담일 것이라고 대수롭지 않게 여기고 있는데 갑자기 뱃사공이 노를 아래로 놓고 말했다.

"야, 이놈들아! 관원들은 평소에 우리들을 들볶아 댔지만 오늘은 너희들이 내 그물에 걸렸다! 이놈들아, 칼국수를 먹고 싶냐, 수제비를 먹고 싶냐?"

"사공, 농담하지 마시오. 대체 무슨 소리요, 그 칼국수니 수제비니 하는 것은?"

송강이 이렇게 묻자 뱃사공은 눈을 부라리며,

"네놈들을 상대로 무슨 얼어죽을 농담이냐! 칼국수란 단칼에 한 놈씩 채로 써는 것이고, 수제비란 네놈들의 옷을 벗겨 알몸으로 물속에 던지는 거다!"

송강 일행이 깜짝 놀라며,

"보따리 속에 들어 있는 돈이든 옷이든 다 드리겠습니다. 제발 우리들의 목숨만은 살려 주시오!"

하고 손을 모아 애걸했다. 뱃사공은 판자 밑에서 번쩍이는 칼을 꺼내 들고 호통쳤다.

"어떻게 할 테냐? 세 놈 모두 얼른 옷을 벗고 강물에 뛰어들지 못하겠느냐? 못하겠다면 내가 목을 벨 테다!"

송강 일행이 한 덩어리가 되어 강물 속으로 뛰어들려고 하는데 갑자기 삐걱삐걱 하고 노를 젓는 소리가 들리는가 싶더니 배 한 척이 쏜살같이 다가왔다. 별빛 아래서 살펴보니 배에는 세 사람이 타고 있었는데 뱃머리에 서 있는 건장한 사나이가 뱃사공에게 호통을 쳤다.

"야, 너는 웬 놈이냐? 남의 자리에 와서 이 무슨 짓이냐! 여기 와서 수지가 맞았으면 내 몫을 순순히 내놔야지!"

이쪽 뱃사공이 뒤돌아보고는 당황하여 말했다.

"아니, 이李형 아냐? 나는 또 누군가 했지!"

"장가야, 너 여기서 또 한탕했구나! 배 안에 무슨 물건이 있나? 기름 좀 나오겠다?"

"요즈음은 일거리가 없는데다가 도박에서 몽땅 털려 강어구에 우두커니 앉아 있는데 육지에서 물건 세 개가 많은 무리에게 쫓겨 내 배로 뛰어들지 않겠어. 낯짝이 까무잡잡한 죄수와 그를 데리고 가는 관원 나부랑이야. 아마 강주로 귀양간다나봐. 뒤쫓아온 건 목가穆哥 형제였어. 꼭 돌려 달라는 거야. 그러나 이 물건은 기름이 좀 나을 듯싶어 돌려주지 않았지."

이 말을 듣고 저쪽 배의 사나이가 외쳤다.

"아니! 그렇다면 그건 송 공명 형님 아니냐?"

송강은 귀에 익은 목소리 같아서 배에서 외쳤다.

"당신은 누굽니까? 이 송강을 좀 구해 주시오!"

"역시 형님이었군! 어서 나와 보시오!"

하고 사나이는 놀라운 목소리로 말했다.

송강이 몸을 드러내 놓고 별빛 아래서 자세히 살펴보니 저쪽 뱃머리에 서 있는 사나이는 이준이었고 노를 젓고 있는 두 사람은 동위와 동맹이었다.

이준은 이쪽 배로 뛰어오르며,

"형님 얼마나 놀랐습니까? 한 발만 늦었더라면 당할 뻔했군요. 오늘은 집에 있자니 좀 불안하여 잠깐 배를 저었는데, 형님이 이곳에서 수난을 받고 있을 줄이야 어찌 알기나 했겠습니까!"

이쪽 뱃사공은 한참 동안 어안이 벙벙하여 아무 말도 하지 못하다가 입을 열었다.

"이형, 이 얼굴이 검은 분이 산동의 송 공명이신가요?"

"그렇소."

그러자 뱃사공은 넓죽 엎드리며 말했다.

"진작 그렇다고 말씀해 주셨으면 이런 무례한 짓은 하지 않았을 텐데……."

"이 호한은 누구신가?"

하고 송강이 이준에게 묻자, 대답했다.

"이놈은 저의 의형제인 장횡張橫이라고 하며 별명은 선화 아船火兒라고 부르지요. 소고산小孤山 태생으로 이 심양강에서 이처럼 알량한 장사를 하고 있습니다."

송강과 호송인들은 그 말을 듣고 모두 웃음을 터뜨렸다.

장횡은 송강이 강주로 유형을 간다는 말을 듣고 강주에서 생선 장수를 하고 있는 자기 친동생 장순張順을 소개시켜 주었다. 장순은 살결이 명주처럼 희고 헤엄쳐서 4, 50리나 갈 수 있으며 물 속에서 7일을 지낼 수 있었다. 마치 흰 피라미처럼 물 속을 헤엄쳐 가기 때문에, 낭리백도浪裏白跳라는 별명을 갖고 있으며 무예도 뛰어났다.

본래 이 형제는 서로 짜고 이 양자강 기슭에서 '알량한 장사'를 하고 있었다. 그들의 말에 따르면 장횡이 먼저 강기슭에 배를 띄우고 나룻배로 가장한다, 뱃삯을 한푼이라도 적게 내려는 자나 용무가 급한 자가 영문을 모르고 올라탄다, 배에 손님이 꽉 차면 동생 장순이 손님으로 가장하고 배에 뛰어오른다, 강 한복판으로 배를 저어 나가서 장횡은 노를 젓지 않고 닻을 던지고는 허리에 찬 칼을 들고 위협하며 뱃삯을 받겠다고 말한다, 한 사람 앞에 5백 푼인데 3관貫(1관은 천푼)씩 내라며 억지를 부리며 동생과 충돌한다. 동생은 일부러 돈을 내지 않겠다고 버틴다. 그리하여 싸움을 벌이는데 장횡이 동생을 붙잡아 강물 속으로 풍덩 던져 버린다. 손님들은 깜짝 놀라 겁을 내고는 3관씩을 내게 된다. 장횡이 손님을 저쪽 기슭에 태워다 주고 되돌아올 무렵이면 동생은 물속에서 헤엄쳐서 강기슭으로 나와 돈을 나눠 갖는다는 것이었다.

세 사람이 동위와 동맹을 배에 남겨 두고 마을로 오는데 반리쯤 오다 보니 아까 쫓아온 자들이 아직도 그곳에 버티고 서 있었다. 이준이 손짓을 하며 휘파람을 불자 횃불을 든 자들이 뛰어왔다. 그리고 이준과 장횡이 송강과 함께 이야기를 나누는 것을 보고 깜짝 놀라며,

"형님들은 그 사람들과 아는 사이오?"

하고 물었다. 이준이 껄껄 웃고 나서 반문했다.

"이분이 누군 줄 아는가?"

"글쎄요, 모르겠습니다. 우리 장터에서 고약을 파는 약장수에게 돈을 주어 게양진 얼굴에 똥칠을 했기 때문에 붙잡으려고 한 것뿐입니다."

"이분이 바로 내가 너희들에게 이야기한 산동의 송 공명 형님이시다. 어서 인사를 올리도록 하라."

이렇게 말하자 두 형제는 칼을 버리고 송강에게 엎드려 절을 한 다음 말했다.

"성함은 오래 전부터 듣고 있었습니다. 모르고 한 일이기는 하지만 아까는 무례한 짓을 했습니다. 용서해 주십시오."

송강은 두 사람을 일으켜 세우고,

"그래, 당신의 이름은 무엇이오?"

하고 물었다. 이준이 대답했다.

"이 형제는 이 고장의 부호富豪로 형은 목홍穆弘, 동생은 목춘穆春이라고 합니다. 이 고장에는 '삼패三覇'라 하여 세도가 3조가 있습니다. 이 목가穆哥의 형제가 게양진의 1패이고 게양령의 위와 아래에서는 저와 이립이 1패이며, 심양강 기슭에서 암거래를 하고 있는 장횡과 장순이 또 1패로 이를 모두 합쳐서 '3패'라고 부릅니다."

이리하여 모두 함께 목 형제의 집으로 갔다. 고약 장수인 설영은 이미 붙잡혀 집 안에 묶여 있었으나 곧 밧줄을 풀고 다같이 성대한 연회에 참석하게 되었다.

이튿날 송강 일행은 곧 떠나려고 했으나 목가 형제가 놓아주지 않자 사흘 동안 더 머문 후 많은 전별금餞別金을 받고 출발했다. 장횡은 목가의 사람에게 부탁하여 동생 장순에게 보내는 소개장을 써 받아 송강에게 주었다. 이준, 장횡, 목홍, 목춘, 설영, 동위, 동맹 등은 송강의 일행을 심양강변까지 전송하고 눈물로 작별을 아쉬워했다.

34. 세 의형제

송강과 두 호송인은 무난히 강주부에 도착했다.

강주부의 지사는 채득장蔡得章이었으며 천하를 주름잡는 태사太師(재상) 채경蔡京의 아홉째 아들이었다. 강주 사람들은 그를 채구지사蔡九知事라고 불렀다. 그는 욕심이 많고 사치스러운 사나이였다. 이 강주 땅이 기름져서 수확이 많기 때문에 태사가 특히 아들을 이곳 지사로 임명했던 것이다.

채구는 송강의 인품이 천하지 않은 것을 보고,

"그 칼에는 어찌하여 봉한 종이가 없느냐?"

하고 물었다. 두 호송인은,

"도중에 비를 맞고 젖어서 떨어졌습니다."

하고 적당히 둘러댔다. 그리고 송강을 인도한 뒤 자기들끼리,

"도중에 여러 번 죽을 뻔했으나 덕분에 얻은 것도 많았네."

하고 홀가분한 마음으로 제주로 돌아갔다.

송강은 강주부의 높고 낮은 관원들에게 모조리 돈을 뿌렸

다. 관원들은 송강에게 여러 가지 편의를 봐주었다. 그리하여 독방에서 뇌성영牢城營으로 옮겨져 전옥 앞으로 끌려갔다. 새로 들어온 죄수는 규칙에 따라 백 대의 살위봉을 맞게 되었지만 송강이,

"도중에 심한 감기에 걸려 아직 낫지 않았습니다."

하고 말하자, 미리 송강에게서 열 냥의 뇌물을 받은 전옥은 말했다.

"흠, 얼굴빛이 좋지 않군. 그럼 살위봉은 당분간 연기하도록 하지. 이 사나이는 전에 현청에서 압사로 있었다니 이 감옥 사무실에서 서기를 시켜야겠군."

이리하여 송강은 사무실에 남게 되었다. 송강은 전옥과 간수장을 비롯하여 옥졸에 이르기까지 아낌없이 돈을 뿌리고 죄수 전원에게 술과 음식을 대접하는 등 선심을 썼다. 이 덕택으로 반달쯤 지나자 감옥에 있는 사람은 누구나 송강을 받들게 되었다. '지옥에서도 돈이 판을 친다' 더니 과연 그러했다.

어느 날 송강은 전옥과 함께 사무실에서 술을 마시고 있었는데, 그때 전옥이 말했다.

"그 절급節級(군인 계급의 하나)에게 선물을 보내라고 저번에도 말했는데 어찌하여 아직 보내지 않았소? 그 후 벌써 열흘이나 지났소. 그 사나이가 곧 오게 될 텐데 입장이 거북할 것이오. 아무튼 굉장한 놈이니까."

"괜찮으니 그냥 두시오. 나한테 따로 생각이 있습니다."

그때 마침 군졸장軍卒長이 와서,

"절급 나리께서 저기 오셔서 호통을 치고 있습니다. '새로

들어온 죄수놈, 어찌하여 상례금常例金을 바치지 않고 있느
냐?'고 말입니다."

하고 알려 주자 전옥이 말했다.

"내가 말하지 않았소? 그 사람이 와서 우리까지 모두 연관
을 시켜 트집을 잡고 있소."

"아니, 전옥님은 참견하지 않아도 됩니다. 내가 이야기의
매듭을 짓겠습니다."

송강은 사무실을 나와 그 절급을 만났다. 절급은 송강의
얼굴을 보자마자,

"이 검둥이놈! 네놈은 누구를 믿고 상례금을 보내지 않았
느냐?"

하고 호통을 치자, 송강이 말했다.

"선물을 하고 안 하는 것은 내 자유가 아니오? 그것을 억
지로 보내라는 것이 얼마나 옹졸한 소견이오?"

옆에서 보고 있던 사람들은 이 말을 듣고 손에 땀을 쥐었
다. 절급은 얼굴이 붉으락푸르락하여 화를 냈다.

"이 개 같은 놈아, 무례해도 분수가 있지. 내가 옹졸하다
고? 혼쭐이 나야 알겠느냐!"

주위 사람들은 겁이 나서 모두 도망쳐 버리고 그곳에는 송
강과 절급만 남게 되었다.

절급은 몽둥이를 들고 송강을 때리려고 했다. 그러자 송강
이 말했다.

"절급, 무슨 죄로 나를 때리려고 하시오?"

"이놈아, 무슨 죄라니? 가벼운 기침 소리 하나도 죄가 될
수 있다!"

"내 뒤를 아무리 캔다 해도 죽을 죄를 지은 것은 없소이다."

"뭐야! 네놈 하나 죽이는 것쯤은 식은죽 먹기야. 파리 한 마리를 때려잡는 것과 같아."

송강이 냉소를 하며 말했다.

"상례금을 보내지 않았다고 해서 사형에 처한다면 양산박의 오학구와 사귀는 놈은 어떻게 되느냐?"

절급은 이 말을 듣자 깜짝 놀라며 갖고 있던 몽둥이를 버리고서,

"지금 뭐리고 했소?"

하고 물었다.

"오학구와 사귀는 놈이라고 말했소. 왜 그러시오?"

절급은 당황하여 송강을 붙잡고 말했다.

"당신은 누구요? 어디서 그런 걸 알았소?"

송강이 웃으면서 말했다.

"나는 운성현의 송강이오."

절급은 깜짝 놀라며 얼른 절을 했다.

"그럼 당신이 송 공명입니까?"

"뭐, 대단한 사람은 못 되오."

"여기서 이야기할 것이 아니라 거리로 가서 한잔 합시다."

두 사람은 함께 강주성 안의 술집으로 갔다.

"그래, 당신은 어디서 오학구를 만났습니까?"

송강은 호주머니에서 편지를 꺼내 넘겨주었다. 절급은 그 편지를 읽고 나서 송강에게 다시 절을 했다.

이리하여 두 사람은 술을 마시면서 세상 이야기를 하고 곧

흉금을 털어놓는 사이가 되었다.

이 사람은 오학구가 추천한 강주 절급 대종戴宗으로 이 고장에서는 절급을 '원장院長'이라고 하기 때문에 대 원장이라고 불리고 있었다. 또한 '신행법神行法'이라는 놀라운 도술道術의 소유자로 두 장의 갑마甲馬(신불神佛의 모습을 그린 부적)를 발에 붙잡아 매고 도술을 행하면 하루에 5백 리도 갈 수 있었고 네 장의 갑마면 하루에 8백 리도 갈 수 있었다. 그래서 사람들은 그를 신행태보神行太保라고 불렀다.

두 사람이 술을 마시고 있는데 갑자기 아래층에서 떠들썩한 소리가 들리더니 상점의 사환이 뛰어와서 말했다.

"원장님, 대단히 죄송하지만 잠깐 중재仲裁 좀 해주시지 않겠습니까?"

"무슨 일이냐?"

"원장님과 함께 자주 오시던 이철우李鐵牛 나리가 주인에게 돈을 빌려 달라고 졸라대고 있습니다."

"누군가 했더니, 그놈이 또 시작이군. 잠깐만 앉아 계십시오. 그놈을 데리고 오겠습니다."

대종은 아래층으로 내려가더니 곧 살색이 검은 건장한 사나이를 데리고 올라왔다. 송강이 깜짝 놀라 물었다.

"원장, 이분이 누구지요?"

"이 사람은 저의 뇌번牢番인데 이규李逵라고 부릅니다. 기수현 백장촌 태생으로 흑선풍黑旋風이라는 별명을 가지고 있으며 이 마을에서는 이철우로 통하고 있습니다. 사람을 죽였기 때문에 고향에서 도망쳤다가 사면赦免이 되었지만 그대로 이 강주로 흘러와 이곳에서 뇌번을 하고 있습니다. 술버릇이 나빠서 사람들이 두려워하지요. 큰 도끼 두 자루를 잘 사용하고 권술拳術과 봉술棒術에도 능합니다."

이규는 송강을 보면서 대종에게 물었다.

"형님, 이 검은 사나이는 누구지요?"

대종이 웃으면서 송강에게 말했다.

"압사, 보시다시피 이 자는 이렇게 거칩니다. 예의도, 범절도 모르지요."

"형님, 내가 왜 거칠어요?"

"알겠네, 남에 대해서 물을 때는 '이분은 누구십니까?' 하고 말하는 법이야. '이 검은 사나이가 누구'라니 그게 거칠지 않단 말이냐? 이분이야말로 네가 전부터 의지하고 싶어 하던 천하의 의사義士야."

"산동의 송강 말인가요?"

"이런 실례가 있나! 예절을 몰라도 분수가 있지. 어물어물하지 말고 얼른 인사를 드려라!"

"정말 송 공명이라면 엎드려 절하지요. 다른 놈이라면 어림도 없어요. 형님, 속이면 안 돼요. 나더러 절을 하라고 시키고 웃으려는 건 아니겠지요?"

"내가 산동의 송강이오."

하고 송강이 말하자, 이규는 손을 마주치면서 외쳤다.

"야, 이거 놀라운 일이군! 진작 말씀해 주셨으면 좋았을 것을!"

이규가 넙죽 엎드려 절하자 송강은 답례를 하고 말했다.

"어서 앉으시오."

"너도 여기서 한잔 하지 그래."

하고 대종이 말하자, 이규가 대답했다.

"작은 술잔으로는 간에 기별도 가지 않아요. 사발에 따라 마시겠습니다."

"아까 당신은 무엇 때문에 화를 냈소?"

하고 송강이 묻자, 이규가 대답했다.

"저는 은 덩어리 하나를 갖고 있었는데 그것을 이 집 주인에게 맡기고 은화 열 냥을 꿨습니다. 그것을 주인에게 아주 주면서 나머지를 얼마 달라고 했더니 도통 말을 듣지 않아요. 그래서 상점을 때려부수려고 하는데 형님이 내려오셔서 저를 부르기에 올라왔던 것입니다."

"열 냥이 있으면 은 덩어리를 찾을 수 있겠소? 달리 물어야 할 이자는 없습니까?"

"이자를 물 돈은 갖고 있습니다. 열 냥의 원금만 있으면 됩니다."

송강은 곧 호주머니에서 열 냥을 꺼내어,

"이걸 쓰시오."

하고 이규에게 주었다. 대종이 말리려고 하자 이미 이규는 그것을 손에 받아 들고,

"고맙습니다. 형님들은 여기서 기다리고 계십시오. 은 덩어리를 찾아다 드릴 테니까. 그리고 성 밖으로 나가서 한잔합시다."

"급할 것 없으니 한잔 들고 가시오."

"아닙니다. 갔다가 곧 돌아오겠습니다."

이규가 발〔簾〕을 들어올리고 아래층으로 내려가자 대종이 말했다.

"저놈에게 돈을 주시지 않았어야 할 걸 그랬습니다. 저놈은 대쪽같은 성미지만 술과 도박을 밥보다도 더 좋아합니다. 큰 은 덩어리를 갖고 있다는 것은 거짓말입니다. 당신에게서 돈을 우려내어 허겁지겁 뛰어나갔으니 틀림없이 도박장으로 갔을 겁니다. 돈을 따게 되면 갚을 테지만 잃게 되면 열 냥의 은화는 갚지 않을 것입니다."

"뭐, 그 돈은 떼어도 괜찮습니다. 성미가 고슴도치 같은 사람인 모양이군요."

"네, 쓸모는 있지만 덜렁거리는 게 흠이지요. 술버릇이 나빠 툭하면 싸움질이라 저도 애를 먹고 있어요. 약자를 돕고

강자를 무찌른다 하여 이 강주에서는 누구나 무서워하지요."

두 사람은 이런 이야기를 하면서 술을 마셨다.

한편 이규는 손에 돈이 들어오자 혼자 생각했다.

'훌륭해! 송강 형님은 나를 처음 만났는데도 열 냥씩이나 꿔 줬어. 듣던 소문 그대로야. 멋있어. 나는 요즈음 줄곧 지기만 해서 그 호한에게 술 한잔 대접하려고 해도 빈털터리야. 옳지, 이 열 냥으로 한몫 따서 한잔 톡톡히 사야지.'

이규는 곧 성 밖의 소장을小張乙의 도박장으로 달려가 한꺼번에 열 냥을 걸고 한판 승부를 하다가 눈 깜짝할 사이에 잃고 말았다. 그는 당황하여,

"이 돈은 남의 것이야. 미안하지만 잠깐만 꿔 줘. 내일 갚을 테니까."

"그것도 말이라고 하시오. 옛날부터 '도박에는 부자父子가 없다'고 하지 않았소? 지고 나서 무슨 소리를 하는 거요?"

하고 소장을이 말했다. 그러자 이규가 호통쳤다.

"이봐! 돌려줄 거야! 안 줄 거야?"

"형답지 않게 왜 오늘은 추잡하게 굽니까?"

이규는 대꾸도 하지 않고 갑자기 방바닥에 있는 돈을 움켜잡고, 다른 손님이 건 열 냥짜리 은화까지도 윗옷 호주머니에 쑤셔 넣고는 눈을 부라리면서 말했다.

"나는 언제나 깨끗이 놀았지만 오늘 하루만큼은 어쩔 수 없어."

이규는 도로 빼앗으려고 덤벼드는 소장을과 12, 3명의 노름꾼들을 한꺼번에 때려눕힌 다음 와자지껄하면서 쫓아오는

놈들을 거들떠보지도 않고 달아났다. 그때 갑자기 뒤에서 어깨를 덥석 잡으며 호통을 치는 자가 있었다.

"이놈, 왜 남의 것을 훔치는 거냐?"

"네놈이 상관할 일이 아니야!"

하고 이규가 뒤돌아보니 그는 뜻밖에도 대종이었고 그 뒤에는 송강이 서 있었다. 넉살 좋은 이규였지만 쥐구멍이라도 있으면 들어가고 싶은 심정이었다.

"형님께 한잔 사려고 했는데 돈이 없어서 그만……."

송강은 껄껄 웃으면서,

"돈이 필요하면 나한테 어려워 말고 말하시지요. 그리고 졌으면 그 돈은 돌려줘야지요."

하고 그 돈을 소장에게 돌려주게 하고 이규에게 얻어맞은 자들에게도 보상금을 주었다.

그리고 이규와 함께 세 사람은 강변의 비파정琵琶亭이라는 주루酒樓로 갔다. 당나라 시인 백낙천白樂天의 〈비파행〉이라는 시로 유명한 정자 위에서 앞을 바라보니 심양정이 아래로 흘러 경치가 매우 아름다웠다. 이윽고 술상이 나오고 '옥호춘玉壺春'이라는 강주의 유명한 고급술을 따르자 이규가 사환에게 말했다.

"사발에다 따라주게. 작은 술잔은 번거롭기만 해."

"이봐, 너는 허튼 소리 말고 말없이 마시기나 해."

하고 대종이 책망했다. 그러자 송강이 사환에게,

"우리 두 사람은 이 잔이 좋지만 이분에게는 큰 주발에 따르도록 하시오."

하고 일렀다. 이규가 웃으면서 혼잣말처럼 중얼거렸다.

"송 형님은 과연 훌륭해. 사람들의 말이 맞아. 내 마음을 곧잘 알아주시거든. 나에게 이런 형님이 있으니 참 복도 많지!"

술을 마시던 중 송강이 얼른 생선탕을 먹고 싶어하자 이규가 곧 술집 주인에게 세 사람분을 주문했다. 이규는 젓가락도 쓰지 않고 손으로 사발 속의 생선을 뼈까지 우물우물 먹어 치웠다. 송강은 웃으면서 탕을 몇 모금 마실 뿐이었다.

"이 생선은 오래 묵은 것 같아서 형님 입에는 맞지 않지요?"

하고 대종이 말하자,

"맛이 없는 것 같소."

하고 송강이 대답했다.

"저도 먹을 수 없군요."

대종이 이렇게 말하자 이규가,

"두 분 모두 안 드실 겁니까? 그럼 제가 먹어야겠군요."

하고 송강의 사발 속에 들어 있는 생선을 꺼내 먹고 나서 대종의 것도 먹어 치웠다. 식탁에는 생선 국물이 온통 흘러 떨어졌다.

대종이 사환을 불러,

"이 생선탕은 그릇은 깨끗하지만 생선은 오래 묵은 것이라 먹지 못했다. 싱싱한 생선이 있으면 다시 만들어 주지 않겠나?"

하고 말하자 사환이 웃으면서 대답했다.

"그 생선은 어젯밤에 잡은 겁니다. 살아 있는 싱싱한 생선은 아직 배에 실려 있습니다. 도매집 주인이 오기 전에는 팔지 않습니다."

그러자 이규가 벌떡 일어나더니,

"그럼 내가 사올 테다. 내가 가면 뱃놈들이 팔지 않고는 못배길 테지!"

하고, 대종이 말리는데도 듣지 않고 뛰어나갔다.

"저런 무례한 놈을 상종하게 하여 미안합니다. 아주 돼먹지 않았습니다."

"아니오. 그것은 천성이라 타일러도 되지 않아요. 나는 오히려 그 천진스러운 것이 좋습니다."

하고 송강이 말했다.

35. 물 속에서의 격투

이규가 강기슭에 와 보니 8, 90척의 어선이 나란히 버드나무 아래 매여 있었다. 어부들 중에는 배에서 뒹구는 자도 있었고 그물을 뜨는 자, 강물 속에서 몸을 씻는 자도 있었다. 때는 5월 중순으로 해가 서쪽으로 지고 있었다. 이규는 어부들에게 다가가서 말했다.

"이봐, 살아 있는 생선 몇 마리만 팔지 않겠나?"

어부들이 말했다.

"도매상 주인이 와야 합니다. 저것 보세요. 생선 장수들도 모두 기슭에서 기다리고 있습니다."

"쳇! 도매상 주인을 언제까지 기다려야 한단 말이야!"

그러고는 배에 대해서는 아무것도 모르면서 윗도리를 벗어 던지고 한 척의 배로 훌쩍 뛰어 올라가 대나무로 엮은 발을 뽑아 버렸다. 어부들은 어이가 없어 "저런, 저런!"하고 말할 뿐이었다. 이규는 배 밑에 깔린 널판대기 밑을 뒤져보았으나 생선은 한 마리도 눈에 띄지 않았다. 그럴 수밖에 없는 것이 이곳 강주의 어선은 선미船尾에 커다란 구멍을 뚫어서 강물이 저절로 드나들게 하고 그것을 대나무로 엮어서 막은 뒤 그 속에 고기를 살려 두고 있었다.

그런데 대나무 발을 뽑아 버렸기 때문에 생선이 모두 바다 속으로 도망쳐 버렸던 것이다.

이규는 다시 다른 배로 뛰어올라 또다시 대나무 발을 뽑아 버렸다. 그러자 7, 80명의 어부들이 일제히 대나무 몽둥이를 들고 이규에게 덤벼들었다. 이규는 몹시 화가 나서 양팔로 이들을 제지하고 금세 5, 6개의 대나무 몽둥이를 빼앗아 모조리 부러뜨렸다. 그러자 어부들은 깜짝 놀라 닻줄을 풀고 배를 저어 도망쳐 버렸다. 화가 치민 이규는 알몸으로, 부러뜨린 대나무를 집어들고 기슭으로 올라가 생선 장수들에게 덤벼들었다. 생선 장수들은 모두 짐을 어깨에 메고 뿔뿔이 흩어져 도망쳤다.

이렇게 난동을 부리고 있을 때 "도매상 주인이 왔다!" 하고 사람들이 외쳤다. 그러자 한 사나이가 나타났다. 그의 나이는 32, 3세 가량 되어 보였고 키는 6척 5, 6치쯤 되었으며 검은 수염을 기른 당당한 체구의 사나이였다. 그는 손에 든 저울을 생선 장수에게 주면서,

"이놈!"

하고 호령을 했다.

이규는 말없이 대나무를 휘두르면서 덤벼들었다. 사나이는 다가오더니 그 대나무를 빼앗았다. 그러자 이규는 사나이의 머리를 잡았다. 사나이는 이규의 다리 가랑이에 머리를 처박고 이규를 쓰러뜨리려고 했으나 황소 같은 이규의 힘을

당해 내지 못하고 휙 밀려서 몸을 가누지 못했다. 또한 사나이는 이규의 갈비뼈를 주먹으로 쥐어박았으나 이규는 꿈쩍도 하지 않았다. 이번에는 사나이가 발로 걷어찼으나 이규는 사나이의 머리를 내리누르고 쇠망치와 같은 주먹으로 사나이의 등을 북이라고 치듯이 두들겨 팼다.

그때 누군가가 뒤에서 이규의 허리를 덥석 끌어안으며,

"이봐, 그만둬!"

하고 말했다. 이규가 돌아보니 그들은 송강과 대종이었다. 그리하여 이규가 손을 놓자 사나이는 겨우 몸을 일으키더니 연기처럼 어디론가 도망쳐 버렸다.

"또 싸움질이냐! 사람을 때려죽이기라도 해봐라, 사형이다!"

하고 대종이 책망하자,

"형님께는 폐를 끼치지 않겠습니다. 내가 죽이면 나의 책임이니까요."

하고 이규가 말했다. 그때 송강이 말했다.

"이제 언쟁은 그만하고 술이나 마시러 가지."

이규는 버드나무 아래 벗어 놓은 윗도리를 주워 어깨에 걸치고 송강과 대종을 따라 그곳을 떠났다. 14, 5보쯤 갔을 때 뒤에서,

"야, 검둥아. 이번에야말로 네놈과 한판 승부를 내야 할 차례다!"

하고 외치는 자가 있었다. 누군가 하여 돌아보니 아까 그 도매상 주인이었다. 그는 잠방이 하나만 걸친 채 눈처럼 하얀 살을 드러내며 어선을 저어 다가와서 욕설을 퍼부었다.

"야, 검둥이 녀석아! 다시 한 번 승부를 겨루자! 내가 네놈을 무서워한다면 사나이가 아니다!"

이규는 화가 나서 들고 있던 윗도리를 동댕이치며,

"뭐, 어째? 네놈도 사나이라면 이곳으로 올라와라!"

하고 외쳤다.

사나이는 대나무로 이규의 넓적다리를 찔렀다. 화가 불길 같이 치솟은 이규는 번개같이 사나이의 배에 뛰어올랐다. 그러자 사나이는 대나무로 강기슭을 누르고 양다리로 버티더니 배를 강 한가운데로 미끄러져 나가게 했다.

이규는 헤엄을 잘 치지 못했으므로 당황했다. 사나이는 나무를 버리고,

"자, 덤벼라. 이번엔 승부를 내자."

하고 재빨리 이규의 팔을 붙잡고는,

"승부를 내기 전에 물 좀 먹어라."

하고 두 다리로 배를 흔드니 곧 배는 뒤집혀져 두 사람은 물 속으로 처박혔다.

그러자 헤엄을 잘 치는 사나이는 수면에 떠오른 이규를 붙잡아 다시 물 속에 처박기를 되풀이했다. 푸른 물 속에 숯처럼 검은 몸뚱이와 눈처럼 흰 몸뚱이가 한데 뒤엉켜 허우적거렸다.

기슭에서 바라보던 4, 5백명의 구경꾼들은 이들에게 저마다 갈채를 보냈다.

송강과 대종은 안절부절못했다. 이규가 물 속에서 솟아났다 잠겼다 하면서 사나이에게 혼나는 것을 본 송강은 누군가에게 부탁하여 도와주게 하라고 대종에게 말했다.

"저 몸뚱이가 흰 사나이는 누구지요?"

하고 대종이 사람들에게 물었다.

"생선 도매집 주인 장순이라는 사람입니다."

이 말을 들은 송강은 문득 생각나서 물었다.

"별명이 낭리백도라는 장순이 아니오?"

"그렇습니다."

송강은 대종에게 말했다.

"나는 저 사람의 형님인 장횡으로부터 편지를 전해 달라는 부탁을 받았습니다."

그러자 대종이 큰 소리로 외쳤다.

"장형, 잠깐만 기다리시오! 당신 형님의 편지를 갖고 있는 사람이 있소. 그 검은 사나이는 우리와 형제 사이니 이제 놓아주시오!"

장순은 전부터 대종의 얼굴을 알고 있었으므로 얼른 이규를 놓아주고 강기슭으로 헤엄쳐 나왔다.

"원장님, 실례했습니다."

하고 그가 말하자, 대종이 대답했다.

"내 얼굴을 봐서라도 저 형제를 놓아 주시오. 그리고 당신을 만나고자 하는 사람이 있소."

장순은 다시 강물로 뛰어들어 허위적거리고 있는 이규의 팔을 잡아 양다리를 놀리면서, 마치 평지를 걸어가는 것처럼 되돌아왔다. 물은 그의 배에도 미치지 않아 배꼽 아래까지만을 적셨다. 사람들이 일제히 갈채를 보냈다. 송강은 한참 동안 정신없이 바라보고만 있었다.

장순과 이규가 강기슭으로 올라왔다. 이규는 꾸역꾸역 물을 토해 내고 있었다.

네 사람은 함께 비파정으로 올라갔다. 대종이 이규를 가리키면서 장순에게 말했다.

"당신은 이 사람이 누군지 알고 있는가? 오늘 꽤 그를 괴롭혔는데."

"얼굴은 알고 있지만 승부를 겨룬 것은 처음입니다."

"나한테 물을 꽤 많이 먹였어."

하고 이규가 말하자,

"당신도 나를 몹시 때렸어."

하고 장순이 대거리를 했다.

"이제 두 사람은 사이 좋은 형제가 된 셈이야. '싸우지 않으면 친구가 못 된다'고 하지 않았는가?"

하고 대종이 말했다.

"땅에서는 나를 건드리지 말게."

하고 이규가 말하자,

"물 속에서 당신을 기다리고 있겠소."

하고 장순이 대답했다.

네 사람은 한바탕 웃었다.

대종은 송강을 가리키면서 장순에게 말했다.

"당신은 이 분이 누군지 알고 있는가?"

"모르겠습니다. 한 번도 만난 적이 없습니다."

하고 장순이 말하자, 이규가 말했다.

"이분이 바로 송강이란 분일세."

"그렇다면 산동의 급시우 운성현의 송 압사란 말씀이십니까?"

"그래, 송 공명 형님이시네."

하고 대종이 말했다.

장순은 얼른 무릎을 꿇으며,

"성함은 전부터 들어 왔습니다. 오늘 이렇게 여기서 뵙게 되다니요!"

송강은 장횡이 편지를 전해 달라고 부탁한 경위를 말하고 다시 마시기 시작했다.

장순이 말했다.

"형님이 싱싱한 생선을 잡수시고 싶다고 했지요? 내가 몇 마리 잡아오지요."

그러자 이규가 말했다.

"나도 같이 가겠네."

"자네는 아직 물을 더 먹어야 직성이 풀리겠나?"

하고 대종이 말하자, 장순이 웃으면서 이규의 손을 잡으며 말했다.

"둘이서 같이 가세."

두 사람은 이윽고 금빛 잉어 네 마리를 잡아 가지고 왔다. 곧 그것을 요리하여 맛있게 먹으면서 이들의 이야기는 그칠 줄을 몰랐다. 뇌성영으로 돌아오면서 송강은 이규에게 50냥 의 돈을 주었다.

36. 반역의 시詩

　송강은 그날 뇌성영으로 돌아와, 장순이 잡아 온 잉어를 과식한 탓인지 배탈이 나서 줄곧 자리에 누워 있었다. 뇌성영 사람들은 송강을 친절하게 돌봐주었다. 6, 7일 후에 완쾌되어 송강은 성 안으로 대종을 찾아갔으나 그는 마침 부재중이었다. 그래서 이규에게 가려고 사람들에게 그의 거처를 물었더니,

　"그 사람은 건달이라 일정한 집이 없습니다."

하고 대답하는 것이었다. 이번에는 장순의 거처를 물으니 그도 성 밖의 마을에 사는데 거래가 있을 때만 성 안에 나타난다는 것이었다. 그래서 할 수 없이 다시 성 밖으로 나가 심양강의 경치를 바라보면서 걷다가 커다란 술집 앞에 이르렀다.

　자세히 보니 검은 깃발〔酒旗〕에는 '심양루정고潯陽樓正庫'라고 씌어 있었고 현판에는 소동파蘇東坡가 쓴 '심양루'라는 세 글자가 있었다.

　'강주에 심양루라는 유명한 술집이 있다는 말은 운성현에

있을 때부터 들어 왔는데 알고 보니 바로 이 집이구나.'
하고 곧 누상樓上으로 올라가 큰 강에 면한 난간에 기대어
바라보니 실로 경치가 아름다웠다.

이윽고 술집 주인이 내놓은 것은 '남교풍월藍橋風月'이라
는 고급술이었고, 늘어놓은 여러 가지 요리는 모두가 산해진
미로 아름다운 붉은 접시와 쟁반에 담겨 있었다. 송강은 흡
족한 마음으로 한두 잔 기울이니 마침내 취기가 돌아 갑자기
여러 가지 생각이 떠올랐다.

'나는 산동에서 태어나 운성에서 자라고 관리가 되어 천
하의 호한들과 어울리면서 이름은 다소 알려졌으나 벌써 나
이가 30을 넘었다. 그런데도 좀처럼 역경에서 헤어나지 못하
고 몸에 문신까지 새기고서 이곳으로 유배되어 왔다. 고향의
늙으신 아버님과 동생들은 언제나 다시 만날 수 있을지!'

술기운이 몸에 돌자 무심코 눈물이 쏟아져 문득 시 한 수
가 머리에 떠올랐다. 그래서 사환을 불러 먹과 붓을 구해 달
라고 하여 흰 벽에 써 나갔다.

어렸을 때부터 책을 힘써 읽고
장성함에 권모權謀 또한 예사롭지 않았도다
마치 호랑이가 황야에 누워 있듯
발톱 이빨을 감추고 기다렸거늘
불행히도 몸에 문신까지 박혀져
유형의 신세가 될 줄이야
아! 원한을 풀 때가 돌아오면
심양강을 피로 붉게 물들이리라!

송강은 다 쓰고 나서 읽어보고는 기뻐하며 웃었다. 그리고 다시 술을 몇 잔 마시니 기쁨에 못 이겨 춤이라도 추고 싶었다. 그는 다시 붓을 들어 그 다음 네 구절을 이었다.

마음은 동쪽에 몸은 남쪽에
부평초의 신세가 고달파라
뜻을 이룰 때가 돌아오면
저 황소黃巢(당나라 때의 반역자)를 한껏 비웃어 주리라!

송강은 그 다음에 큰 글자로 '운성 송강 작'이라고 쓴 뒤 다시 한 번 읽고 나서, 술이 만취되도록 마셨다. 그리고 계산을 마치고 비틀거리면서 뇌성영으로 돌아온 송강은 그대로 아침까지 푹 잤다. 잠에서 깼났을 때는 이제 심양루에서 시를 쓴 일을 전혀 기억하지 못했고, 그날은 하루 종일 자리에 누워 있었다.

그런데 이 강주의 맞은편에는 무위군無爲軍이라는 조그마한 시골 거리가 있었다. 그곳에는 황문병黃文炳이라는, 전에 통판通判(부지사副知事)을 지낸 퇴직 관리가 살고 있었다. 그는 학식은 어느 정도 있었으나 소견이 좁고 아첨을 잘하는 사나이로, 지사 채주가 강주를 주름잡는 채 태사의 아들이란 것을 알고 그의 연줄로 다시 한 번 관직에 오르려는 속셈에서 지사의 집을 찾아가곤 했다.

그날도 선물을 들고 지사를 찾아갔는데 공교롭게도 지사는 연회를 베풀고 있어서 감히 들어가지 못하고 할 수 없이 돌아오는 길에 심양루 근처까지 이르게 되었다. 어쩐지 누

상으로 올라가 보고 싶은 생각이 들어 발길을 누상으로 돌렸다. 누상의 벽에는 여러 편의 시가 있었는데 그 중에는 훌륭한 시도, 서투른 시도 있었다. 황문병은 쓴웃음을 지으면서 읽어나가다가 문득 송강이 쓴 두 편의 시를 읽고 깜짝 놀랐다.

"이건 반역의 시가 아닌가? 누가 했을까?"

다음을 읽어보니 커다랗게 '운성 송강 작'이라고 씌어 있었다. 그래서 다시 한 번 읽어보았다.

"원한을 풀 때가 돌아오면, 심양강을 피로 붉게 물들이리라!" 또는 "뜻을 이룰 때가 돌아오면, 저 황소를 한껏 비웃어 주리라!"라는 실로 온당치 않은 문구였다.

'음, 못된 놈 같으니! 황소도 어림없을 모반을 꾸미고 있다니! 운성의 송강이라면 어디서 들은 적이 있는 듯한 이름인데.'

곧 사환을 불러 이 시를 쓴 사나이의 외모에 대해 물은 뒤 황문병은 시를 배껴서 돌아왔다.

이튿날 황문병은 지사 채구의 집으로 찾아갔다. 차를 마시고 나서,

"요즈음 경도京都에서는 천문대의 천상天象에 의하면 나쁜 별이 나타날 징조라는 거야. 그리고 경도에서 유행하고 있는 아이들의 노래에도 '나라를 어지럽히는 집에 나무[木], 싸움을 일으키기에는 물에 공工, 종횡해서 36의 숫자로, 난리는 산동山東에서 일어나리라'라는 내용이 있어서 경계를 엄중히 하라고 당부하셨네."

황문병은 한참 생각에 잠기다가 웃으면서 말했다.

"나리, 그것은 우연한 일이 아닙니다."

하고 소매 속에서 시를 꺼내 지사에게 보여주며 말을 이었다.

"이것 좀 읽어보십시오."

지사는 그 시를 읽고 나서 말했다.

"오, 이건 반역의 시로군! 자네 어디서 이걸 찾아냈나?"

황문병이 어제 심양루에서 있었던 이야기를 들려주자 지사가 말했다.

"뭐, 유형자인 주제에 뭘 할 수 있다는 거야!"

"아닙니다. 그렇게 얕잡아 보시면 안 됩니다! 춘부장께서 보내온 편지에 씌어 있는 아이들의 노래는 바로 그 사나이를 가리키고 있습니다."

"그 사나이라니?"

"'집[家]에 나무[木]', 즉 갓머리[宀]에 나무 목木은 '송宋'이라는 글자고 '물[水]에 공工', 즉 물 수[氵]에 공工은 '강江'이라는 글자입니다. 나라를 어지럽혀 싸움을 일으키는 놈은 이 '송강宋江'임에 틀림없습니다. 그리고 '36'이란 연대의 수이거나 사람의 수일 것입니다. '난리는 산동에서 일어나리라'고 되어 있는데 운성현은 바로 산동에 있습니다. 하나에서 열까지 꼭 맞아떨어지지 않습니까?"

"그래 송강이라는 사나이는 어떻게 생겼나?"

"어제 사환에게 물었더니 엊그제 이것을 썼다고 합니다. 뇌성영의 명부名簿를 살펴보면 곧 알 수 있을 것입니다."

그리하여 곧 죄수의 명부를 살펴보니 과연 5월에 새로 갇힌 죄수 중에 운성현의 송강이라는 자가 있었다.

즉시 절급 대종을 불러 송강을 끌고 오라고 명령했다. 대

종은 깜짝 놀라 부하들에게 성황묘城隍廟에서 기다리라고
해놓고는 '신행법'을 사용하여 이 일을 먼저 송강에게 알렸
다. 송강은 자기가 만취되어 무엇을 했는지 전혀 기억이 나
지 않았으므로 그저 멍하니 있을 따름이었다.

"이번엔 영락없이 모가지가 날아가겠군."

하고 송강은 혼잣말처럼 중얼거렸다.

"일이 이렇게 되었으니 어떻게 합니까? 미친 사람의 시늉
을 할 수밖에 없겠습니다. 조금 후에 제가 부하들을 이끌고
올 테니까 미친 체하십시오."

대종은 이렇게 말하고 성황묘로 돌아와 부하들을 이끌고
다시 뇌성영으로 달려왔다.

송강은 이때 봉두난발蓬頭亂髮을 한 채 변소에서 뒹굴고
있다가 대종 일행을 보고는,

"네놈들은 누구냐?"

하고 호통을 쳤다. 대종은 일부러 큰 소리로,

"이놈을 잡아라!"

하고 외치자 송강은 눈을 부라리며 덤벼들면서,

"나야말로 옥황대제玉皇大帝의 사위로 이번에 대제의 명
령에 따라 10만의 천병天兵을 이끌고 강주에 너희 놈들을 죽
이러 왔다! 염라대왕閻羅大王이 선봉이고 오도장군五道將軍
이 후미後尾다. 나는 8백 근이나 되는 금인金印을 맡아 가지
고 있다. 너희 구더기 같은 놈들은 모두 죽여 버릴 테다!"

하고 떠들어댔다.

"아니, 이놈이 미쳤군 그래! 이런 놈을 잡아가면 뭘해!"

하고 부하들이 말했다.

"하긴 그렇군. 그럼 일단 이대로 돌아가 그렇게 보고할까?"

하고 말한 뒤 대종은 지사에게 돌아가서 사실을 보고했다.

"그 송강은 미친 놈이었습니다. 변소에서 뒹굴면서 헛소리를 고래고래 지르고 있었으므로 잡아오지 않았습니다."

지사가 이 말을 듣고 어찌해야 좋을지 몰라 망설이고 있을 때 황문병이 병풍 뒤에서 나타나며,

"그것은 그놈이 일부러 미친 체하는 것입니다. 잡아다가 족쳐야 합니다."

하고 말했다. 대종은 낭패라고 생각하고는 할 수 없이 다시 뇌성영으로 가서 송강을 잡아 왔다. 송강은 지사 앞에서 다시 미친 짓을 했으나 황문병의 눈을 속일 수는 없었다. 그리하여 반죽음이 되도록 고문을 당한 뒤 드디어 송강은,

"술에 취해 무심코 모반의 시를 썼습니다. 별로 그런 생각을 했던 것은 아닙니다."

하고 자백했다. 그리하여 송강은 즉시 25근이나 되는 칼을 쓰고 사형수의 감방에 갇히게 되었다.

"이것은 국가의 대사大事이므로 잠시도 미룰 수 없습니다. 즉시 경도의 춘부장 어른께 알려 범인을 경도로 보내거나 아니면 이곳에서 목을 베도록 지시를 받아야 합니다. 이 대적大賊을 처치하면 천자께서도 매우 기뻐하실 것입니다."

하고 황문병이 말하자, 지사가,

"아버님께 올리는 편지에 자네 공도 적어 아버님이 천자께 말씀 올려서 자네도 한 자리 하도록 하겠네."

하고 말했다.

"잘 부탁드리겠습니다. 은혜는 죽어도 잊지 않겠습니다."

지사는 곧 편지를 쓰고 대종을 불러,

"6월 15일이 아버님의 생신날이니 자네가 신행법으로 동경의 태사부太師府로 급히 가서 이 선물과 편지를 전하고 답장을 받아 가지고 오게."

하고 일렀다. 대종은 매우 난처했다. 자기가 없는 동안에 송강에게 무슨 일이 일어날지 알 수 없었으므로 몹시 걱정스러웠으나 명령을 어길 수는 없는 일이었다. 그러나 동경의 태사부에서 혹시 송강의 목숨을 건질 수 있는 실마리를 찾아낼지도 모른다는 생각에서 이규를 불러,

"나는 동경까지 파발로 가게 되었네. 왕복에 적어도 열흘은 걸릴 거야. 그 동안에 송강 형님을 자네가 돌봐드려야겠네. 매사에 조심하고 술을 너무 많이 마시면 자연 소홀하게 되니 술을 삼가고 형님을 배고프게 해서는 안 되네."

하고 당부했다.

"알겠습니다, 형님. 안심하고 다녀오십시오. 그렇게 저를 못 믿어 하신다면 저는 오늘부터 형님이 돌아올 때까지 금주禁酒하고 아침부터 저녁때까지 송강 형님 곁에 붙어 있겠습니다."

이규는 이렇게 말하더니 실제로 좋아하는 술을 한 모금도 입에 대지 않고 하루 종일 송강을 돌봐 주었다.

대종은 갑마를 두 장씩 발에 붙이고 신행법의 주문呪文을 외고는 곧 강주를 떠나 하루에 8백 리의 속도로 동경을 향해 달렸다. 귀를 스치는 바람 소리는 그치지 않았고 발은 땅에 닿는 게 아니라 나는 것 같았다.

사흘째 되는 날, 대종은 새벽녘에 일어나 서늘할 동안 전속력으로 약 2, 3백리쯤 갔는데 10시경이 되어도 음식점이 보이지 않았다. 6월 초순의 무더운 날씨라 대종은 땀을 뻘뻘 흘렀고 더위를 먹지 않을까 걱정인데다 배도 고프고 목도 말랐다. 그때 저쪽 숲 옆의 호숫가에 선술집이 보였다. 대종이 눈 깜짝할 사이 그곳으로 달려가 보니 깨끗한 술집이었다. 대종은 곧 술과 두부 찌개를 주문하여 시장한 김에 순식간에 먹어 치우고 밥을 주문하려고 하는데 갑자기 눈이 어지럽고 땅이 빙글빙글 돌아 의자 옆에 푹 쓰러졌다.

"자, 쓰러졌어!"

사환이 외치자 안쪽에서 한 사나이가 나타났는데 그는 다름 아닌 양산박의 주귀였다.

"먼저 그 놈의 소지품을 조사해봐!"

졸개 두 명이 대종의 서류 주머니에서 한 통의 편지를 찾아냈다. 주귀가 봉투를 뜯어보니 그것은 채득장이 아버지 채태사에게 보내는 편지로 송강의 반역시에 관한 문제를 보고하는 내용이었다. 주귀는 깜짝 놀라 한동안 아무 말도 나오지 않았다.

부하들은 대종을 인육人肉 요리대로 메고 가서 껍질을 벗기려다가 의자 옆에 떨어진 혁대에 '강주 양원압뢰절급 대종江州兩院押牢節級戴宗'이라고 쓴 옷칠한 표찰이 달려 있는 것을 보고 주귀에게 보이니 주귀는 다시 한 번 깜짝 놀랐다.

"잠깐만! 그 사람에게 손을 대지 말아라!"

하고 명령하고는 급히 해독제를 먹이니 얼마 후에 대종은 눈을 뜨고 벌떡 일어났다. 그리고 주귀가 들고 있는 것을 보자,

"야, 너는 웬 놈이냐! 태사님께 보내는 편지를 제멋대로 펴보다니 이런 고약한 놈이 있나!"

하고 호통을 쳤다.

주귀는 한바탕 웃고 나서,

"태사에게 보내는 편지가 어쨌다는 거냐! 우리는 송나라 황제라도 안중에 두지 않는다!"

대종은 깜짝 놀라 물었다.

"호한, 당신은 누구요? 이름을 알고 싶소."

"나는 양산박의 호한 주귀라는 사람이다."

"그럼, 오학구 선생을 알고 있소?"

"물론이다. 선생은 우리 산채의 군사軍師로 병권을 장악하고 있다. 그런데 당신은 어떻게 군사를 아나?"

"나는 오 선생과 가까이 지내고 있는 사람이오."

"그럼 그대가 군사께서 늘 말씀하시던 강주의 대원장이신가요?"

"그렇소."

"그렇다면 왜 송강 형님이 위험에 처해 있는데 오히려 태사부에 알리려는 것이오?"

"혹시 태사부에 가면 형님을 구할 방법이 있을지 모르기 때문에 가는 것이오."

대종은 송강의 반역시에 관한 이야기를 주귀에게 설명했다. 그러자 주귀는 이 문제는 산채로 가서 여러 두령들과 의논하는 것이 낫다고 생각하고 곧 이 소식을 산채에 알리는 동시에 대종과 함께 금사탄金沙灘을 건너갔다. 산에서는 벌써 오용이 마중을 나와 대종을 여러 두령들에게 대면시켰다.

대종이 송강의 봉변에 대해서 자세히 이야기하자, 조개는 매우 놀라며 곧 병력을 동원하여 강주를 치고 송강을 구출하여 산으로 맞아들이자고 했다. 그러자 오용이 반대했다.

"강주는 이곳에서 멀리 떨어져 있기 때문에 군마軍馬를 일으켜 쳐들어가면 오히려 긁어 부스럼을 만들어 송강 형님이 목숨을 잃게 될 것입니다. 이 일은 힘이 아니라 지혜로 해결하지 않으면 안 됩니다."

"그렇다면 무슨 좋은 방법이라도 있습니까?"

하고 조개가 물었다.

"채 태사에게 긴 편지를 써서 대종에게 보내는 것이 좋겠습니다. 그 편지에 '송강의 처형은 강주에서 하지 말고 반드시 동경으로 호송하라'고 쓰고, 강주에서 호송해 오는 도중에 송강을 구출해 내는 것이 어떻겠습니까?"

"옳지, 그것 좋은 계략이군. 그런데 채경의 필적과 똑같이 편지를 쓰는 것이 문제야."

하고 조개가 말하자,

"그건 걱정 마십시오. 제주 성내에 살고 있는 제 친지 중에 글씨를 잘 써서 성수 서생聖手書生이라고 부르는 소양蕭讓이라는 수재秀才(관리 시험에 합격한 사람)가 있습니다. 그는 송대宋代의 4대가인 소동파, 황산곡黃山谷, 미원장米元章, 채경의 서체를 다 쓸 수 있습니다. 그리고 창술과 봉술도 곧잘 합니다. 대원장에게 부탁하여 그의 집을 찾아가서 태안주泰安州의 동악묘東岳廟의 비문을 써 달라는 명목으로 착수금 50냥을 주어 유인하고, 나중에 가족도 속여 산으로 데리고 와서 그를 동료로 끌어들이는 것이 어떻겠습니까?"

"좋은 생각이오. 그렇지만 도장이 있어야 할 텐데."

"그것도 마련할 수 있습니다. 제주 성 안에 제 친구가 있는데 도장 파는 것으로는 천하에 따를 자가 없는 김대견金大堅이라는 사람이 있습니다. 창술과 봉술에도 능한 사나이지요. 그에게도 비문을 파달라고 부탁하여 50냥의 착수금을 줍시다. 두 사람이 다 산채에 오게 되면 여러 모로 쓸모가 있을 겁니다."

이리하여 이튿날 대종은 태보太保로 가장하고 신행법으로 제주 소양의 집을 찾아가 50냥의 착수금을 주고 부탁하였다. 소양은 기꺼이 승낙했다. 그리하여 두 사람이 김대견을 찾아가서 역시 50냥을 주고 부탁하니 그도 기꺼이 동행同行을 약속했다.

대종은 그날 밤 소양의 집에서 묵고 이튿날 아침 일찍 세 사람은 제주를 떠났다. 그리하여 10리쯤 가서,

"내가 한 걸음 먼저 가서 이 고장 유지들에게 알릴 터이니 두 분은 천천히 오시오."

하고 대종은 성큼성큼 먼저 걸어갔다.

두 사람이 천천히 걸어서 오후 2시경에 약 7, 80리쯤 왔을 때 앞에서 휘파람 소리가 들리더니 고개 밑에서 4, 50명의 호한이 일제히 뛰어나왔다. 앞에 선 호한은 청풍산의 왕왜호였다.

그가 큰소리로 외쳤다.

"너희들은 웬 놈들이며 어딜 가느냐? 모두 붙잡아라! 간을 도려내어 술안주로 해야겠다!"

소양과 김대견은 무술이 남 못지않았으므로 몽둥이를 들

고 왕왜호에게 덤벼들었다. 세 사람이 6, 7차례 겨룬 끝에 왕왜호가 재빨리 몸을 휙 돌려 도망쳤다. 두 사람이 그를 쫓아가려고 하자 산 위에서 다시 징소리가 들리더니 왼쪽에서 송만, 오른쪽에서 두천, 등뒤에서 정천수가 각각 90여 명의 부하를 이끌고 일시에 쳐들어와서 소양과 김대견을 쓰러뜨리고 숲속으로 끌고 갔다. 그리고 네 사람의 호한은 말했다.

"두 사람 다 안심하오. 우리는 조 천왕鼂天王의 명령에 따라 두 사람을 산으로 맞아들여 동료로 삼기 위해 왔소."

"우리는 닭 한 마리의 목을 딸 만한 힘도 없고 밥이나 축내는 인간일 뿐이오."

"오 군사軍師는 당신들과 아는 사이고 당신들의 솜씨를 잘 알고 있으므로 특별히 대종을 보내 불러낸 거요.

두 사람은 이 말을 듣고는 서로 얼굴을 마주 쳐다볼 뿐 아무 말도 하지 못했다. 두 사람은 산채로 끌려가 조개와 오용을 만나 불평했으나 이미 엎질러진 물이었다. 이튿날 새벽 소양과 김대견의 가족들을 모두 가마에 태워 산으로 데려왔다.

두 사람이 집을 나온 지 얼마 안 되어 많은 사람들이,

"주인이 성 밖의 여관에서 더위를 먹고 쓰러져 있습니다."

하고 말하면서 가마에 태워 그 길로 산채로 향했던 것이다. 이렇게 되면 어쩔 도리가 없는 일이었다. 두 사람은 모든 것을 단념하고 드디어 산채와 동료가 될 수밖에 없었다.

소양은 오학구의 지시에 따라 채경의 글씨와 비슷하게 답장을 쓰고, 김대견은 채경의 도장을 새겼다.

이렇게 편지가 마련되자 대종의 환송회가 베풀어졌고, 대종은 그 편지를 가지고 즉시 강주를 향해 발길을 재촉했다.

오용은 대종을 보내고 다시 연회석에 돌아와 술을 마시다
가 갑자기,

"앗, 큰일났군!"

하고 외쳤다.

"군사, 왜 그러십니까?"

하고 모두들 묻자, 오용이 말했다.

"내가 큰 실수를 했습니다. 그 편지에 '한림翰林 채경'이
라는 네 글자의 도장을 찍었는데 이게 큰 실수입니다. 지사
채구는 채 태사의 아들이기 때문에, 아버지가 아들에게 보내
는 편지에 경京이라는 이름을 사용할 리가 없습니다. 대종이
그곳에 도착하면 즉시 탄로가 나고 말 것이오."

그러나 뒤쫓아가려고 해도 대종은 신행법을 사용하여 달
려갔으므로 지금쯤 5백리도 더 갔을 것이 분명했다. 일이 이
렇게 된 이상 잠시도 지체할 수가 없었다. 오용이 조개에게
뭐라고 소곤거리자, 많은 호한들은 명령을 받고 각자 산에서
내려와 밤낮을 가리지 않고 강주로 달렸다.

37. 형장 난입

대종이 강주에 도착하여 그 편지를 지사 채구에게 보였다. 지사는 가짜 편지라고는 꿈에도 생각지 않고 매우 기뻐하며 대종에게 은화 25냥을 주고 송강을 죄수의 수레에 실어 곧 동경으로 호송할 준비를 했다. 그때 황문병이 찾아왔다. 지사는 그를 안방으로 불러들여,

"아버님으로부터 답장이 왔네. 자네를 천자에게 추천했다고 씌어 있었어. 가까운 장래에 새 벼슬자리에 관한 소식이 있을 거네."

하고 알렸다. 황문병이 그 말을 믿으려고 하지 않자 채구는 그 편지를 황문병에게 건네주었다. 황문병은 그 편지를 한참 들여다보더니 이윽고 머리를 옆으로 흔들면서,

"이 편지는 가짜입니다."

하고 말했다.

바로 오용이 두려워한 대로, 눈이 예리한 황문병은 '한림채경'의 네 글자로 된 도장이 찍힌 편지는 가짜라는 것을 간

파했던 것이다. 지사는 즉시 대종을 불러 다그쳐 물었다.

"자네는 동경에 가서 태사의 저택 어느 문으로 들어갔는가? 그리고 누가 맞아들이던가? 묵기는 어디에 묵었는가? 문지기는 나이가 얼마나 되어 보이고 뚱뚱하던가, 야위었던가? 살결은 희던가, 검던가? 키는? 그리고 수염은 있던가?"

이렇게 대종에게 자세히 물었다. 대종은 동경에 가지 않았으므로 제대로 대답할 리가 없었다. 대종은 어물어물하다가 드디어 들통이 나서 호된 고문을 받은 끝에,

"양산박 옆을 지나갈 때 산적의 습격을 받아 산채로 끌려가 소지품을 모두 빼앗기고 이 가짜 편지를 갖고 가라는 명령을 받았습니다."

하고 자백했다.

대종은 곧 칼을 쓰고 감옥에 갇히게 되었다. 황문병은 지사에게 권했다.

"이 사나이는 양산박과 내통하여 모반을 계획하고 있는 것임에 틀림없습니다. 한시 바삐 송강과 대종을 처형하고 동경에 보고하는 것이 좋을 것입니다."

지사는 곧 문서 담당관 공목孔目을 불러 두 사람에게 교수형을 내릴 수속을 밟으라고 명령했다.

황 공목은 대종과 무척 친한 사이였으므로 어떻게 해서든지 그를 돕고 싶은 생각이 간절했으나 별로 좋은 방법이 머리에 떠오르지 않았다. 그래서 하다 못해 하루라도 대종의 목숨을 연장시키기 위해서,

"내일은 나라의 기일忌日이고 모레는 7월 15일이라 조상께 제사 지내는 날입니다. 그 다음날은 천자의 탄생일이므로

처형은 5일 후로 미루는 것이 좋겠습니다."

하고 말해 그렇게 하기로 결정을 보았다.

드디어 사형을 집행하는 날이 되자 5백여 명의 병사들이 네 거리에 마련된 형장刑場을 경비하고 있었다. 아교로 머리카락을 상투 틀 듯이 올려 뒤에서 묶고 그 끝을 짧게 늘인 송강과 대종은 청면성자靑面聖者(감옥의 신) 앞에 끌려 나와 무릎을 꿇고 마지막 술과 음식을 든 후에 6, 70명의 옥졸이 포위한 가운데 형장으로 끌려나와 서로 등을 마주 대고 앉았다. 강주의 주민들은 이들을 구경하러 꾸역꾸역 모여들어 인산인해人山人海를 이루었다.

이윽고 지사 자신이 사형 집행의 감독관으로서 형장에 도착하여 사형을 집행하기로 했다.

그때 형장의 동쪽에서 거지 떼들이 형장으로 몰려들었다. 그래서 군졸들이 쫓아 버리려고 했으나 물러가려고 하지 않고 밀치락달치락하고 있는데, 형장의 서쪽에서도 고약을 파는 약장수 무리가 형장으로 들어오려다가 군졸들과 옥신각신하고 있었다.

"이봐, 여기가 어딘 줄 알고 함부로 나대는 거냐?"

"무슨 소리요? 우리는 천하를 널리 돌아다니면서 가는 곳마다 사형시키는 것을 구경했소. 동경에서는 천자의 명령으로 목을 베는 것도 자유롭게 보여줬소. 이런 시골에서 사람들을 죽이는데 이렇게 떠들 건 뭐요? 우리가 구경 좀 한다 해서 안 될 것도 없지 않소?"

지사가 "재빨리 내쫓아라!"고 외쳤으나 소란은 여전히 그치지 않았다. 그때 이번에는 형장의 남쪽에서 천평칭을 어깨

에 멘 인부들이 떼를 지어 형장 안으로 들어오려고 했다. 군졸들이 고함을 지르면서 가로막자,

"우리는 지사님에게 짐을 가져가는 거요. 뭣 때문에 방해를 하는 거요."

하고 말했다.

"그렇다면 다른 길로 지나가도 되잖아!"

하고 군졸들이 말하자 그들은 짐을 내려놓고 천평칭을 든 채 군중들 속에 서서 바라보았다.

그때 형장의 북쪽에서 여행자들이 두 대의 수레를 타고 무작정 안으로 들어오려고 했다. 군졸들이,

"이봐, 어딜 가는 게야?"

하고 책망하자,

"우리는 급히 길을 가고 있소. 지나가게 해주시오."

"어리석은 소리 말아. 여기는 사형장이야! 급하면 딴 길로 가!"

"당신이야말로 어리석구료! 우리는 도시 사람들이라 시골 꼬부랑길은 걷기 힘들어서 이 넓은 길로 가고 있는 중이오!"

사방에서 승강이가 벌어지니, 지사가 아무리 호통을 쳐도 가라앉질 않았다. 군졸들의 제지가 어쩔 수 없이 누그러지는 것을 보자 이 여행자 일행도 수레 위에 올라가 구경하기 시작했다.

이윽고 시간이 되어 지사가,

"집행하라!"

하고 외치자 군졸들이 송강과 대종의 칼을 벗기고 사형 집행인이 칼을 빼들었다.

　그때 수레 위에서 구경하던 여행자 중의 한 사람이 호주머니에서 조그마한 징을 꺼내 세 번 울렸다. 이것을 신호로 사방에서 건장한 사나이들이 일제히 형장으로 뛰어들었다.

　그런데 이보다 한 발 앞서 네거리 모퉁이에 있는 요리집 2층에서, 호랑이 같은 얼굴을 한 검은 사나이가 알몸으로 양손에 두 자루의 큰 도끼를 든 채 우레 같은 소리를 외치면서 뛰어내려 금세 두 사형 집행인을 쳐죽이고 지사가 타고 있는 말 앞으로 쳐들어갔다. 병사들이 급히 창을 들고 가로막으려고 했으나 당할 수가 없었다. 지사 채구는 사람들의 호위를 받으며 간신히 도망쳤다.

　그때 동쪽에서 거지 떼들이 각자 숨겨 둔 단도를 꺼내 덤벼들었고, 서쪽의 약장수들은 "와!" 하는 함성과 함께 창을 휘두르면서 쳐들어왔으며, 남쪽의 인부들은 천평칭으로 닥치는 대로 군졸들을 후려갈기는 한편, 북쪽의 여행자들은 수레에서 뛰어내려 군졸들이 지나가지 못하도록 수레를 밀어 가로막았다. 그리고 그들 중 두 사람은 각각 송강과 대종을 둘러 업었고 다른 자들은 활을 쏘거나 창으로 군졸들을 찔렀다.

이것은 말할 것도 없이 양산박의 호걸들로서 여행자로 가장한 사람은 조개, 화영, 황신, 여방, 곽성이었고, 약장수로 가장한 사람은 연순, 유당, 두천, 송만이었으며, 인부로 가장한 사람은 주귀, 왕왜호, 정천수, 석용이었고, 거지로 가장한 사람은 완소이, 완소오, 완소칠, 백승이었다.

이 17명의 두령들은 백여 명의 부하를 이끌고 사방에서 쳐들어왔으나 두 자루의 큰 도끼를 휘두르면서 군졸들을 상대한 얼굴이 검은 건장한 사나이가 누구인지는 아무도 알지 못했다.

조개는 문득 생각했다.

'대종이 말한 흑선풍 이규가 아닐까? 송강과 특히 친하고 사나운 사나이라고 하던데.'

"여보시오! 당신은 혹 흑선풍 이규가 아니시오?"

하고 조개가 소리를 질렀으나, 그 사나이는 대답도 하지 않고 도끼를 휘두르고 있었다. 그래서 조개는 송강과 대종을 업고 있는 부하에게 그 얼굴이 검고 몸집이 큰 사나이를 뒤따라가라고 명령했다. 네거리 일대는 온통 피바다요, 시체가 산더미처럼 쌓였다. 군졸들은 물론 평민들도 수없이 죽음을 당했다. 양산박의 사람들은 모두 혈로를 뚫어 얼굴이 검고 몸집이 큰 사나이의 뒤를 따라 성 밖으로 공격해 나갔다. 얼굴이 검은 사나이는 강가에 와서도 상대를 만나는 족족 쳐죽였으므로 온몸이 피투성이였다. 조개가,

"이제 그만둬, 그만두라고! 죄없는 백성들을 죽이면 안 되오!"

하고 말렸으나 그 사나이는 듣지 않았다.

얼굴이 검고 몸집이 큰 사나이의 뒤를 쫓아 강가의 길을 따라 6, 7리쯤 가니 눈앞에는 망망한 큰 강이 흐르고 있었고 길은 그곳에서 끊겨 있었다. 조개가 이것을 보고,

"아뿔싸!"

하고 말했다. 그제야 얼굴이 검은 사나이는,

"당황할 것 없습니다. 저 사당에서 형님을 쉬도록 하지요."

하고 말했다. 돌아보니 울창한 늙은 나무에 둘러싸인 커다란 사당이 있었는데 거기에는 '백룡신묘白龍神廟'라는 현판이 걸려 있었다.

그리하여 송강과 대종을 등에서 내려놓았다. 송강은 겨우 눈을 뜨고 조개를 비롯한 두령들을 돌아보며,

"꿈만 같군요!"

하며 소리내어 울었다.

송강에게 물어보니 얼굴이 검고 몸집이 큰 사나이는 역시 흑선풍 이규였다. 이규는 송강의 말에 따라 도끼를 버리고 조개 앞에 무릎을 꿇어 인사를 한 다음 다른 호한들과도 각각 초대면의 인사를 했다. 그리고 주귀와는 동향인이라는 것을 알고 두 사람 모두 기뻐했다. 화영이 이규에게 말했다.

"당신의 뒤를 따라오다 보니 앞은 큰 강이라 길은 막히고 배는 한 척도 없는데 만약 성 안에서 관군이 추격해 오면 어쩌시려오?"

이규가 대답했다.

"뭐 걱정할 것 없소. 다시 성 안으로 들어가 그 지사 채구

놈을 위시하여 한 놈도 남기지 않고 싹 쓸어버리면 될 것 아니오."

그때 대종이 겨우 제정신을 차리고 말했다.

"이봐, 허튼 소리 말아. 성 안에는 6, 7천의 군대가 있다는 것을 알아야 해. 쳐들어가면 큰코 다쳐!"

완소칠이 말했다.

"저쪽 기슭에 배가 몇 척 있는 것 같은데 우리 삼형제가 헤엄쳐 가서 저 배를 빼앗아 오겠습니다."

조개는 그렇게 하는 것이 좋겠다고 생각하였다. 완씨 삼형제는 옷을 벗은 다음 단도를 허리에 차고 물 속으로 뛰어들었다. 그리하여 얼마쯤 헤엄쳐 갔을 때 상류에서 세 척의 배가 바람을 타고 재빨리 다가왔다.

배에는 각각 십여 명의 무기를 든 사나이들이 타고 있었다.

그러므로 이쪽 기슭에서 지켜보던 사람들은 깜짝 놀랐다.

송강은 이 말을 전해 듣고,

"내 운명도 여기서 끝장이구나!"

하고 사당 앞으로 뛰어나와 보니 앞의 배에 번쩍이는 쇠갈퀴를 가진 몸집이 큰 사나이는 바로 장순이었다. 송강은 손짓을 하면서 큰소리로,

"여보게, 날 도와주게!"

하고 외쳤다.

장순 일행은 송강을 알아보고는,

"알았습니다."

하고 재빨리 배를 저어 기슭으로 올라왔다. 세 척의 배에는 장순, 장형, 목홍, 목춘, 설영, 이준, 이립, 동위, 동맹 등이

타고 있었으며 송강 일행의 위난 소식을 듣고 구제하러 오고 있던 중이었다.

이리하여 장순을 비롯한 9명과 조개를 위시한 17명, 거기에 송강, 대종, 이규를 합쳐 모두 29명의 호한들은 백룡묘에서 서로 이름을 대고 인사를 나눴다.

그때 부하가 뛰어 들어와,

"강주성에서 북을 울리면서 대군이 쳐들어오고 있습니다."

하고 보고했다. 이규가,

"잘됐습니다. 이놈들을 때려 부숴 버립시다!"

하고는 두 자루의 도끼를 들고 밖으로 뛰어나가자, 조개가 외쳤다.

"이렇게 된 이상 결판을 내는 수밖에 없겠소. 강주의 군사를 한 놈도 남김없이 무찌르고 양산박으로 돌아갑시다!"

호한들은 입을 모아,

"알겠소이다!"

하며 모두 1백 50여 명이 일제히 싸우러 나섰다. 강주성에서 동원된 관군은 약 6, 7천의 기병을 선두로 위세가 등등하게 쳐들어왔다.

이쪽은 이규가 알몸으로 선두에 서서 도끼를 휘두르며 쳐들어갔고 이규의 뒤를 따라서 화영, 황신, 여방, 곽성, 이 네 두령이 엄호했다. 화영은 활을 힘껏 잡아당겨 선두에 선 기병의 장수를 한 방에 쓰러뜨렸다. 이것을 보고 간담이 싸늘해진 관군 기병들은 저마다 말머리를 돌려 도망쳤고, 뒤따르던 보병들은 자기편의 말굽에 짓밟혀 태반이 쓰러졌다. 그때 호한들이 일제히 돌진하자 관군의 시체가 즐비하게 쌓였고 성 안으로 도망친 자들은 성문을 굳게 닫고 밖에는 얼씬도 하지 못했다.

호한들은 격분한 이규를 달래 백룡묘로 돌아와서 전원이 세 척의 큰배에 나눠 타고 때마침 불어오는 순풍에 돛을 달고 목홍의 집으로 향하였다.

목가의 노인은 일동을 기꺼이 맞아들여 곧 성대한 연회를 베풀고 송강, 대종이 무사히 탈출한 것을 축하했다.

이날의 싸움에서 가장 큰 공을 세운 사람은 말할 것도 없이 흑선풍 이규였다.

"그런데 어째서 일부러 그런 막다른 길을 택해 왔소?"

하고 목 노인이 묻자, 이규가 대답했다.

"저는 사람들이 많이 모인 곳만 골라 쳐들어갔습니다. 그런데 모두들 내 뒤만 따라온 거지요. 저는 아무 말도 하지 않았습니다."

라고 말하자 모두들 크게 웃었다.

송강은 죽을 목숨을 건지게 된 것에 대하여 여러 사람들에게 감사하다고 말하고, 황문병의 괘씸한 처사에 대해서는 그를 쳐죽여도 시원치 않을 것 같아서,

"반드시 원수를 갚고 나서 산채로 돌아가겠소!"

하고 말했다. 그러자 조개가,

"일단 산채로 돌아가서 다시 쳐들어가는 것이 좋겠소."

하고 말했으나, 송강의 제의를 받아들여 무위군의 지리에 밝은 설영이 정찰을 나서고, 송강은 두령들과 함께 무위군을 토벌할 작전을 짜고 준비를 서둘렀다.

2, 3일이 지나자 설영이 후건侯健이라는 사나이를 데리고 왔다. 이 사나이는 설영의 제자로 창술과 봉술에 능하고 얼굴이 검었으며 동작이 민첩하기 때문에 통비원通臂猿이라고 부르고 있었다. 옷을 만드는 것이 본업이고 지금은 황문병의 집에 살고 있었지만 가끔 음식점에서 설영과 만나 전부터 송강의 이름을 듣고 있었기 때문에 스승을 따라 나섰던 것이다.

그의 말에 의하면 황문병은 황봉자黃蜂刺라는 별명으로 불리고 있으며 무위군 사람들은 그를 모두 싫어하고 바로 이웃에 살고 있는 형 황문엽黃文燁은 동생과는 정반대로 인자하여 황면불黃面佛이라고 불린다고 했다. 그래서 송강은 황문병만 처치하고 황문엽이나 그 밖에 죄 없는 백성들은 해치지 말라고 모두에게 주의를 주었다.

송강의 책략에 의해 먼저 설영, 백승, 후건 세 사람은 무위군의 성 안에 잠복하고, 석용과 두천은 거지로 가장하여 성문 근처에 숨어 있었다. 조개, 송강 이하 여러 호한이 올라탄 크고 작은 일곱 척의 배는 때마침 7월 말의 조각달이 희끄무레하게 빛나는 가운데 조용히 물결치는 강을 건너 무위군 강기슭의 갈대 숲속에 한 줄로 나란히 선 뒤 성 안에서 보내올 신호를 기다렸다.

이윽고 열 시를 알리는 북소리가 울리고 성벽에 꽂은 흰기가 밤하늘을 나부꼈다. 송강은 즉시 준비해 둔 흙주머니를 성 밑에 쌓아 올리게 했다. 부하들은 갈대와 마른 잔디를 메고 성벽으로 기어 올라갔다. 백승이 이들을 맞아 황문병의 집 앞으로 갔다. 후건은 뒤뜰 야채밭에 이르는 입구를 열고 갈대와 마른 잔디를 날라다 놓았다. 그리고 설영이 거기다

불을 지르는 것과 동시에 정문을 세차게 두들기면서,

"이웃집에 불이야!"

하고 외쳤다. 집 안에 있던 사람들이 허겁지겁 문을 열자, 조개와 송강 이하 부하들이 일제히 집 안으로 쳐들어가 사람들을 닥치는 대로 찔러 죽였다. 그리하여 그 수가 남녀 합쳐서 4, 50명에 이르렀다. 그러나 이들 중에 노리고 있던 황문병의 모습은 보이지 않았다.

일행은 이규를 선두로 성문을 부수고 다시 배를 타고 목흥의 집으로 돌아왔다.

한편 강주에서는 무위군 쪽에서 불길이 치솟으며 붉게 타오르는 것을 보고 큰 소동이 일어났다. 그때 황문병은 지사 채구와 밀의密議를 하다가 그 소식을 전해 듣고 깜짝 놀라 곧 지사가 마련해 준 관선官船에 올라탔다. 불길은 자기 집 쪽이 분명했으므로 그는 안절부절못하였다.

배가 강 복판까지 왔을 때 작은 배 한 척이 지나가더니 또 한 척이 지나가면서 관선과 맞부딪쳤다. 부하가,

"야, 조심해!"

하고 호통을 치자, 그 작은 배에 탄 쇠갈퀴를 든 몸집이 큰 사나이는 벌떡 일어나며,

"강주에 불이 난 것을 알리러 가는 거요!"

하고 대답했다. 그래서 황문병이 일어나서,

"불이 어디서 났나?"

하고 물었다.

"북문의 황 통판黃通判의 집이오. 양산박의 일당들에 의해 온 식구가 떼죽음을 당하고 재산을 털린 다음 지금 저렇게

불타고 있습니다."

황문병은 이 말을 듣자 깜짝 놀라 비명을 질렀다.

사나이는 이 소리를 듣고 쇠갈퀴를 관선에 걸며 성큼 뛰어올랐다. 황문병은 영리한 놈이었으므로 곧 알아차렸다. 그는 재빨리 선미船尾 쪽으로 달려가 강물 속으로 뛰어들었다. 그런데 또다시 한 척의 배가 나타나더니 거기에서도 한 사나이가 물 속으로 뛰어들었다. 잠시 후 물 속으로 뛰어들었던 사나이가 황문병의 허리와 머리채를 잡고 배 위로 끌어올리자 아까 그 몸집이 큰 사나이가 얼른 밧줄로 꽁꽁 묶었다.

물 속에서 황문병을 생포한 것은 장순이었고, 쇠갈퀴를 가진 몸집이 큰 사나이는 이준이었다. 이들은 곧장 배를 저어 목 노인의 집으로 향했다. 강변에 미리 와서 기다리고 있던 송강은 황문병을 잡아 왔다는 소식을 듣고 매우 기뻐하며 조개와 함께 황문병에게 욕설을 퍼부었다. 그러자 황문병은,

"제가 잘못했습니다. 제발 어서 죽여주십시오."

하고 말했다. 그리하여 송강이,

"누가 내 대신 이놈을 요리해 주지 않겠소?"

하고 묻자, 이규가 앞으로 나와서,

"제가 요리하지요! 이놈은 살이 쪄서 구워 먹는 게 좋겠습니다."

하고 단도를 들며 황문병을 보고는 웃으면서,

"네놈은 지사 채구에게 있는 말, 없는 말 고해 바쳐서 죄 없는 사람을 학대했다. 자, 이번에는 네가 당할 차례야. 빨리 죽여 달라고 요구했으니 내가 천천히 죽여주마."

하고는 처치해 버렸다.

황문병이 이렇게 죽자 송강은 두령들 앞에 엎드려 양손을 짚고는 말했다.

"이번에 내가 경솔했던 탓으로 조 두령을 비롯한 여러분에게 큰 폐를 끼쳤습니다. 진작 죽었어야 할 목숨을 건져 주시고 나를 위해 원수를 갚아 주시니 고맙기 그지없습니다. 나는 지금까지 아버님의 엄한 훈계 때문에 양산박으로 들어가는 것을 거절해 왔으나 거듭 큰 죄를 저지른 지금에 와서 여러분의 신세를 지지 않을 수 없게 되었습니다. 어떻게 하시겠습니까? 함께 양산박으로 가기를 원하는 사람은 곧 떠나도록 합시다. 그러나 그것을 원치 않는 사람이 있다면 물론 가지 않아도 좋습니다. 다만 일이 발각되었을 경우에는……"

송강이 말을 미처 마치기도 전에 이규가 앞으로 나서며,

"함께 갑시다! 만일 함께 가기를 원치 않는 사람이 있다면 내가 이 도끼로 두 동강을 내버리겠소!"

하고 말했다.

"이봐, 당치 않은 소리 말게. 이것은 각자의 자유네. 마음속으로 가고 싶은 사람만 함께 가는 거야."

하고 송강이 말했다. 모두들 생사를 같이하고 함께 양산박으로 가고 싶다고 말했다. 송강은 매우 기뻐하며 주귀와 송만이 한 발 먼저 산채에 가서 이 소식을 알리게 하고 조개, 송강 이하 28명의 두령은 5대隊로 나눠서 양산박을 향해 떠났다.

사흘째 되는 날 조개, 화영, 대종, 이규 등 다섯 두령에게 인솔된 부대는 황문산黃門山이라는 곳에 이르렀다.

"산적이라도 나타날 듯싶은 험한 산이군"

하고 말하기가 무섭게 과연 앞산 기슭에서 징소리가 울렸다.

곧 전투 태세를 취하고 기다리자 4, 5백 명의 산적이 일제히 나타나며 앞장선 네 호한이 큰 소리로 외쳤다.

"네놈들은 강주에 쳐들어와 무위군을 약탈하고 많은 관군들과 백성들을 살해한 뒤 양산박으로 돌아가려고 하는 것이지? 우리는 이곳에서 오랫동안 기다리고 있었다. 순순히 송강을 넘겨주면 목숨만은 살려 주겠다!"

송강은 혼자 앞으로 나서며 말에서 내려 땅바닥에 무릎을 꿇고는,

"나 송강은 악당에게 잡혀 죽을 뻔했는데 사방의 호걸에 의해서 다시 목숨을 건졌습니다. 무엇 때문에 귀공貴公들의 기분을 상하게 했는지 알 수 없으나 너그럽게 용서해 주시기 바랍니다."

그러자 네 사람의 호한은 말에서 훌쩍 뛰어내리더니 땅에 엎드리며 말했다.

"우리 네 사람은 전부터 산동 송 공명의 명성을 그리워했었습니다. 그런데 이번 사건을 듣고 반드시 이곳으로 지나갈 것이므로 이렇게 기다리고 있었습니다. 술 한잔을 대접하고 싶으니 잠시 저희 산채로 들어가셔서 휴식을 취한 다음 떠나시기를 바랍니다."

송강이 네 사람을 일으키고 이름을 물으니 한 사람은 마운금시摩雲金翅 구붕歐鵬으로 본래 황주의 군인이었는데 상관의 미움을 받아 산적의 무리에 몸을 의탁한 사나이였다. 두 번째 호한은 장경蔣敬으로 서생書生 나부랭이인데 무예와 병

법兵法에 통달하고 특히 산수에 능하여 몇만 몇천의 계산을 1푼 1리도 틀리지 않고 계산해 내기 때문에 신산자神算子라는 별명을 갖고 있었다. 세번째 호한은 마린馬麟이라 하여 본래 이민족의 노름꾼이었으나 두 개의 쇠피리[鐵笛]를 잘 불어 사람들이 철적선鐵笛仙이라고 부르고 있었다. 네번째 호한은 도종왕陶宗旺으로 본래 광주光州(지금의 하남성河南省)의 농부였으며 철초鐵鍬(삽이나 가래와 같은 농기구)를 잘 쓰고 힘도 세어 구미구九尾龜라는 별명을 갖고 있었다.

송강 일행은 이 네 호한의 권유에 따라 산채로 가서 맛좋은 음식을 대접받았다. 그 자리에서 송강이 그들에게 양산박에 합류할 것을 권하자, 네 사람은 기꺼이 응하여 제 6대로 편성되어 뒤따라왔다.

이윽고 양산박에 도착하자 오용, 공손승, 임충, 진명 등이 일행을 맞아들여 취의청에 합석했다. 조개는 송강에게 산채의 주인이 되어 첫째 의자에 앉도록 간청했다. 그러나 송강은 한사코 사양하며 말했다.

"천만의 말씀입니다. 나이를 보더라도 형님께서는 저보다 십년이나 연상입니다. 그것만은 사양하겠습니다."

이렇게 양보한 끝에 결국 조개가 제 1위, 송강이 제 2위, 오학구가 제 3위, 공손승이 제 4위의 의자에 앉았고, 나머지 두령들은 연령순으로 앉기로 하여 왼쪽에 임충, 유당, 완소이, 완소오, 완소칠, 두천, 송만, 주귀, 백승 등 고참 두령이 앉고, 오른쪽에는 화영, 진명, 황신, 대종, 이규, 이준, 목홍, 장횡, 장순, 연순, 여방, 곽성, 소양, 왕왜호, 설영, 김대견, 목춘, 이립, 구붕, 장경, 동위, 동맹, 마린, 석용, 후건, 정천

수, 도종왕 등 신참 두령들이 앉아 도합 40명이나 되었다.

술자리에서 송강이 동경에서 유행하고 있다는 아이들의 노래 이야기를 꺼내자 이규는 신이 나서,

"이거야말로 하늘의 뜻이오. 이만한 병력이 모였으니 모반謀反을 일으키는 것쯤 문제 없습니다. 조개 형님이 송의 대황제, 송강 형님이 소황제, 오 선생이 승상, 공손승 도사가 국사國師, 모두 우리가 장군이 되어 동경으로 쳐들어가 천자의 자리를 빼앗으면 그거야말로 통쾌한 일이 아니오?"

이렇게 이규가 말을 마치자 대종이 책망했다.

"이봐, 철우! 또 어리석은 소리를 하는구나. 자네는 말없이 두 분 두령의 명령을 듣기만 하면 돼. 다시 그런 허튼 소리를 하면 본보기로 목을 자를 테다!"

"아이고! 이 목이 잘리면 언제 다시 자라서 나오려나! 좋습니다. 말없이 술만 마시겠소!"

이규가 이렇게 말하자 일제히 웃었다.

38. 여신女神의 부름

축하연이 사흘째 계속되는 자리에서 송강이 일어나 두령들에게 말했다.

"여러분에게 청이 하나 있습니다. 며칠 틈을 내어 잠시 산에서 내려가고 싶습니다."

"무슨 일로 어디를 가시려구요?"

하고 조개가 물었다.

"실은 고향에 남아 있는 늙으신 아버님과 동생을 생각하니 걱정이 되어 못 견디겠습니다.

그래서 운성현에 가서 이리로 모셔 오고 싶습니다. 허락해 주실 수 있겠습니까?"

"부자父子의 정으로서 그것은 당연한 일이오. 곧 군사를 보내지요."

"아니오, 그렇게 되면 고향 사람들이 놀라서 오히려 불편하게 될 테니 혼자 가서 아무도 모르게 모셔 오고 싶습니다."

조개는 그것은 위험한 일이라고 말렸으나, 송강이 아버지를 위해서라면 죽어도 한이 없다고 우겼으므로 마침내 송강 혼자 산을 떠나 운성현으로 향하였다.

송가촌宋家村에 도착한 송강은 날이 어두워지기를 기다려 집으로 가서 가만히 뒷문을 두드렸다. 동생 송청이 문을 열다가 송강을 보고는 깜짝 놀랐다.

"아니, 형님. 어떻게 된 거요?"

"아버님과 너를 데리러 왔다."

"형님이 강주에서 일으킨 사건은 이 고장에서도 알려져 현청에서 두 사람의 도두가 날마다 집에 와서 감시하고 있습니다. 우리는 옴짝달싹하지도 못해요. 강주에서 공문이 날아들면 곧 잡혀갈 겁니다. 밤낮으로 2백명의 군사가 순시하고 있지요. 어물어물하다가는 잡혀요. 빨리 양산박 두령들에게 부탁하여 우리를 구출하러 오게 해주세요."

송강은 이 말을 듣자 등에서 식은땀이 흘러 내렸다. 집에 발을 들여놓지도 못하고 양산박으로 되돌아갈 수밖에 없었다.

그날 밤은 달빛이 희미하여 길이 잘 보이지 않았다. 송강이 호젓한 오솔길을 택하여 두 시간쯤 갔을 때 뒤에서 함성이 일어났다. 돌아보니 1, 2리쯤 저쪽에서 횃불이 환히 비치고,

"송강 이놈, 꼼짝 말고 거기 섰거라!"

하는 소리가 들려 왔다.

'조개의 말을 듣지 않았기 때문에 이런 일이 일어나는구나! 하늘이여, 이 송강에게 은총을 내리소서!'

송강은 마음속으로 기도하면서 무작정 도망쳤다. 이윽고 엷은 구름 사이로 밝은 달이 얼굴을 드러내어 주위를 환하게

비쳤다. 송강은 이제 끝장이 났다고 생각했다. 그곳은 유명한 환도촌還道村으로 주위는 높은 절벽으로 둘러싸이고, 그 안에는 오직 한 갈래 길이 있을 뿐이므로 마을에 발을 들여놓으면 독 안에 든 쥐나 마찬가지였다.

송강은 얼른 되돌아서려고 했으나 추격병은 이미 마을의 입구를 가로막았고 횃불은 대낮처럼 주위를 밝히고 있었다. 송강은 낡은 사당이 있는 것을 발견하고 그 속에 뛰어 들어가서 사방을 둘러보았으나 적당한 피신처가 없었다. 송강은 더욱 당황하였다.

그때 밖에서,

"틀림없이 이 신당으로 도망쳐 들어갔을 거야."

하고 말했는데 분명히 조능의 목소리였다. 송강은 신전의 감실龕室 막을 헤치고 그 속에 들어가 웅크린 채 숨을 죽이고 있었으나 온몸이 달달 떨렸다. 그때 앞에서 횃불을 들고 들어오는 발자국 소리가 들렸다. 조능, 조득 두 도두가 4, 50명의 부하를 이끌고 신전을 뒤지며 찾아다녔다.

"이제 저는 끝장이옵니다. 신령님, 신령님. 제발 도와주옵소서……!"

그런데 저마다 앞을 스쳐 지나가기만 하고 아무도 감실 속을 들여다보지는 않았다. 송강이 '다행이구나!' 하고 생각하는데 조득이 횃불을 들고 감실 속을 비춰 보았다. 송강은 '이제 끝장이다!' 하고 단념했다. 이때 횃불이 치솟으며 그을음이 바로 조득의 눈으로 들어갔다. 그러자 조득은 횃불을 동댕이치고 발로 밟아 버렸다. 그리고 밖으로 뛰어나와 말했다.

"이곳에는 없어. 딴 길은 없는데 어디로 도망쳤을까?"

그렇다면 숲속일 것이라고 생각하여 모두들 신전 밖으로 달려갔다.

송강은,

'아, 살았다. 신령님의 덕분이야. 이 다음에 신전을 수리하고 벽칠도 다시 해야겠다.'

하고 생각했다. 그런데 신전 앞에 있던 군졸 몇 명이 신전 앞에 있다고 소리를 치자 모두들 달려왔다.

"역시 이 감실이야. 다시 한 번 비춰 보자."

조능은 이렇게 말하고 장막을 걷어올리며 한 병사에게 횃불을 들게 하고는 6, 7명이 목을 들이밀고 속을 들여다보았다.

그때 감실 속에서 사나운 바람이 휘몰아쳐서 횃불이 모두 꺼졌다. 주위는 갑자기 캄캄해졌다.

"참 괴상한 일이군! 이런 곳에서 바람이 불 리가 없는데. 신령님이 화가 나신 게 분명해. 돌아가자, 돌아가. 마을 입구만 잘 지키면 어차피 독 안에 든 쥐야."

하고 조능이 말하자, 조득이,

"그렇지만 오직 감실만 잘 살펴보지 못했소. 만일의 경우를 위해 창으로라도 쑤셔 봅시다."

하고 두 사람이 감실로 다가서려고 했다. 그때 또다시 괴상한 바람이 신전 앞에서 일어나더니 모래와 돌멩이를 날리면서 신전 위로 날아올랐다. 그리고 먹구름이 뭉게뭉게 일면서 추위가 살갗에 스며들어 소름이 끼칠 지경이었다.

"큰일났다! 도망쳐, 도망쳐! 신령님이 노하셨다!"

하고는 모두들 비틀거리면서 앞을 다투어 도망쳐 버렸다.

송강은,

'간신히 체포는 면하게 된 것 같지만 어떻게 마을에서 도 망친담?'

하고 생각하고 있는데 이번에는 뒤쪽 복도에서 누군가 다가 오는 소리가 들려 왔다.

'큰일났다! 빨리 이곳을 빠져나가야 하는데.'

하고 송강은 생각했다.

그때 푸른 옷을 걸친 두 동자童子가 다가오더니,

"여신女神께서 부르십니다. 성주星主님, 어서 나오십시 오!"

하고 말했다. 송강이 대답을 하지 못하고 있자,

"여신께서 기다리고 계십니다, 성주님. 어서 빨리 이리로 나오십시오."

했다.

가만히 들어보니 여자의 목소리임에 틀림없었다. 송강은 용기를 내어 일어나서 나오니 동녀童女 두 명이 앞에 서서 기다리고 있었다.

송강은 할 수 없이 아무 영문도 모르고 동녀를 따라 신전 의 뒤편을 통해서 아름다운 꽃이 만발한 산여울의 기슭을 한 참 걸어갔다. 이윽고 화려한 궁전에 도착했다. 송강은 겁에 질려 인도하는 대로 안으로 들어가 발 앞의 제단 아래서 머 리를 숙였다. 이윽고 발이 걷히더니 금빛으로 반짝이는 전상 殿上의 옥좌玉座에 푸른 옷을 걸친 많은 동녀들에게 에워싸 여 번쩍이는 홍의紅衣를 두른 아름다운 신녀神女가 앉아 있 었다.

"성주, 오래간만이오. 자 이리 가까이 오시오."

하고 입을 열더니 동녀에게 분부하여 송강에게 술을 따르게 했다. 송강이 술을 석 잔 마시고 대추를 세 개 먹자, 선녀가 말했다.

"성주께 천서天書 세 권을 올려라."

누런 명주 보자기에 싼 길이 다섯 치, 폭 세 치, 두께 세 치가량의 천서를 송강이 받아서 옷소매 속에 넣자 신녀가 다시 말했다.

"송 성주, 그대에게 준 천서 세 권으로 그대는 하늘을 대신하여 도道를 행하고, 충의忠義를 근본으로 나라와 백성을 위해 일하시오. 그러나 천기성天機星(오용吳用을 가리킴) 이외의 사람에게 보여서는 안 되오. 뜻을 이룬 날에는 즉시 불살라 세상에 남기지 않도록 하오. 지금까지 내가 말한 것을 깊이 새겨 그대로 시행하도록 하오. 그럼 이곳에 오래 머무를 수 없으니 옥좌에서 다시 만나도록 하오."

송강은 선녀에게 작별 인사를 하고 그곳을 나왔다. 푸른 옷을 걸친 동녀의 인도를 받아 문 앞의 돌다리를 건너는데, 용龍 두 마리가 다시 아래 물 속에서 서로 희롱하고 있었다.

송강이 무심코 바라보고 있는데 두 동녀가 뒤에서 그를 밀었다. 송강이 "앗!" 하고 외치며 눈을 뜨는 순간 그것은 꿈이었다. 지금까지 감실 속에 누워 꿈을 꾸었던 것이다.

송강은 벌떡 일어났다. 달이 머리 위에 떠 있는 것으로 보아 자정쯤 된 것 같았다. 그리고 옷소매 안을 찾아보니 천서 세 권이 들어 있었고 손에는 대추가 쥐어져 있었다.

'꿈인 줄 알았더니 꿈도 아니군. 이상한 일이구나!'

막을 걷어올리니 구룡九龍의 의자에 방금 꾼 꿈속의 신녀와 똑같은 아름다운 신녀가 앉아 있었다. 그리고 사당 앞에 나와 현판을 쳐다보니 금문자金文字로 '현녀지묘玄女之廟' 라고 씌어 있었다.

"감사합니다! 구천현녀九天玄女께서 제 목숨을 건져 주시고 천서까지 세 권 주시다니! 후에 자유의 몸이 되면 반드시 이 사당을 다시 짓겠습니다. 신령님의 가호加護를 빕니다."

송강은 허리를 굽혀 절을 했다. 그런 다음 마을 입구를 향해 몇 발짝 갔을 때 멀리 저쪽에서 하늘을 뒤흔드는 함성이 들려 왔다.

"이거 큰일났군! 또야?"

하고 나무 숲에 몸을 숨겼다. 5, 6명의 병사가 숨을 헐떡이면서 도망쳐 오더니 그 뒤에는 조능도 달려오면서,

"신령님, 도와 주십시오!"

하고 외쳤다.

'저놈들이 무엇 때문에 저렇게 허둥거릴까?'

하고 송강이 이상하게 여겨 살펴보니 뒤에 몸집이 큰 사나이가 쫓아오고 있었다. 그는 상반신에 실오라기 하나 걸치지 않은 알몸으로 두 개의 큰 도끼를 휘두르고 있었다.

"이놈들 어디로 도망가느냐!"

이렇게 외치는 사나이를 보니 바로 이규였다. 송강은 꿈이 아닌가 싶어 얼른 나서지를 못했다. 이규는 조능이 사당 앞의 소나무 그루터기에 걸려 쓰러지자 한 발로 밟고 도끼로 한번에 동강을 냈다. 그때 등 뒤에서 또다시 두 사람의 호한이 나타났다. 구붕과 도종왕을 선두로 유당, 석용, 이립 세 사람이 뛰어오고 있었다.

송강은 그제야 비로소 나무 그늘에서 나왔다. 여섯 사람의 호한은 송강이 무사한 것을 보자 기뻐하며, 석용과 이립은 곧 조 두령에게 이 소식을 알리러 뛰어갔다. 송강이 혼자 산을 내려간 후 조개는 그를 걱정하여 대종에게 뒤를 따르도록 명했고, 그래도 마음이 놓이지 않자 조개 자신을 비롯하여 거의 모든 두령들이 송강을 구출하러 왔던 것이다.

이윽고 조개를 위시한 각 두령들이 송강의 무사함을 기뻐하면서,

"대종이 이끄는 별동대別動隊가 아버님과 아우분을 맞으러 갔으니 지금쯤은 산채에 도착했을 것입니다."

하고 말했다.

송강은 자기의 목숨을 또다시 살려 준 조개 이하 여러 두령들에게 감사했다.

이리하여 모두들 양산박으로 향하여 산채에 이르니, 동생 송청이 아버지의 가마를 호위하면서 도착했다. 송강 부자父子의 기쁨은 이루 말로 표현할 수가 없었다. 성대한 축하연이 사흘 동안이나 계속되었다.

이때 송강 부자가 재회再會를 기뻐하는 것을 지켜보던 공손승은 갑자기 계주薊州(지금의 하북성)에 두고 온 늙은 어머니가 생각났다. 집을 나온 지 꽤 오래 되었는데 지금쯤 어떻게 지내고 계실까 하고 생각하니 안절부절못했다. 그리하여 술자리에서 일어나 두령들에게 4, 5개월 휴가를 얻어 고향에 있는 어머니와 스승 진인眞人을 만나 보고 오겠다고 말했다. 조개는 모자母子의 정으로 보아 그것은 당연한 일이었으므로 만류할 수 없어서 승낙하기로 했다.

그리하여 공손승이 순례 도사道士의 차림으로 등에 두 자루의 보검寶劍을 메고 산을 내려오자, 조개를 비롯한 두령들은 일각 대문 아래에서 그를 위한 송별연을 베풀었다. 이때 조개가,

"일청一淸 선생, 백 일이 지나면 약속대로 돌아오기를 바라오. 기다리고 있겠소."

하고 다짐하듯이 말하자, 공손승이 대답했다.

"절대로 약속을 어기지 않겠습니다. 스승을 만나고 늙은 어머니께 문안을 드리면 반드시 돌아오겠습니다."

"차라리 어머님과 함께 산에 오는 것이 어떻겠소?"

하고 송강이 말하자, 공손승이 대답했다.

"어머니는 살생을 두려워하시므로 모시고 올 수는 없습니다. 그리고 땅과 집이 있어서 어머니 혼자서도 살아갈 수 있으니 잠깐 문안만 드리고 곧 돌아오겠습니다."

이리하여 그는 두령들에게 작별하고 금사탄을 건너 계주를 향해 떠났다.

두령들이 송별연을 마치고 산으로 올라가려고 할 때 갑자기 이규가 일각 대문 근처에서 엉엉 울기 시작했다. 송강이 깜짝 놀라 이유를 물었다.

"젠장! 이놈은 아버지를 모셔 오고, 저놈은 어머니를 만나러 가는데 이 철우鐵牛라고 땅을 파고 항아리 속에서 꺼내 왔겠소?"

"그래서 어떻게 하겠다는 것인가?"

하고 조개가 물었다.

"고향에 늙은 어머니가 계십니다. 형님은 남의 집살이를

하므로 어머니를 그리 흡족하게 모시지는 못해요. 그래서 나
도 어머니를 모셔다가 이곳에서 조금이라도 편안하게 해드
리고 싶습니다."

"옳은 말이야. 그럼 몇 사람 딸려 보낼 테니 어머니를 모
셔다가 효도를 하게나."

하고 조개가 말하자, 송강이 가로막았다.

"그건 안 됩니다. 이규는 성급하여 고향에 돌려보내면 실
수할 것이 뻔합니다. 누구를 딸려 보내도 마찬가지입니다.
불같은 성미라서 도중에 반드시 충돌이 있을 것입니다. 게다
가 강주에서 많은 사람을 죽여 얼굴을 모르는 사람이 없고
인상이 우락부락하여 혹시 실수라도 하게 된다면 노정이 멀
어 우리가 알 수도 없습니다. 어느 정도 이 소란한 시기가 지
난 후에 보내는 것이 좋지 않을까요?"

그러자 이규가 발끈하여,

"형님, 형님도 터무니없는 소릴 하는구료! 형님의 아버지
는 산에 데려다가 호강을 시키면서 우리 어머니는 마을에서
언제까지나 고생만 하라는 거요? 쳇, 이 철우의 속이 뒤집혀
서 터질 것 같소!"

"철우, 그리 화내지 말게. 기어이 가겠다면 내 말을 세 가
지 들어주게. 그러면 보내 줄 테니까."

"세 가지라니? 형님, 어서 말해 봐요."

하고 이규가 말하자, 송강이 세 가지 조건을 이야기했다.

"첫째, 기수현沂水縣(지금의 산동성)에 계신 자네 어머님을
모시고 오는 도중에 절대로 술을 마시지 말 것, 둘째 성급하
여 툭하면 주먹을 휘두르는 자네와 함께 가려는 사람이 없으

니까, 혼자 몰래 가서 어머니를 모시고 올 것, 셋째 도끼를 갖고 가지 말고 빨리 갔다가 얼른 돌아올 것."

"뭐 그런 조건이라면 문제없습니다. 형님 안심하십시오. 오늘 곧 떠나겠습니다."

이규는 서둘러 준비하고 술을 4, 5잔 쭉 들이키고는,

"그럼 다녀오겠습니다."

하고 산을 내려갔다. 그리고 금사탄을 건너 고향인 기수현을 향해서 걸음을 재촉했다.

39. 이규의 귀향

　이규는 양산박을 내려와서 송강과의 약속을 지켜 술을 마
시지 않았으므로 도중에 아무 일도 없이 기수현에 도착했다.
　이규가 서문 밖까지 왔을 때 사람들이 모여 웅성거리며 푯
말을 보고 있었다. 그래서 이규도 사람들 속에 끼어 그것을
읽어보았다.
　"첫번째는 주범主犯 송강, 운성현 사람. 두번째는 공범共犯
대종, 강주 양원 절급兩院節級. 세번째는 공범 이규, 기수현
사람……."
　이규가 어쩔 줄을 몰라 어물어물하고 있는데 갑자기 그의
허리를 붙잡는 사람이 있었다.
　"장형, 여기서 뭘하고 있소?"
　이렇게 외쳐 바라보니 주귀였다. 이규가,
　"주형이야말로 어찌하여 이곳에 왔소?"
하고 묻자 주귀가 대답했다.
　"아무튼 할 얘기가 있으니 따라오시오!"

두 사람은 마을의 선술집으로 가서 조용한 안방에 자리를 잡고 앉았다. 주귀가 말했다.

"자네도 큰일나겠군. 저 푯말에는 송강을 붙잡는 자에게는 상금 만 냥, 대종을 붙잡는 자에게는 5천 냥, 이규를 붙잡는 자에게는 3천 냥을 주겠다고 씌어 있소. 관군에게 붙잡히면 어떻게 할 뻔했소? 송 공명 형이 혹시 자네 뒤를 따라가 보라고 했소. 나는 하루 늦게 산에서 나왔지만 자네보다 하루 먼저 도착했는데 어째서 자네는 오늘에야 겨우 도착했소?"

"형님이 술을 마시지 말라고 당부해서 그렇게 했더니 발걸음이 더디지 않겠소? 주형 이 술집을 어떻게 알았소?"

"이 선술집은 내 아우 주부朱富의 집이오. 나는 본래 이 마을 사람이지. 떠돌이 장사를 하다가 본전을 까먹고 그 길로 양산박으로 뛰어들었지. 이번에 처음으로 고향에 돌아온 것이오."

주귀는 이렇게 말하고 동생 주부를 불러 이규에게 소개시켰다.

이윽고 술이 나오자 이규가 말했다.

"형님이 술을 마시지 말라고 당부했지만 오늘은 이미 고향에 왔으니 몇 잔 마셔도 괜찮겠지?"

주귀는 안 된다고 말릴 수도 없었다. 그리하여 그날 밤은 술타령으로 밤을 새웠다.

이규는 컴컴한 새벽녘에 길을 떠나기로 했다.

"커다란 호박나무 근처에서 동쪽으로 돌아가 한길을 곧장 가면 백장촌百丈村의 동점동董店東이야. 곧 어머니를 모시고 와서 함께 산채로 가도록 하세."

"한길은 많이 돌아가야 하니 지름길로 가야겠네."

"그건 안 돼. 지름길에는 호랑이가 득실거려. 그리고 강도도 있네."

"문제없네. 그따위 것들쯤!"

이규는 두 형제와 헤어져 백장촌으로 향하였다.

십여 리쯤 가니 하늘이 밝아 오기 시작했다. 그때 이슬이 내린 숲속에서 갑자기 한 마리의 흰 산토끼가 뛰어나와서 깡충깡충 그의 앞으로 지나갔다. 그는 토끼를 쫓아가면서 중얼거렸다.

"아하, 저놈이 길을 안내하고 있군."

이윽고 저쪽에 50그루쯤 되어 보이는 큰 나무 숲이 보였다. 때마침 가을이라 잎사귀는 모두 붉게 물들어 있었다. 이규가 나무 숲 가까이 가자 갑자기 덩치가 큰 사나이가 뛰어나와서는,

"이놈, 얌전히 통행세通行稅를 내놓고 가거라!"

하고 호통을 쳤다. 붉은 두건을 쓰고 손에는 두 자루의 도끼를 든 얼굴이 거무스름한 사나이였다. 이규는 큰 소리로 외쳤다.

"뭐야, 네놈은 강도냐?"

"내 이름을 들으면 놀라 자빠질 거다! 나는 흑선풍이다. 돈과 보따리를 놓고 가면 목숨만은 살려 주겠다!"

이규는 껄껄 웃고 나서,

"이놈! 용케 내 이름을 알아 가지고 이따위 못된 짓을 하는구나!"

이규가 갖고 있던 칼을 휘둘러 덤벼드니 사나이는 이를 당해 내지 못하고 도망치려고 했다.

이규는 그의 넓적다리를 후려쳐서 쓰러뜨리고 목을 한 발로 밟고 외쳤다.

"이놈, 이래도 날 모르겠느냐?"

"나리, 목숨만 살려 주십시오!"

"내가 천하의 호걸 흑선풍 이규다. 내 이름에 멋대로 똥칠을 해놓고서도, 뭐 살려 달라고?"

"저도 성은 이씨지만 진짜 흑선풍은 아닙니다. 나리의 이름이 천하에 널리 퍼져서 나리의 이름만 대면 귀신도 무서워한다기에 저도 잠시 그 이름을 빌어 이곳에서 강도짓을 하고 있었습니다. 이곳을 지나가는 자들은 흑선풍이라는 말만 들어도 보따리를 팽개치고 도망칩니다. 그래서 한동안 톡톡히 재미를 보았지만 절대로 사람을 죽이지는 않았습니다. 저의 진짜 이름은 이귀李鬼라고 합니다. 저 마을에 살고 있습니다."

"못된 놈 같으니! 내 이름을 더럽히고 두 자루의 도끼까지 들고서 내 흉내를 내다니. 이놈 죽여 버릴 테다!"

이규는 이렇게 말하고 이귀의 도끼를 빼앗아 들어올렸다. 이귀는 깜짝 놀라,

"나리, 저 하나 죽는 것쯤 문제가 아닙니다만, 저를 죽이면 둘을 죽이는 것이 됩니다요!"

이규는 들어올린 도끼를 내리며 까닭을 물었다.

"뭐라고? 무슨 소리냐?"

"저는 하고 싶어서 이 짓을 하는 게 아닙니다. 실은 집에

90세의 노모가 계신데, 저 이외에 달리 봉양할 사람이 없으므로 할 수 없이 이 짓을 하고 있습니다. 나리께서 저를 죽이시면 집에 계신 노모께서도 굶어 죽습니다."

이규는 사람을 죽이는 것쯤은 아무렇지도 않게 여기는 사나이였으나 이 말을 듣고는 생각해 보았다.

'나는 어머님을 모시러 고향에 돌아왔다. 그런데 어머님을 봉양하는 놈을 죽이게 된다면 하늘도 나를 용서해 주시지 않을 거야.'

그래서 이규는 말했다.

"그렇다면 용서해 주마."

이귀는 머리를 굽실거렸다.

"진짜 흑선풍은 나 하나뿐이야. 앞으로 내 이름을 팔면 용서하지 않을 거다. 네놈은 효자니 열 냥을 주겠다. 이것을 밑천으로 보따리 장수라도 해라!"

이귀는 은화를 받고 절을 하더니 어디론가 사라져 버렸다.

'흠, 효성이 지극한 놈이니 얌전히 살아갈 테지. 나도 그만 가 볼까?'

이규는 칼을 들고 뚜벅뚜벅 산길을 걸어갔다. 10시쯤 되자 배가 고프고 목이 말랐다. 그러나 아무리 걸어도 술집이나 음식점은 보이지 않았다.

이윽고 멀리 맞은편 산기슭에 조그마한 초가집이 보였다. 이규가 급히 가 보니 앞에서 한 여자가 나타났다. 머리에는 들꽃을 꽂고 얼굴에는 분을 더덕더덕 바른 여자였다. 이규는 칼을 놓고 말했다.

"부인, 나는 길을 가는 사람인데 배가 고파도 주점이 없어서 음식을 사 먹을 수가 없소. 돈은 얼마든지 줄 테니 술과 밥을 주시오."

여자는 이규의 사나운 모습을 보자 거절할 수 없어서,

"술을 사러 갈 데가 없지만 밥은 드리지요."

하고 말했다.

"그럼 밥만이라도 좋소. 좀 많이 주시오. 배가 몹시 고프니까."

"쌀 한 되를 지으면 되겠지요?"

"아니오, 서 되를 지어 주시오."

여자가 불을 피우고 개울물로 쌀을 씻으러 가자 이규는 소변을 보러 갔다. 그때 한 사나이가 다리를 절뚝거리면서 산에서 내려왔다. 이규는 집 뒤로 돌아가서 엿들었다. 아까 그 여자가 산나물을 캐러 가려다가 문을 열고 사나이를 보더니,

"아니, 당신. 어디서 다리를 다쳤어요?"

하고 물었다.

"하마터면 당신 얼굴을 두 번 다시 보지 못할 뻔했소. 이런 기막힌 일이 어디 있담. 반달 동안이나 공치다가 오늘 겨우 한 건件 걸렸나 했는데 그게 누군지 알아? 뜻밖에도 진짜 흑선풍이지 뭐야! 당할 재주가 있어야지. 한방에 쓰러져 목이 달아날 참이었소. 그래서 나한테는 90세의 늙으신 어머니가 있는데 나한테는 봉양할 사람이 없다고 울상이 되어 빌었더니 바보같이 그걸 곧이듣고 살려주며 장사 밑천을 하라고 돈까지 줬다오. 나중에 알고 뒤쫓아올까봐 도중에 낮잠을 자다가 지금 돌아오는 거요!"

"쉿! 목소리가 너무 커요. 방금 얼굴이 검은 덩치 큰 사나

이가 밥을 달라고 왔는데 그 사나이가 바로 흑선풍이 아닐까요? 지금 문전에 앉아 있어요. 잠깐 내다봐요. 만일 그놈이 흑선풍이라면 반찬에 마취약을 넣어 처치해 버리고 그놈의 돈을 빼앗아 성 안에 가서 장사라도 시작하면 이곳에서 이 짓을 하기보다야 몇 배 낫지 않겠어요?"

이규는 이 말을 듣고,

'음, 못된 놈 같으니!'

하고 살금살금 걸어가 바로 문을 나서는 이귀의 앞머리를 덥석 감아쥐었다. 여자는 허둥지둥 앞문으로 도망쳤다.

이규는 이귀의 목을 베고 여자를 뒤쫓아 밖으로 나왔으나 어디로 갔는지 알 수 없었다. 다시 집으로 돌아와 집 안을 돌아보니 장롱이 두 개 있었는데 안에는 낡은 옷이 있었고, 그 아래에 돈과 비녀, 팔찌 등이 있었다. 이규는 그것을 몽땅 빼앗고 아까 준 은화도 이귀의 호주머니에서 꺼내 모두 보자기에 쌌다. 솥 안을 들여다보니 마침 밥이 다 되었으므로 그것을 퍼서 배를 채웠다. 그리고 집에 불을 지른 뒤 이규는 다시 산길을 재촉했다.

동점동에 도착했을 때는 이미 날이 저물었다. 집에 가서 문을 열고 안으로 들어가니 침상에서 어머니가,

"누구요?"

하고 물었다. 어머니는 양쪽 눈이 먼 채로 자리에서 염불을 외고 있었다.

"어머니, 접니다. 철우가 돌아왔습니다."

하고 이규가 말했다.

"오, 너냐? 지금까지 어디서 무엇을 하고 있었느냐? 형은

남의 집 살이를 하면서 밥이나 얻어먹는 게 고작이라서 나를 돌볼 겨를이 없단다. 나는 너만 생각하다가 눈물이 하도 나와 이렇게 눈이 멀게 되었단다. 너는 대체 어디서 살다가 이제 오는 거냐?"

'만일 내가 산적이 되었다고 하면 어머니께서 함께 가려고 하시지 않을 것이다.'

이규는 이렇게 생각하고,

"나는 지금 관리 노릇을 하고 있습니다. 그래서 어머니를 모시러 왔지요."

"그래? 그거 잘됐구나. 그런데 나를 어떻게 데리고 가겠다는 거냐?"

"업고 가다가 수레를 사서 태우고 가겠습니다."

"그렇다면 형이 오면 의논하자."

"뭐, 형까지 기다릴 것 없습니다. 곧 가도록 하지요."

그러면서 집을 나서려고 하는데 형 이달李達이 그릇에 밥을 담아 가지고 돌아왔다. 이규가 말했다.

"형님, 안녕하셨어요. 오래간만입니다."

"너 뭣하러 돌아왔느냐? 또 사람을 괴롭히는 거냐?"

"철우가 지금 관원이 되어 일부러 나를 데리러 왔단다."
하고 어머니가 말했으나 이달은 곧이듣지 않았다.

"거짓말이에요. 믿지 마세요, 어머니. 전에 이 녀석이 사람을 죽였기 때문에 나는 칼을 쓰고 큰 변을 당했어요. 요즈음 듣자니 이 녀석이 양산박의 산적들과 한패가 되어 강주에서 소동을 피웠답니다. 그래서 나라에서 이 녀석의 목에 3천 냥의 현상금을 걸어놓고 잡으려고 합니다."

"형, 그렇게 함부러 떠들지 마시오. 어때요, 차라리 형도 함께 산에 가서 속 편안히 살지 않겠소?"

이달은 화가 치밀어 이규를 때리려고 달려들었으나 당해 낼 도리가 없어 밥그릇을 동댕이치고 밖으로 나가 버렸다.

'형이 사람들에게 알리러 간 모양이야. 빨리 도망쳐야지.'

이규는 이렇게 생각하고 형을 위해서 50냥의 은화를 침상 위에 놓고 어머니를 업고 집을 나와 산길을 걸어갔다. 높은 고개 밑에 오니 이미 해는 저물어 있었다. 이규는 이것은 기령沂嶺이라는 고개이며 이 고개를 넘으면 사람이 사는 집이 있다는 것을 알고 있었다. 하늘에는 별들이 총총히 빛나고 달은 사방을 훤히 비추고 있었다. 이규는 줄곧 고개를 올라갔다. 어머니가 등에서,

"애야, 목이 마르는구나!"

하고 말했다.

"고개를 넘으면 사람이 사는 집이 있습니다. 그곳에서 식사도 하고 쉬었다 가지요."

"점심엔 맨밥을 먹었더니 목이 말라 견딜 수가 없구나."

"저도 목에서 불이 날 지경입니다. 고개에 도착하면 샘물을 찾아드릴 테니, 그때까지만 참으세요."

이규는 겨우 어머니를 소나무 아래 커다란 바위 위에 내려놓고 말했다.

"여기서 잠깐만 기다리세요. 물을 구해 오겠습니다."

이규는 물소리를 따라 계곡으로 내려가 샘물을 찾아내어 자기도 몇 모금 마시고 나서,

'이 물을 어떻게 가져간담?'

하고 생각하다가 주위를 살펴보니 저쪽 산꼭대기에 사당 하나가 보였다. '옳지 됐구나!' 하고 이규는 나무덩굴을 붙잡고 위로 올라갔다. 올라가 보니 그 사당은 사주대성泗州大聖을 모신 사당으로 앞에 돌로 된 향로가 있었다. 이규는 그것을 갖고 가려고 했다.

그런데 그것은 대좌臺座와 함께 붙어 있어서 아무리 힘껏 잡아당겨도 빠지지 않았다. 이규는 화가 나서 대좌와 함께 끌어내어 석단石段에 동댕이쳤다. 그러자 향로가 떨어졌다. 이규는 그것을 가지고 얼른 계곡 아래로 내려가서 샘물을 담아 어머니가 계시는 나무 아래로 돌아왔다. 그런데 바위 위에 앉아 있어야 할 어머니가 보이지 않았다.

"어머니! 어머니!"

하고 불렀으나 어머니는 대답이 없었다. 당황하여 사방을 찾아보았으나 아무 데도 없었다.

30보 남짓 걸어 찾아보니 풀숲에 핏방울이 보였다. 이규는 가슴이 철렁 내려앉았다. 핏자국을 따라가 보니 커다란 동굴이 있었고, 그 입구에 새끼 호랑이 두 마리가 사람의 다리를 뜯어먹고 있지 않은가.

화가 머리끝까지 치민 이규는 칼을 들고 덤벼들어 새끼 호랑이 한 마리를 찔러 죽이고 다른 한 마리는 굴 속으로 도망쳐 버렸다. 이규는 곧 뒤쫓아가서 그놈도 찔러 죽였다.

이규가 굴 속에 숨어 바깥 동정을 살피고 있는데 암호랑이가 굴로 돌아왔다.

'이놈이구나. 어머니를 잡아먹은 것은!'

하고 이규는 칼을 놓고 단도를 뽑았다.

암호랑이는 굴 입구까지 와서 먼저 굴 속을 향해 한 번 꼬리를 치더니 뒷걸음질치면서 들어왔다. 이규는 그것을 잔뜩 노려보다가 단도로 호랑이의 엉덩이 아래를 힘껏 찔렀다. 단도는 호랑이의 항문 속으로 푹 들어가 단도 자루가 보이지 않았다. 호랑이의 뱃속까지 단도가 들어간 것이다. 호랑이는 한 번 크게 울부짖더니 계곡 쪽으로 뛰어 내려갔다.

이규는 칼을 들고 굴에서 뛰어나와 호랑이를 뒤쫓으려고 했다. 그때 주위에서 한바탕 광풍이 휘몰아치고 나무의 마른 잎사귀가 떨어지더니 눈을 치켜 뜨고 이마가 흰 큰 호랑이 한 마리가 뛰어나와 이규에게 사나운 기세로 덤벼들었다. 이규는 침착하게 재빨리 몸을 돌려 호랑이의 목을 칼로 찔렀다.

호랑이는 급소를 맞아 6, 7보 뒤로 물러가더니 산이 무너질 듯한 포효를 내며 바위 아래에 푹 쓰러졌다.

이규는 순식간에 네 마리의 호랑이를 무찌르고 다시 굴로 돌아와서 다음 한 마리가 나타나기를 기다렸으나 끝내 나타나질 않았다. 호랑이는 모두 퇴치된 모양이었다. 이규도 피로하여 사당에 들어가 한잠 자기로 했다.

이튿날 이규는 일찍 일어나 어머니의 다리와 남은 뼈를 주워 윗도리에 싸서 사당 뒤에 묻고 통곡했다. 그는 배도 고프고 목도 말라 짐을 꾸려서 고개에서 내려왔다. 그때 여기저기 늘어놓은 올가미와 쇠뇌를 거두고 있던 6, 7명의 사냥꾼이 피투성이가 된 이규를 보고 깜짝 놀라며,

"아니, 당신은 신神이오? 어떻게 혼자서 이 고개를 넘었소?"

하고 말했다. 그러면서 사냥꾼들은,

"설마 그럴 리가 있겠소!"

하며 믿으려고 하지 않았다.

"거짓말이라고 생각되면 함께 가 보면 될 것 아니오?"

하고 이규가 말했다. 그리하여 사냥꾼들이 4, 50명의 동료들과 함께 이규를 따라 산 위로 올라가 보니 과연 호랑이 네 마리가 모두 쓰러져 있었다. 그들은 매우 기뻐하며 곧 호랑이를 끌고 산을 내려와 촌장에게 알리는 한편 이규를 마을의 부자인 조 노인의 집으로 안내했다.

조 노인은 이규를 안방으로 불러들여서 호랑이를 처치한 이야기를 듣고 깜짝 놀랐다.

"그래, 호걸의 이름은 어떻게 되시오?"

하고 노인이 물었다.

"성은 장이라 하고 이름은 없어서 다만 장대담張大膽이라고 부릅니다."

하고 이규가 이름을 숨겨서 말하자, 노인이 말했다.

"과연 대담한 분이야. 여간 담이 크지 않고서야 호랑이를 네 마리씩이나 죽일 수 있겠소?"

하고 감탄하며 곧 음식을 대접했다.

이윽고 여기저기서 호랑이를 잡았다는 이야기를 들은 사람들이 너도나도 조 노인의 집으로 몰려왔다. 그런데 이때 이웃 마을의 친정으로 도망쳐 와 있던 이규의 아내도 많은 구경꾼들 틈에 섞여 호랑이를 구경하러 왔다가 이규를 보자 허둥지둥 집으로 돌아와서는,

"저 호랑이를 잡은 얼굴이 검고 덩치가 큰 사나이가 바로 제 남편을 죽이고 집을 불태워 버린 놈이에요. 그놈은 바로

흑선풍 이규입니다."

하고 말했다. 부모는 즉시 촌장에게 알리고 촌장은 살짝 조 노인에게 알렸다.

조 노인은 현청 서기 출신의 큰 부자로, 못된 놈들과 손을 잡고 마을에서 세도를 부리며 입으로만 충효忠孝를 부르짖 는 사람이었다. 조 노인은 이 말을 듣고 곧 방책을 강구하여 먼저 이규의 칼을 맡아 두었다. 그리고 마을 사람들에게 피 리를 불고 북을 치게 하여 떠들썩하게 한 다음 가져온 축하 의 술을 여럿이 교대로 이규에게 권하여 모두 마시게 했다. 이규는 그 계략도 알지 못하고 송강의 당부도 잊어버린 채 술을 들이켰으므로 두 시간도 못 되어 몸을 가누지 못할 정 도로 만취되었다. 그러자 여러 사람들이 달려들어 그를 안방 의 긴 의자에 눕힌 다음 밧줄로 의자에다 꽁꽁 묶어 놓았다. 그리고 사람을 현청에 보내어 이 소식을 알렸다.

기수현의 현청에서는 매우 긴장했다. 지사는 즉시 도두 이 운李雲을 불러 30명의 병사를 이끌고 몰래 기령 마을로 급히 달려가라고 명령했다. 현청에서는 이 사실을 비밀에 부치려 고 했으나, 금세 소문이 퍼져 기수현 일대에는 어디를 가나 그 이야기로 수근거렸다.

"양산박의 흑선풍이 붙잡힌 모양이야. 이 도두가 지금 잡 으로 갔다지 뭔가."

동장문東莊門 밖 주부의 집에 있던 주귀는 이 말을 듣고 깜짝 놀라 동생에게 말했다.

"검둥이가 또 일을 저질렀어! 자, 이규를 어떻게 구출한 담? 송 공명 형의 부탁을 받고 뒤따라왔는데 만일 구출하지 못하면 산채에 돌아가서 형을 뵐 낯이 없어."

하고 주귀가 걱정을 하니, 주부가 말했다.

"형님, 당황하지 마세요. 이 도두는 대단한 사람이라 30명
이나 50명이 덤벼도 끄떡도 하지 않아요. 나와 형님 둘이서
힘을 합쳐도 어림없어요. 이 일은 힘으로는 안 돼요. 계략으
로 맞서야 합니다. 그 사람은 나를 귀여워하여 나한테 여러
가지 무예를 가르쳐 줬어요. 그러므로 그 계략은 이러저러하
여……."

"응, 그게 좋겠어. 곧 그렇게 하지."

"그러나 어차피 나중에 알려질 일입니다. 그렇게 되면 나
를 가만두지 않을 거예요."

"그렇지. 하지만 너라고 해서 이곳에서 언제까지나 술장
수를 하라는 법은 없지 않느냐. 그러니 차라리 식구들과 함
께 양산박으로 들어가는 게 어때?"

그리하여 주부도 곧 집안을 정리하고 처자를 수레에 태워
한 발 먼저 양산박으로 떠나게 했다. 그리고 형제는 술과 고
기를 듬뿍 장만하여 이른 새벽부터 산 입구에서 이규를 호송
하는 이 도두 일행이 오기를 기다렸다.

날이 밝을 무렵, 멀리서 징소리가 들리더니 이윽고 마을에
서 밤새 술대접을 받은 30명의 병사들이, 손을 뒤로 하고 꽁
꽁 묶인 이규를 앞세우며 다가왔다. 이 도두는 뒤에서 말을
타고 따라왔다. 일행이 주귀 형제의 바로 앞까지 오자 주부
가 나서서,

"스승님, 마중을 나왔습니다."

하고 커다란 잔에 술을 따라 이운에게 권했다.

　이운은 말에서 뛰어내리며,

　"현제賢弟, 일부러 이런 곳까지 마중을 나와 줘서 고맙네."
하고 말했다.

　"아닙니다. 성의의 표시일 뿐입니다."

　이운은 술을 받아 들었으나 입에 대려고 하지 않자 주부가
무릎을 꿇고,

　"스승님이 술을 드시지 않는 것은 알고 있지만 오늘은 축
하의 술이니 조금이라도 드시지요."
하고 말했다. 이운은 거절할 수 없어서 두어 모금 마셨다. 그
러자,

　"술을 못 드시니 대신 고기라도 드시지요."
하고 주부가 권하자, 이운이 말했다.

　"어젯밤에 많이 먹어서 배가 꽉 찼는데……."

　"그렇지만 앞으로 길을 꽤 많이 가셔야 할 테니 시장하실

겁니다. 변변치 못한 음식이지만 제 얼굴을 보아서라도 조금 드십시오."

이렇게 극진히 권하는데 매정스럽게 거절하는 것도 예의가 아닌 것 같아서 이운은 고기를 두세 조각 썰어 먹었다. 주부와 주귀는 촌장과 병사들에게도 술과 고기를 권했다. 그러자 이들은 금세 술과 고기를 먹어 치웠다.

이규는 눈을 번득이면서 주귀 형제가 감쪽같이 계략을 꾸미고 있는 줄 알면서 일부러 말했다.

"이봐, 나한테도 좀 줘!"

주귀는 당장 호통을 쳤다.

"네놈과 같은 못된 놈에게는 안 돼! 이놈, 입을 닥치고 있거라!"

이운은 병사들에게,

"자, 가자!"

하고 외쳤다. 그런데 병사들은 서로 얼굴을 마주 보고 앉아서 일어서려고 하지 않았다. 그 중에서 몇 놈이 일어나려다가 곧 푹푹 쓰러졌다. 이운은 술과 고기에 독이 들어 있었음을 알아차리고,

"아뿔싸! 계략에 빠졌구나!"

하고 외치며 칼을 뽑아 덤벼들려고 했다. 하지만 이운도 비틀거리면서 땅바닥에 푹 쓰러졌다. 주귀와 주부는 비틀거리면서 땅바닥에 푹 쓰러졌다. 주귀와 주부는 급히 병사들의 칼을 앗아 들고,

"이놈들, 칼을 받아라!"

하면서 술과 고기를 먹지 않은 사람들을 찔러 죽였다.

이규가 "에잇!" 하고 온몸에 힘을 주자 밧줄이 뿌드득 하고 끊어졌다. 그는 한 자루의 칼을 빼앗아 들고 이운을 죽이려고 했다. 주부가 당황하여 가로막으면서,

"함부로 죽이지 마시오. 그분은 나의 스승으로 좋은 분이오. 당신은 먼저 도망치도록 하시오."

하고 말했다. 그러자 이규가,

"하지만 조 영감과 이귀의 여편네를 죽이지 않고서는 직성이 풀리지 않아!"

하고는 조 노인과 이귀의 마누라를 찔러 죽이고 이어서 촌장도 죽인 다음 나머지 병사들도 남김없이 죽여 버렸다. 이리하여 30여 명의 병사들은 모조리 칼에 맞아 죽고, 구경꾼들은 부모에게서 다리를 두 개만 갖고 태어난 것을 원망하면서 일제히 산 속으로 도망쳤다.

이규가 이들을 쫓아가 죽이려고 하자 주귀가 간곡히 말렸다. 주부는 스승인 이 도두가 마취에서 깨어나면 반드시 뒤쫓아오리라고 생각했다. 그래서 이규와 함께 뒤에 남아 길가에서 그를 기다리기로 하고 주귀는 한 발 먼저 가족들의 수레를 쫓기로 했다. 이윽고 한 시쯤 되자 과연 이운이 칼을 들고 나타나서,

"이놈들, 칼을 받아라!"

하고 외치면서 쏜살같이 뛰어왔다.

이규가 그를 맞아 싸웠다. 두 사람은 6, 7차례 겨뤘으나 좀처럼 승부가 나지 않았다. 그때 주부가 칼을 들고 두 사람 사이에 끼어들며 말했다.

"잠깐! 할 얘기가 있습니다."

두 사람이 칼을 멈추자 주부가 말을 이었다.

"스승님, 실은 저의 형 주귀는 지금 양산박에서 두령으로 있습니다. 그런데 이번에 송 공명의 명령으로 이규의 후견인이 되었습니다. 그 이규를 스승님의 손에 잡혀가게 하면 형은 산으로 돌아가 송 공명을 대할 면목이 없다고 해서, 은혜를 크게 입은 스승님에게 죄송하게 생각하면서도 할 수 없이 이렇게 일을 저질렀습니다. 아까 이규가 스승님을 죽이려고 하길래 제가 말려서 병사들만 죽였습니다. 우리는 지금쯤 멀리 도망쳤을 테지만 스승님이 반드시 뒤쫓아오실 줄 알고 여기서 기다리고 있었습니다. 스승님은 저희 심정을 잘 이해하여 주실 줄 믿습니다. 많은 부하들을 죽게 하고 흑선풍까지 도망치게 한다면 돌아가서 지사를 대할 면목이 없을 뿐만 아니라 감옥에 들어가게 될 것은 뻔한 일입니다. 그보다는 차라리 우리들과 함께 양산박으로 가서 송 공명과 손을 잡는 것이 어떻겠습니까?"

이운은 진퇴양난進退兩難이었다. 한참 망설인 끝에 결국 함께 가기로 결심했다. 다행히 그에게는 아내도 자식도 없었다. 이규는,

"뭐야, 진작 그렇게 할 일이지!"

하고 웃으면서 이운에게 머리를 숙였다.

세 사람은 도중에 주귀와 만나서 함께 양산박으로 향하였다. 그리고 이들을 마중나온 마린, 정천수와 다시 합세하여 양산박의 산채로 향했다.

산에서는 이규가 무사히 돌아온 것을 기뻐하고 새로 두 사람의 맹호猛虎 청안호青眼虎 이운과 소면호笑面虎 주부가 동

료로 가담하게 된 것을 축하하여 성대한 연회를 베풀었다.

그리고 두 사람은 왼쪽 백승의 윗자리에 앉게 되었다.

40. 석수와 양웅의 입산

    고향인 계주로 어머니를 모시러 떠난 공손승으로부터는 백일이 지나도록 아무런 소식이 없었다. 송강 등 두령들은 걱정이 되어 신행태보 대종에게 형편을 알아 오라고 부탁했다. 그래서 대종은 관청의 사환으로 가장하고 '신행법'을 사용하여 사흘 만에 기수현에 도착했다. 사람들이 수근거리는 것을 들으니 이규에 대한 이야기였다. 그는 속으로 비웃으면서 성큼성큼 걸어갔다. 그때 저쪽에서 철창을 든 사나이가 다가왔다. 그 사나이는 대종을 스쳐 지나가더니 그가 놀라운 속도로 걷는 것을 보고는 멈춰서서,

    "신행태보!"

하고 외쳤다. 대종이 뒤돌아보니 호한다운 풍모였다. 대종은,

    "아직 만난 적이 없을 텐데 어떻게 내 이름을 알고 있소?"

하고 말하자, 사나이는,

    "역시 그렇군요."

하고 말하면서 창을 버리고 땅에 엎드렸다.

대종은 그를 일으켜 세우고 물었다.

"그래, 당신의 성함은 어떻게 되시오?"

"나는 양림楊林이라는 사람으로 창덕부彰德府(지금의 하남성) 태생입니다. 마적단에 들어가 거기서는 금표자錦豹子라는 별명으로 부르지요. 몇 달 전에 우연히 술집에서 공손승 선생을 만나 양산박의 조개와 송강 두 분의 이야기를 들었습니다. 그때 공손승 선생께서 산채로 들어오라며 소개장을 써 주었습니다. 그리고 귀공의 이야기도 들었는데 혹시나 해서 불러 보았습니다. 이렇게 만나 뵙게 되어 기쁩니다."

대종이 공손승을 찾으러 간다고 말하자, 양림은,

"계주라면 제가 지리를 잘 알고 있으니 원하시면 안내해 드리지요."

하고 말했다. 그리하여 기꺼이 동행하기로 하고 두 사람은 의형제를 맺었다.

대종은 갑마를 거두고 양림과 함께 천천히 걸어서 저녁 무렵에야 객점에 들어가 쉬었다. 이튿날 대종은 거두었던 갑마를 다리에 붙였다. 그러자 양림은 그렇게 하면 어떻게 따라갈 수 있겠느냐고 물었다. 대종은 자기의 신행법은 사람을 데리고 갈 수 있다고 하며, 두 사람은 10시경에 벌써 음마천飮馬川까지 왔다. 그곳은 사방으로 높은 산이 에워싸인 가운데 한길이 하나 나 있었다.

두 사람이 산 가까이 가자 갑자기 징과 북소리가 울리더니 2백명 가량의 산적이 뛰어나와 길을 가로막았다. 선두에서는 두 호한이 칼을 들고,

"섰거라! 어디 가는 놈들이냐? 목숨이 아까우면 통행세를

놓고 가거라!"

양림이 웃으면서,

"형님, 저놈들을 처치할 테니 구경하고 계십시오."

하고는 창을 휘두르면서 맹렬한 기세로 쳐들어갔다. 그때 두 호한 중의 한 사람이,

"잠깐만!"

하고 나서더니,

"양림 형님 아닙니까?"

하고 물었다. 양림은 그제야 그 사람을 알아보았다.

사나이는 다가와서 머리를 숙여 인사하고는 다른 사나이를 소개했다. 양림이 대종을 불러 두 사람에게 인사시키자 그들은 서로 깜짝 놀랐다.

"당신은 강주의 대원장, 하루 8백 리를 간다는 그분입니까? 전부터 명성은 듣고 있었는데 오늘 여기서 만나 뵙게 되다니요!"

두 사나이 중 한 사람은 양양부襄陽府(지금의 호북성湖北省) 태생인 등비鄧飛로, 두 눈이 붉어 사람들은 그를 화안산예火眼狻猊라고 부르고 있었다. 창을 들면 아무도 그에게 접근하지 못하는 명인名人으로, 양림과는 5년 만에 다시 만난 사이였다. 또 한 사람은 진정주眞定州 태생으로 맹강孟康이라고 불렸는데 조선造船의 전문가이고 화석강花石綱을 운반하는 큰 배를 만들 때 감독관인 관원과 충돌하여 화가 치민 나머지 그 관원을 죽이고 마적단에 들어간 사나이였다. 살결이 희고 키가 크기 때문에 옥번간玉幡竿 맹강이라고 불렸다.

두 사람은 대종과 양림을 산채로 안내하여 두령 배선裵宣

에게 소개했다. 이 배선은 경조부京兆府(지금의 섬서성陝西省) 태생으로 전에 부청府廳의 공목으로 일했었던 적이 있으며 '철면공목鐵面孔目'이라는 별명이 붙을 정도로 청렴하고 정직한데다가 머리가 명석하고 무예에도 능통한 지용智勇을 겸한 인물이었다. 그런데 고약한 부지사에게 트집을 잡혀 사문도沙門島로 유배되어 가는 도중 이곳의 등비아 맹강에게 구출되어, 산채로 들어와 제일 연장자이기 때문에 첫째 두령이 되었다는 것이다.

배선은 취의청에서 연회를 열고 대종을 정면의 좌석에 앉힌 다음 음악을 연주하게 하고 다섯 사람이 술을 마셨다. 대종이 그 자리에서 양산박의 산채가 견고하고 조개와 송강 두 두령이 인자하고 너그러우며 의협심이 강한 분이라고 말하자, 배선은 자기 산채도 양산박과 합류하고 싶다는 뜻을 밝혔다. 대종은 매우 기뻐하며 공손승과 함께 들어오는 도중 다시 이곳에 들러 양산박으로 동행할 것을 약속했다.

다섯 호한들은 술에 만취됐다. 배선은 장기長技인 칼춤을 추어 보였다. 대종은 아낌없는 갈채를 보냈다.

그날 밤 대종과 양림은 산채에서 묵고 이튿날 세 호한이 더 있으라고 붙잡는 것도 뿌리치고 음마천을 떠났다. 그리하여 오랜 여행 끝에 계주 성 밖의 여관에 이르렀다. 두 사람은 곧 공손승의 행방을 수소문하면서 성 밖의 그럴싸한 곳은 낱낱이 찾아 돌아다녔으나 전혀 실마리를 찾을 수 없었다. 다음날도 허탕만 쳤다. 사흘째 되는 날은 혹시나 하고 성 안으로 찾아 나섰다.

두 사람이 어느 거리를 지나가고 있는데 저쪽에서 악대가 요란하게 음악을 연주하며 빨간 명주와 단자緞子를 든 옥졸을 앞세우고 청라靑羅 우산을 쓴 한 사형 집행인이 다가왔다. 긴 눈썹, 봉황鳳凰과 같은 눈동자, 그리고 온몸에 문신을 새긴 풍채가 좋은 인물이었다. 그는 양웅楊雄으로 하남 사람인데 계주 지사가 되어 부임한 사촌형을 따라와 그대로 이 고장에 눌러 살고 있었다. 그리고 그 후임 지사와도 친면이 있어서 전옥이 되어 사형 집행인도 겸하고 있었다. 무예가 뛰어나고 얼굴빛이 누렇다고 하여 사람들은 그를 병관색病關索 양웅이라고 불렀다. 그는 방금 네 거리에서 사형을 집행하고 친지들로부터 축하의 선물로 옷감을 받아 가지고 돌아가는 길이었다.

대종과 양림이 사람들에게 떠밀리면서 이것을 구경하고 있을 때 갑자기 옆에서 7, 8명의 병사가 뛰어나와 그 앞길을 가로막았다. 선두에 선 자는 척살양踢殺羊 장보張保로 계주성 경비를 맡은 군인이었다. 이 사나이는 건달들을 데리고 성 안팎을 휩쓸고 다니기 때문에 현청에서도 골치를 앓고 있었는데, 양웅이 타관 사람이면서도 주민들에게 칭송을 받고 있는 것을 전부터 못마땅하게 여겨 오다가 오늘도 술기운을 빌어 시비를 거는 것이었다.

길을 메운 사람들이 양웅에게 술잔을 권하자 장보는 사람들을 헤치고 앞으로 나와 말했다.

"절급, 축하하오!"

"오, 형님도 한잔 드시오!"

하고 양웅이 말했다.

"술은 필요없소. 그보다도 돈 백 냥만 꿔 주게."

"비록 내가 장형을 안다고 하나 일찍이 돈 거래가 없었는데 어떻게 나에게 돈을 빌려 달라는 말을 하시오?"

"그렇지만 당신은 백성들로부터 돈을 두둑이 우려내지 않았소. 그러니 얼마 꿔 줘도 되지 않겠소?"

"이것은 모두 다른 사람들이 나를 잘 봐서 준 것인데 어떻게 백성들을 속여서 얻어 낸 것이라고 하시오? 두려움도 없이 사람을 함부로 몰아세우다니! 나와 당신은 같은 군인의 신분이지만 각자 명령 계통이 다르오."

장보는 부하에게 명하여 양웅의 비단과 단자를 빼앗아갔다. 양웅은,

"이런 고약한 놈 봤나!"

하고 덤벼들려고 했으나 장보에게 멱살을 잡히고 뒤로는 두 병사에게 양손을 붙잡혀 몸을 움직일 수가 없었다. 옥졸들은 겁이 나서 멀리 도망쳐 버렸다.

이렇게 소란을 피우고 있을 때 장작을 지고 지나가던 덩치가 큰 사나이가 많은 사람들이 양웅 하나만을 공박하는 것을 보았다. 그는 화가 치밀어 짐을 내려놓고 사람들을 헤치며 앞으로 나와서는,

"잠깐만! 어찌하여 이 절급을 때리는 거냐?"

하고 외쳤다. 그러자 장보가 눈을 부라리면서 호통을 쳤다.

"뭐라고? 이 거지 같은 놈아. 웬 참견이냐!"

사나이는 화가 치밀어 장보의 멱살을 잡고 획 내던졌다. 건달 패거리는 그것을 보자 일제히 덤벼들었으나 이 사나이의 주먹 세례를 받고 연달아 쓰러졌다.

양웅이 겨우 몸을 제대로 놀리게 되어, 저력을 발휘하여

주먹을 휘두르자 건달들은 모두 땅 위에 나가떨어졌다. 형세가 불리하게 된 장보는 일어나 기더니 이윽고 도망쳤다. 그것을 보고 화가 머리끝까지 치민 양웅이 뒷골목으로 뒤쫓아 갔다.

대종과 양림은 장작을 파는 사나이의 '강자를 무찌르고 약자를 돕는' 호한다운 태도에 갈채를 보내며 여전히 주먹을 휘두르고 있는 사나이를 달래서 뒷골목의 술집으로 데리고 갔다.

사나이는 두 사람에게 고개를 숙였다.

"친절을 베풀어 주셔서 감사합니다."

"우리 형제는 타관 사람으로 장사의 의협심을 보고, 만일 주먹질이 지나쳐 혹시 사람이 죽기라도 할까봐 이렇게 나선 것이오. 그런 뜻에서 자, 한잔 합시다!"

"두 분께서 이처럼 말려 주시고 술까지 대접하시니 정말 고마움 감당키 어렵습니다."

"하늘과 땅 사이에 사는 사람은 모두 형제라고 하지 않소. 자, 자리에 앉읍시다."

술을 마시면서 사나이의 이름을 물으니 그는 이렇게 대답했다.

"저는 석수石秀라는 사람으로 금릉 건강부金陵建康府(지금의 남경) 출신입니다. 어렸을 때부터 창술과 봉술을 배웠고 성미가 강직하여 약자를 괴롭히는 것을 보면 상대가 누구든지 뛰어들어 도와주기 때문에 사람들은 저를 반명삼랑拚命三郎이라고 부르고 있지요. 전에 숙부를 따라서 양과 말 장사를 하여 타향을 돌아다녔는데 도중에 숙부께서 돌아가시고 장사 밑천도 떨어져 고향으로 돌아갈 면목이 없게 되자, 이렇게 계주에서 장작 장사를 하면서 살아가고 있습니다."

"당신 같은 호걸이 장작 장사를 하다니, 아까운 일이오."

하고 대종은 자기 이름을 대고 석수에게 양산박에 들어가기를 권했다. 석수도 신행태보의 이름은 들어 알고 있었다. 이야기가 무르익어 가는데, 양웅이 20여 명의 관리들을 이끌고 들어왔다. 대종과 양림은 정체가 드러날까 봐 혼잡한 틈을 타서 술집을 빠져 나와 성 밖의 여관으로 돌아왔다.

그리고 이튿날에도 공손승의 행방을 찾았으나 도저히 알 수가 없었다. 두 사람은 의논한 끝에 일단 양산박으로 돌아가기로 했다. 그리고 도중에 음마천에 들러 배선, 등비, 맹강 등 일행과 함께 양산박으로 향하였다.

한편 양웅은 장보 일당을 뒤쫓아가서 선물을 남김없이 빼앗은 뒤 본래의 장소로 돌아와보니 석수가 보이지 않자 사람들에게 수소문하여 이 술집으로 달려왔던 것이다. 양웅과 석수는 인사를 나누고 함께 술을 마신 후 흉금을 털어놓게 되었다. 그리고 마침내 의형제를 맺게 되었다. 양웅이 29세, 석수는 28세였으므로 양웅이 형이 되었다.

두 사람이 다시 술을 마시고 있는데 양웅의 장인인 반潘 노인이 6, 7명의 사나이를 데리고 술집으로 그를 찾아왔다.

양웅이,

"웬일이십니까?"

하고 묻자, 반 노인이 말했다.

"자네가 사람들과 싸움을 한다기에 달려왔네."

양웅이 석수를 장인에게 소개하고 위험에 빠졌는데 이 사람의 도움으로 무사하며 의형제를 맺었다고 말했다. 반 노인은 무척 기뻐했다. 그리고 노인은 석수의 사나이다운 훌륭한 체격을 보자 믿음직스럽게 생각하고 여러 가지 이야기를 하는 동안 석수는 돌아가신 아버지가 푸주를 했다는 말을 듣고,

"그럼, 당신은 돼지를 잡을 수 있소?"

하고 물었다.

"그거야 물론 할 수 있지요, 그 장사를 해왔으니까요."

하고 석수가 말하자 반 노인이 말했다.

"실은 우리도 푸주를 해 왔소. 지금은 나이를 먹은데다가 사위가 관원으로 있어서 장사를 그만뒀소."

이렇게 세 사람은 술을 마시다가 돌아갔다. 양웅은 석수를 자기 집으로 데리고 가서 아내 반교운潘巧雲에게 소개하고 비어 있는 방을 석수에게 주어 함께 살게 했다.

반 노인은 곧 석수에게 동업으로 푸주를 시작할 생각이 없느냐고 물었다. 다행히 자기 집 뒤쪽에 적합한 가게가 비어 있다는 것이었다. 석수는 기꺼이 승낙했다. 이야기는 원만하게 진행되어 노인이 전에 부리던 사나이를 다시 고용하고 고기를 자르는 대臺, 칼 등의 도구도 갖춰졌다. 돼지우리도 지어 십여 마리의 돼지를 길렀다. 그리고 좋은 날을 택하여 상점 문을 열었다.

그리하여 어느 새 두 달이 지나 가을이 가고 겨울이 다가왔다. 석수는 옷도 새로 마련해 입었다.

어느 날 석수는 새벽에 자리에서 일어나 이웃 마을로 돼지를 사러 갔다. 그리하여 사흘쯤 지나 돌아와 보니 푸주의

문은 닫혀 있고 고기를 자르는 대와 칼 등도 모두 치워져 있었다.

석수는 매우 눈치가 빨랐다. 그는 대뜸 알아차리고 속으로 생각했다.

'형은 관원으로 집안일에 대해서는 참견하지 않는다. 틀림없이 내가 새 옷을 장만한 것이 못마땅하여 형수가 험담했을 것이다. 그리고 내가 2, 3일 집을 비운 사이에 누가 고자질을 한 것이 분명해. 그래서 나를 의심하여 장사를 그만둔 모양이다. 그렇다면 저쪽에서 입을 열기 전에 내가 먼저 그만두겠다고 말하고 고향으로 돌아가야지. 옛날부터 변하기 쉬운 것은 사람의 마음이라고 했으니까.'

그는 돼지를 우리 안에 넣고 자기 방으로 들어가 옷을 갈아입은 다음 짐을 꾸렸다. 그리고 상세한 결산서決算書를 만들었다. 그때 반 노인이 이미 요리를 마련하고,

"그 동안 수고가 많았네. 어서 좀 들게."

하고 석수에게 음식을 권했다. 석수가 말했다.

"그보다도 이 명세서明細書를 받아 주십시오. 그 속에 만일 눈곱만큼이라도 속인 것이 있다면 저는 천벌을 받을 것입니다."

"아니 웬일인가. 무엇 때문에 그런 당치 않은 말을 하는가?"

"저는 고향을 떠난 지 6, 7년이 되었습니다. 이번에 한 번 가보려고 합니다. 그래서 계산을 맞춰 본 것입니다. 오늘 밤 형님께 인사를 하고 내일 아침에 떠나려고 합니다."

반 노인은 이 말을 듣고 크게 웃으며 말했다.

"그건 자네의 오핼세. 자네 마음은 알 만하네. 상점 문을 닫고 도구까지 치웠기 때문에 이제 장사를 그만두는 줄 알고 고향으로 돌아가고 싶은 게로군. 사실은 그게 아니라 내 딸의 먼저 남편이었던 이곳 부府의 왕 압사가 세상을 떠난 지 오늘이 바로 두 번째 제삿날이라 2, 3일 장사를 쉬기로 한 걸세. 내일 보은사報恩寺에서 스님이 경을 읽으러 오기로 되어 있는데 자네에게 접대를 부탁하고 싶네. 나는 나이가 들어서 그런지 밤늦게 남아 있는 것이 괴로워서 그러네."

"아, 그러세요. 그러시다면 저도 좀더 참고 일을 계속하기로 하지요."

"제발 괜한 오해는 말고 마음을 놓고 눌러 있게."

이튿날 아침 양웅이 돌아와서,

"오늘 밤 나는 공교롭게도 감옥 숙직이라서 집에 돌아올 수가 없네. 모든 법사法事를 자네에게 부탁하겠네."

하고는 곧 관청으로 돌아갔다. 그래서 석수가 밖에 나가 이것저것 시중을 들고 있는데 젊은 스님이 왔다. 그 스님은 반노인을 '아버지'라고 부르고 있었다. 스님이 왔다는 말을 듣고 2층에서 내려온 반교운은, 상복도 입지 않은 채 엷은 화장을 하고 있었다. 그리고 스님을 보자 친숙하게 '사형'이라고 불렀다. 석수가 이상한 얼굴을 하자, 여자는,

"이 사형은 해사려海闍黎 배여해裴如海라 하여 아주 진실한 스님이에요. 본래 배裴라는 실집[糸屋] 주인이었지요. 이 사람의 스승이 우리 문제門弟였으므로 우리 아버님을 아버지라고 부르고 나보다 나이가 두 살 위이므로 나는 이 사람을 사형이라고 불러요. 법명法名은 해공海公이라고 해요. 이

사람이 경을 읽은 소리를 들어보세요. 아주 목소리가 고와
요."

"그래요?"

하고 석수는 대답했으나 속으로는,

'이것 어딘가 수상하구나.'

하고 생각했다. 그래서 뒷짐을 지고 은밀히 포렴布簾(천으로
만들어진 발) 뒤에서 두 사람의 태도를 엿보았다. 그들의 수작
이 점점 수상해졌다.

'저 여자는 지금까지 나한테도 여러 차례 이상한 말을 했
는데 나는 어디까지나 형수로 대해왔다. 그러나 결코 얌전한
여자가 아니었어. 어쩌면 내 손으로 양웅 형을 대신하여 이
여자를 처치하게 될지도 모르겠다.'

재齋를 올리는 동안에도 두 사람은 서로 눈짓을 하고 있었
다. 석수는 매우 못마땅했다. 그래서 재가 끝난 뒤에 배가 아
프다는 핑계로 옆방에 가서 잠든 체하면서 판자 벽 너머로
두 사람의 언동을 지켜보았다.

'형 같은 호걸이 하필이면 고르고 골라서 저런 나쁜 여자
를 아내로 삼다니!'

석수는 한심스러운 마음을 억제하면서 자기 방으로 돌아
갔다.

이튿날에도 마찬가지였다. 법사를 마친 다음날, 여자는 죽
은 어머니의 소원을 풀러 간다는 핑계로 보은사에 가고, 그
후에도 중은 양웅이 집에 없는 틈을 노려 밤마다 양가楊家에
나타났다.

석수는 그것을 확인하고 즉시 양웅이 관청에서 나오는 것

을 기다렸다가 술집으로 데리고 가서 이 사실을 알려 주었다.

양웅은 매우 화를 냈다. 석수가 말했다.

"형님, 화를 내서는 안 됩니다. 오늘밤에는 아무 말도 하지 말아요. 여느때와 다름없이 행동하십시오. 그리고 내일 숙직이라고 말하고 집을 나갔다가 밤중에 돌아와 문을 두드리십시오. 그러면 반드시 중이 뒷문으로 도망칠 것입니다. 그때 내가 기다렸다가 붙잡지요."

"옳지, 그게 좋겠군."

두 사람은 한 잔씩 나누고 술집에서 나와 헤어졌다. 양웅은 도중에 부府 지사가 보낸 사자로부터 부름을 받아 지사의 집에 가서 술대접을 받고 만취되어 사람들의 등에 업혀 집으로 돌아왔다.

양웅이 침상에 들자 하녀가 장화를 벗기고 교운이 두건을 풀어 주었다. 양웅은 아내의 얼굴을 보자 주정꾼의 본성을 버리지 못하고 문득 낮에 들은 석수의 이야기가 생각나서 욕설을 퍼부었다.

"이 화냥년아, 네년은 곧 내 손에 죽을 줄 알아!"

교운은 이 말을 듣자 가슴이 철렁하여 대꾸도 제대로 하지 못했다.

양웅은 그대로 잠들어 버렸으나 아침에 눈을 떴을 때는 자기가 술에 취해 한 말이 하나도 생각나지 않았다. 그래서 여자는 남편의 무릎에 엎드려 울면서 석수가 짓궂게 자기에게 추파를 던졌다고 모함했다. 양웅은 아내에게 완전히 속아넘어갔다.

"괘씸한 놈! 사람의 탈을 쓴 짐승의 마음이라더니 그놈을 두고 하는 소리구나! 어제 그놈이 해사려에 대해 이러쿵저러쿵 지껄이더니만 모두 선수를 친 게로군……. 그놈은 핏줄이 닿은 형제도 아니니 쫓아내야지."

양웅은 날이 밝자 2층에서 내려와 반 노인에게,

"잡은 돼지는 모두 소금에 절이고 오늘부터는 장사를 그만 둬야겠어요."

하고 순식간에 진열장과 고기를 자르는 궤 등을 모조리 두들겨 부쉈다.

석수는 상점 문을 열려고 왔다가 그것을 보고 곧 모든 것을 알아차렸다. 그리고 만일 자기가 변명을 하면, 양웅으로부터 창피만 당하리라 생각하고 깨끗이 몸을 빼기 위해 짐을 꾸렸다. 그리고 반 노인에게,

"오랫동안 신세가 많았습니다. 형님이 상점을 닫은 이상 저도 떠나야겠습니다."

하고 말했다.

노인은 양웅으로부터 들은 말이 있었으므로 석수더러 더이상 있어 달라고 붙잡지 않았다.

석수는 곧 가까운 여관에 숙소를 정하고 은밀히 동태를 살폈다. 2, 3일 후 감옥의 옥졸이 이불을 가져갔다.

'오늘 밤은 숙직인 모양이군!'

석수는 이렇게 생각하고 날이 밝기 전에 일어나 마련해 둔 단도를 허리에 차고 몰래 숙소를 빠져 나와 양웅의 집 뒷골목 입구 어둠 속에서 기다렸다.

이윽고 새벽을 알리는 탁발승托鉢僧이 목탁을 옆에 끼고 그 뒷골목 입구까지 와서 주위를 살폈다. 이 탁발승은 배사

려의 부탁을 받고 새벽녘이면 언제나 이곳에 와서 사람이 없는 것을 확인하고 목탁을 두들기면 그것을 신호로 배사려가 잠자리에서 일어나 뒷문으로 빠져 나왔던 것이다.

석수는 대뜸 그 탁발승을 붙잡아 목에 단도를 대고 배사려가 양가楊家에 있다는 것을 그의 입을 통해 확인하였다. 그리고 탁발승에게서 목탁을 빼앗고 옷을 벗긴 다음 단칼에 그의 목을 잘랐다.

석수는 그 옷을 입고 뒷골목으로 가서 목탁을 두들겼다.

그러자 곧 배사려가 뒷문을 빠져 나왔다. 석수는 계속해서 목탁을 두들겼다. 배사려가 작은 소리로,

"이봐, 언제까지 두들기는 거야!"

하고 책망했다. 석수는 대꾸도 하지 않고 뒷골목 입구까지 와서는 갑자기 배사려를 걷어차서 쓰러뜨리고 내리누른 다음,

"소리를 지르지 말아. 소리를 지르면 죽여 버릴 테다!"

하고 윽박질렀다.

석수는 배사려의 옷을 모두 벗기고 단도를 뽑아 찔러 죽였다. 그리고 그 단도를 탁발승 옆에 놔두고 두 사람의 옷을 둘둘 말아 몰래 숙소로 갖고 와서 그대로 잠들어 버렸다.

두 명의 중이 알몸으로 죽었다는 소문이 거리에 전해지자 사람들은 모두 놀랐다. 계주부의 지사는 즉시 조사에 착수한 결과 이 두 사람은 어떤 원한에서 서로 살해하였을 것이라는 결론을 내렸으나, 반교운은 이 말을 듣고 가슴이 찢어지는 아픔을 느꼈다. 그러나 입 밖으로는 낼 수 없었다.

양웅은 곧 이것이 석수가 저지른 일이라고 생각했다. 그리고 자기가 경솔하게 석수를 의심하여 집에서 쫓아낸 것을 크

게 뉘우치고 그를 찾아내어 사실을 확인하려고 부청 앞의 다리 근처까지 왔을 때,

"형님, 어디 가시오?"

하고 누가 불렀다. 바로 석수였다.

"자네를 찾는 중이야."

하고 양웅이 대답하자, 석수가 말했다.

"형님에게 할 얘기가 있습니다. 잠시 내 숙소까지 갑시다."

석수는 양웅을 자기 숙소로 데리고 가서 배사려와 탁발승의 옷을 보여주었다. 양웅은 화가 머리끝까지 치밀었다.

"자네에겐 미안했네. 오늘 밤이야말로 그년을 찢어 발길 테다!"

"그건 안 됩니다. 형님은 관원이면서 법도 모릅니까? 그리고 형님은 사나이의 체통을 세워야 합니다."

"그렇다면 어떻게 해야 하겠나?"

"이렇게 하십시오."

하고 석수는 방법을 가르쳐 주었다. 양웅은,

"옳지, 그게 좋겠군."

하고는 곧 두 사람은 계획을 세우고, 양웅은 태연스러운 얼굴로 집으로 돌아갔다.

이튿날 아침 일찍 양웅은 아내에게 말했다.

"어젯밤 잠자리가 뒤숭숭했소. 오늘은 관청도 쉬는 날이니 동문 밖의 동악묘에 참배나 하러 갑시다. 그러니 당신도 같이 갑시다."

아무 영문도 모르는 교운은 아름답게 차려 입고서 하녀 영

아迎兒와 함께 가마를 타고 길을 나섰다.

양웅은 살짝 가마꾼의 귀에다 뭐라고 소곤거렸다. 가마는 동악묘로 가지 않고 동문에서 20리쯤 떨어진 취병산翠屏山으로 향했다. 그곳은 온통 황폐한 묘지로 사방이 푸른 풀과 백양나무뿐으로 절도 암자도 없는 곳이었다.

산 중턱까지 와서 양웅은 가마를 멈추게 하고 아내를 가마에서 내리게 한 다음 가마꾼에게 이곳에서 잠시 기다리고 있으라고 말했다.

"왜 이런 산 속으로 오셨습니까?"

하고 의아하게 생각하는 아내와 영아를 데리고 양웅은 계속 고개를 올라갔다.

이윽고 세 사람은 낡은 묘지에 이르렀다. 그곳에는 석수가 그루터기에 앉아서 기다리고 있었다. 그는,

"형수님, 그동안 안녕하셨습니까?"

하고 인사를 했다. 여자는 깜짝 놀라며,

"어머, 어떻게 여기까지 오셨습니까?"

하고 묻자, 석수가 대답했다.

"여기서 아까부터 기다리고 있었습니다."

양웅이 말했다.

"당신이 저번에 석수에게 희롱을 당했다고 말했지? 이곳에는 아무도 없으니 둘이서 사실을 말해 봐."

"어머, 벌써 지난 일인데 이제 새삼스럽게 얘기할 필요가 있겠어요?"

석수는 가져온 보자기를 풀고 배사려와 탁발승의 옷을 꺼내어 땅바닥에 내던지며 말했다.

"이걸 본 적이 있겠지요?"

여자는 그것을 보자 얼굴을 붉히며 아무 말도 하지 못했다.

석수는 칼을 빼들고,

"이번에는 영아에게 묻겠다."

하고 하녀를 향해,

"자, 바른대로 말해라! 한마디라도 거짓말을 하면 목을 자를 테다!"

하고 위협했다.

하녀는 모든 사실을 털어놓았다. 양웅이 아내에게 말했다.

"이번에는 당신 차례야. 바른대로 말하면 목숨만은 살려줄 수도 있다."

여자는 드디어 배사려와의 관계를 그대로 자백했다.

양웅과 석수는 여자의 머리 장식을 빼고 옷을 벗긴 다음 나무에 동여맸다. 양웅이 먼저 무서워 도망치려는 영아를 단칼에 베어 죽이자 여자는,

"석수님, 말리세요!"

하고 외쳤다.

"형수, 내가 관여할 일이 아니오."

하고 석수가 말했다. 그러자 양웅이 앞으로 다가오더니 먼저 교운의 혓바닥을 잘라서 말을 못 하게 한 다음 욕을 퍼부었다.

"이 화냥년! 네가 나를 속이다니. 우리 형제 사이를 갈라 놓고 나중에는 나까지 해치려고 했을 테지! 어디 너의 오장 육부가 어떻게 생겼는지 한번 보자!"

하고는 단칼에 여자의 배를 찢었다.

"상대가 고약했기 때문이지만 우리가 사람을 죽인 건 사
실이야. 이제 어디로 도망쳐야 하지?"
하고 양웅이 물었다.

"저는 갈 데가 이미 정해져 있습니다. 형님도 같이 가십시
다."

"그곳이 어딘가?"

"그곳은 바로 양산박입니다."

"그렇지만 아는 사람도 없는데 그들이 우리를 받아 줄
까?"

석수는 전에 대종과 양림으로부터 산으로 들어오라는 권
유를 받은 이야기를 들려주었다. 그리하여 두 사람이 일어나
자리를 떠나려고 할 때 갑자기 소나무 그늘에서,

"방금 한 이야기를 내가 모두 들었소. 무사 태평한 세상에
사람을 죽이고 양산박으로 가다니!"
하고 외치면서 뛰어나온 사나이가 있었다.

41. 축가장祝家莊을 치다

　양웅과 석수는 동시에 그곳을 바라보았다. 그러자 사나이
가 앞으로 나오더니 꾸벅 머리를 숙였다. 양웅에게는 낯이
익었다. 그 사나이는 시천時遷이라는 고당주高唐州 사람으로
이 고장에 와서 주로 좀도둑 일로 생활을 해나가는 사람이었
는데, 한 번 계주부에 붙잡힌 것을 양웅이 구해 준 적이 있었
다. 동작이 대단히 민첩하므로 사람들은 그를 고상조鼓上蚤
라고 불렀다.

　"어떻게 여기에 왔었나?"

하고 양웅이 묻자,

　"요즈음 벌이가 전혀 없어 이 산의 낡은 무덤을 파서 그
속에 들어 있는 것을 훔치고 있습니다. 항상 이런 좀도둑질
을 하는 게 지겨웠는데, 방금 양산박으로 가시겠다는 얘기를
들으니 저도 그리로 갔으면 합니다. 저도 함께 데리고 가실
수는 없겠습니까? 부탁입니다."

하고 말했다.

"그들이 너 하나쯤은 받아들일 수 있을 거야. 그럼 같이 가게나."

하고 석수가 말했다.

"지름길은 제가 잘 압니다."

하고 시천이 길을 안내했다.

세 사람은 함께 계주를 떠나 양산박으로 향했다. 밤새 길을 재촉하여 이윽고 운주에 이르렀다.

그날 저녁 개울가의 여관에 도착하니 젊은이가 문을 닫으려고 했다.

"손님들 늦으셨군요. 저녁 식사는 하셨습니까?"

"아직 먹진 않았지만 밥은 우리가 손수 지어먹을 테니 술과 고기를 갖다 주게."

"고기는 다 팔고 술밖에 없습니다. 그런데 안주가 없어서 어떻게 하지요?"

"그럼 할 수 없지, 쌀 닷 되만 주게."

시천이 쌀을 씻어 끓이는 동안 양웅과 석수는 발을 씻고 술을 마시기 시작했다. 석수가 처마 밑에 좋은 칼이 14, 5자루나 꽂혀 있는 것을 보고 젊은이에게,

"저건 무슨 칼인가?"

하고 물었다. 젊은이의 말에 의하면 이 마을은 축가장祝家莊이라고 부르며 6, 7백호의 집이 살고 있는데 모두 촌장 축조봉祝朝奉의 소작인이라는 것이었다. 촌장에게는 아들이 셋 있는데 모두 힘이 장사라서 '축가祝家의 삼걸三傑'이라 불리고 있었다. 또한 양산박에서 가까우므로 산적의 습격에 대비하여 집집마다 두 자루의 칼을 나눠주고 있는데, 특별히 여

관이므로 많이 비치하고 있다는 것이었다. 석수가,

"돈을 줄 테니 나한테 한 자루 팔지 않겠나?"

하고 말하자,

"그건 안 됩니다. 칼에는 일일이 번호가 매겨 있거든요. 그런 짓을 했다가는 나리에게 크게 혼나게 됩니다."

"아닐세, 농담일세."

하고 석수는 웃어 넘겨 버렸다.

젊은이가 사라진 후, 두 사람이 술을 마시고 있는데 시천이 미소를 지으며 커다란 수탉을 들고 왔다.

"아니, 어디서 닭을 구했나?"

하고 양웅이 묻자,

"아까 뒤뜰에 소변을 보러 갔더니 이놈이 둥우리 속에 들어 있지 않겠습니까? 술안주를 하려고 슬쩍 훔쳐서 개울에 가서 잡아 가지고 다시 뒤뜰로 와 방금 삶아 가지고 왔습니다."

하고 말했다.

"너는 여전히 손버릇이 나쁘구나?"

"본업인데요, 뭐."

세 사람은 껄껄껄 웃었다. 그리고 닭고기를 반찬으로 하여 밥을 먹었다.

숙소의 젊은이는 누워 자려다가 어딘가 마음에 걸려 일어나 문 단속을 하기 위해 나와 보았다. 그런데 주방 탁자 위에 닭털과 뼈가 있기에 부뚜막에 가 보니 남비에 닭고기국이 절반쯤 차 있었다. 젊은이는 깜짝 놀라 뒤뜰 닭장으로 갔으나 닭은 없었다. 젊은이는 허둥지둥 방으로 돌아가서 외쳤다.

"손님들, 이런 일이 어디 있습니까? 왜 남의 닭을 마음대로 잡아먹는 겁니까?"

시천이 말했다.

"무슨 잠꼬대를 하는 거야. 나는 이곳에 오는 도중 이 닭을 사 온 거야. 너의 집 닭은 구경한 적도 없어."

"그럼 우리 닭은 어디 갔습니까?"

"아마도 여우에게 물려 갔겠지. 아니면 족제비가 잡아먹었거나 물어 갔을 거야. 어쨌든 나는 모르는 일이야!"

"우리 닭은 조금 전까지 둥우리 속에 있었어요. 당신 말고 누가 훔쳤다는 겁니까?"

석수가 말했다.

"싸움은 그만둬. 얼만지 모르나 돈으로 갚으면 되잖아?"

"그 닭은 우리에게 새벽을 알려 줘요. 우리집에 없어서는 안 될 닭입니다. 당신이 열 냥을 줘도 안 받겠습니다. 그 닭을 돌려줘야 합니다."

석수가 발끈하여 큰 소리로 말했다.

"뭐라고! 돌려주지 않으면 어떻게 할 거야?"

젊은이는 쓴웃음을 지으면서 말했다.

"손님, 싸움 걸지 마세요. 이 여관은 딴 집과 다릅니다. 당신들을 양산박의 산적으로 고발할 수도 있어요."

석수와 양웅이 화가 나서 호통을 치자 젊은이는,

"도둑이야!"

하고 외쳤다. 그러자 숙소 안쪽에서 몸집이 큰 4, 5명의 사나이가 알몸으로 뛰어나오더니 석수와 양웅에게 덤벼들었다.

두 사람은 주먹을 휘둘러 모두 때려 눕혔다. 젊은이는 소리를 지르려고 했으나 시천에게 한 대 얻어맞고 끽소리도 못했다.

사나이들은 모조리 뒷문으로 도망쳤다.

"놈들이 패거리를 부르러 갔나봐. 얼른 밥을 먹고 도망쳐야 해."

세 사람은 밥을 다 먹은 뒤 창가槍架에서 각자 칼을 한 자루씩 골라잡았다. 그리고 석수가,

"일이 이렇게 된 이상 할 수 없어!"

하고 부뚜막 앞의 마른풀에 불을 붙여 지붕에 불을 질렀다.

불길은 바람을 타고 하늘로 치솟아 집은 금세 잿더미가 되었다. 세 사람은 한길로 성큼성큼 뛰어갔다.

두 시간쯤 갔을 때였다. 수많은 횃불이 주위를 대낮같이 밝히며 약 2백 명의 무리가 함성을 지르면서 뒤쫓아왔다. 석수가 말했다.

"덤비지 말고 샛길로 가자!"

"놈들을 모조리 때려눕히고 도망칩시다."

양웅이 이렇게 말했으나 이미 사방에서는 무리들이 밀어닥치고 있었다. 양웅이 앞에 서고 석수가 뒤에, 그리고 시천이 가운데 서서 칼을 들고 장객蔣客들과 싸웠다. 장객들은 처음에는 무작정 창과 몽둥이를 휘두르면서 덤벼들었으나 양웅과 석수가 금세 14, 5명을 찔러 쓰러뜨리자 모두들 목숨이 아까운지 일제히 도망쳐 버렸다. 세 사람은 다시 길을 재촉했다. 얼마 후 다시 함성이 일어나더니 숲속에서 두 개의 쇠갈퀴가 뻗어와 시천을 걸어 짚 무더기 속으로 끌고 갔다. 석수가 그를 구하려고 하자 뒤에서 다시 두 개의 쇠갈퀴가 뻗어 왔다. 양웅이 이를 칼로 휙 밀어젖혔다. 두 사람은 너무 깊이 말려 들어가면 안 되겠다는 생각에서 동쪽으로 도망쳤다. 횃불에 길이 보였다. 장객들은 시천의 손을 뒤로 묶어 촌장 집으로 끌고 갔다.

양웅과 석수는 새벽까지 줄곧 뛰어가다가 마침 선술집이 있어서 안으로 들어갔다. 이들이 술을 마시려고 하는데 밖에서 몸집이 큰 사나이가 들어왔다. 큼직한 얼굴과 불쑥 나온 광대뼈에 날카로운 눈매, 커다란 귀, 무척 못생긴 사나이였다. 그는 선술집 주인에게 소작료를 빨리 내라고 독촉하고는 양웅과 석수 앞을 지나 밖으로 나가려고 했다. 양웅이 그 사나이의 얼굴을 보고 깜짝 놀라며,

"당신이 어떻게 여기에 있소?"

하고 말을 건네자, 사나이는 양웅을 돌아보고는,

"아니, 은인께서 어떻게 여기에 오셨습니까?"

하고 말하며 곧 머리를 숙여 인사를 했다.

양웅은 사나이를 일으키고는 석수에게 소개했다

"이 사람은 두흥杜興으로 중산부中山府 사람이네. 사나운 얼굴을 하고 있기 때문에 별명을 귀검아鬼臉兒라고 하지. 전에 계주로 장사하러 왔을 때 의가 상하여 홧김에 동료를 죽이고 잡혀온 것을 내가 구해 준 적이 있지."

하고 양웅이 말했다.

"은인께서는 어떻게 이곳에 오시게 되었습니까?"

하고 두흥이 양웅에게 물었다. 양웅이 지금까지 지나온 이야기를 쭉 들려주자 두흥이 말했다.

"당황할 것 없습니다. 제가 시천을 풀어 드리겠습니다."

"우선 앉아서 한잔 하세!"

세 사람은 술을 마시기 시작했다.

두흥이 말했다.

"저는 그 후 이 마을로 와서 이곳 나리의 귀여움을 받아 지금은 그 집의 집사執事로 있습니다. 저는 그 집에서 금전 출납을 맡고 있기 때문에 날마다 수천 수만의 돈을 만질 수 있습니다. 그래서 이제는 고향에 가고 싶은 생각도 없어졌습니다."

"그래, 그 나리라는 사람은 누군가?"

"바로 산 앞에 독룡강獨龍岡이라는 언덕이 세 개 있는데 그곳에는 마을 셋이 나란히 있습니다. 가운데가 축가장祝家

莊, 서쪽 호가장扈家莊, 동쪽이 우리 이가장李家莊인데 이 세 마을엔 모두 2만 가량의 병력이 있습니다. 그 중에서 축가장이 가장 강하고 대장인 축조봉의 세 아들을 축씨의 삼걸이라고 부르지요. 장남이 축룡祝龍, 2남이 축호祝虎, 3남이 축표祝彪입니다. 그리고 철봉鐵棒 난정옥欒廷玉이라는 무술 사범이 있는데 이 사람은 굉장한 재주꾼입니다. 마을에 2천 명 가량의 졸병이 있습니다. 서쪽 호가장의 촌장 호노인에게는 비천호飛天虎 호성扈成이라는 아들이 있는데 이 사람도 힘이 세지만 특히 딸 일장청一丈靑 호삼랑扈三娘은 기운이 장사입니다. 말타는 데 명수이고, 쌍도雙刀를 자유 자재로 휘두르는 솜씨는 대단합니다. 그 다음으로 동촌의 촌장이 저의 주인인 이응李應입니다. 이분은 철제 창을 사용하고 다섯 자루의 수리검手裏劍(손 안에 쥐었다가 적에게 던지는 작은 칼)을 갖고 있으며 백 보 앞에 있는 사람도 해칠 수 있는 신출귀몰한 무술을 갖고 있습니다. 이 세 마을은 서로 돕고 생사를 같이 하기로 맹세하고, 양산박 산적의 공격에 대비하고 있습니다. 제가 이 대인李大人에게 두 분을 안내하고 간청하여 시천을 구출하도록 하겠습니다."

"그 이 대인이라는 분은 유명한 박천조撲天鵰(하늘을 찌르는 독수리) 이응이 아닌가?"

"그렇습니다."

"독룡강의 박천조 이응이라면 나도 들은 적이 있어. 꼭 한 번 만나고 싶었는데 가서 만나 봅시다."

그리하여 세 사람이 이가장에 도착해 보니 과연 큰 저택이었다. 두 사람은 이응을 만나 시천의 일을 부탁했다. 이응은 기꺼이 응하여 곧 서생에게 편지를 쓰게 하고 차석 집사에게 그 편지를 주어 말을 몰아 축가장으로 가게 했다. 점심때가 되기 전에 집사가 돌아왔다. 그의 말에 의하면 촌장은 편지를 보고 시천을 돌려보낼 의향이 있었으나, 축씨의 삼걸이 반대하여 주청州廳에 인도하겠다고 말하더라는 것이었다. 이응은 놀라며,

"말도 안 돼. 우리는 생사生死를 같이하기로 맹세한 사이이니 승낙하는 것이 당연하다. 분명히 네가 말을 잘못했을 게다. 두흥, 네가 다시 한 번 가 주지 않겠나? 직접 촌장을 만나 자세히 이유를 말하게."

이응은 자기 손으로 편지를 써서 두흥에게 주었다.

"이번에는 반드시 돌려줄 테니 두 분 다 안심하오."
하고 이응은 말했다.

그런데 날이 저물어도 두흥은 돌아오지 않았다. 이윽고 이응이 다시 사람을 보내려는데 그때 두흥이 돌아왔다. 하지만 이번에도 혼자였다. 두흥은 화가 나서 얼굴이 벌겋게 달아올랐고 한동안 말도 하지 못했다. 겨우 분노를 가라앉힌 두흥이 입을 열었다.

"그 축가 삼형제는 저를 보자 '뭣하러 왔나?' 하고 호통을 치며 '너의 주인도 주착이야. 이 양산박의 산적을 돌려보내라니 말이 되나?' 하는 것이었습니다. 제가 꺼내 보인 나리의 편지는 봉투도 뜯지 않고 찢어 버리고 저를 집에서 쫓아냈습니다. 그리고 '이응 영감을 양산박의 산적으로 붙잡아 관청으로 끌고 갈 테다!' 하고 호통을 쳤습니다."

이응은 이 말을 듣고 불같이 화를 냈다. 그리고 큰 소리로

명령했다.

"말을 끌어오너라!"

양웅과 석수가 말렸으나 이응은 듣지 않고 즉시 갑옷을 걸쳤다. 그리고 다섯 자루의 수리검을 등에 꽂은 다음 철창을 들고 3백 명의 부하를 이끌고 축가장으로 갔다. 두흥과 양웅, 석수도 그의 뒤를 따랐다.

축가장은 독룡강 위에 있었다. 주위를 뺑 둘러 수로水路를 파 놓고 높이가 2장丈이나 되는 담을 돌로 쌓아 올렸다. 이응은 그 앞에서 말을 멈추고 큰 소리로,

"야, 축가의 아들놈들아! 네놈들이 감히 나에게 욕을 하느냐?"

하고 외치자 저택의 문이 열리더니 붉은 말에 올라탄 축조봉의 3남 축표를 선두로 5, 60명의 기병이 뛰어나왔다. 이응이 호통을 쳤다.

"입가에 아직도 젖 냄새를 풍기는 애송이 같은 놈아! 두 번이나 편지를 보내 부탁했는데 거절하여 내 이름을 욕되게 하다니 그게 무슨 도리냐?"

축표가 대답했다.

"우리는 힘을 합쳐 양산박의 산적을 물리치자고 서약했는데 영감쟁이는 어찌하여 적과 내통했소? 그것이야말로 모반이 아니오?"

"뭐가 어째? 죄 없는 사람에게 산적의 누명을 씌우다니 당치도 않다!"

"시천이 이미 자백했소. 영감쟁이가 속이려고 해도 속지 않아. 어서 돌아가시오! 돌아가지 않으면 영감쟁이도 함께

끌고 갈 것이오!"

이응은 화가 머리끝까지 치밀어 창을 들고 축표 앞으로 달려들었다. 축표는 이응을 맞아 17, 8차례나 겨루었다. 드디어 축표가 이를 당하지 못하고 말머리를 돌려 도망쳤다. 이응이 그 뒤를 쫓자 축표는 얼른 창을 놓고 활을 당겨 휙 돌아서서 이응에게 쐈다. 이응은 재빨리 몸을 피했으나 화살이 팔꿈치에 맞아 말에서 굴러 떨어졌다. 축표가 말머리를 돌려 되돌아와 이응을 잡으려고 했다.

이것을 본 양웅과 석수는 큰 소리로 고함을 지르고 칼을 휘두르면서 축표의 말 앞으로 뛰어갔다. 그리하여 당황하여 도망가려는 축표의 말 엉덩이를 양웅의 칼이 찔렀다. 말은 아픔을 못 이겨 앞발을 들어올렸다. 하마터면 축표는 말에서 떨어질 뻔했다. 그리고 뒤를 따르던 자가 활을 쏘아 엄호했으므로 갑옷과 투구를 쓰지 않은 양웅과 석수는 뒤쫓아가지 못하고 되돌아왔다. 두흥은 이응을 말에 태워 집으로 돌아갔다. 축가장의 군사도 2, 3리쯤 뒤쫓아왔으나 날이 저물자 되돌아갔다.

두흥은 이응을 도와 집으로 돌아오자 곧 상처를 치료하고 앞으로의 대책을 의논했다. 양웅이 말했다.

"이렇게 된 이상 우리 두 사람이 양산박으로 가서, 조·송 두 대령에게 부탁하여 이 촌장의 원한을 갚고 시천을 구출하는 수밖에 없습니다."

"그것이 좋겠소."

이리하여 두 사람은 양산박을 향해 길을 떠났다. 얼마쯤 가니 새로 지은 선술집이 보였다.

두 사람은 그 집에 들어가 술을 마시면서 양산박으로 가는 길을 물었다. 그 집은 뜻밖에도 양산박에서 감시용으로 새로 지은 석용石勇이 경영하는 선술집이었다. 석용은 심상치 않은 두 사람의 모습과 계주에서 왔다는 말을 듣고 전에 대종에게서 들은 이야기를 상기하며,

"당신은 석수라는 분이 아닙니까?"

하고 물었다. 양웅은 그렇다고 하며 어떻게 이름을 알고 있느냐고 물었다. 석용과 대종에게서 들었다고 말하며 곧 술을 내오고 산채에 연락했다. 두 사람이 압취탄鴨嘴灘을 건너자 산에서 대종과 양림이 마중을 나와 두 사람을 산채로 안내하고 두령들에게 소개했다. 두 사람이 조개가 묻는 대로 자기들의 경력을 말하자 호한들은 기뻐했다. 그런데 함께 온 시천이 축가장의 숙소에서 닭을 훔쳐 큰 소동을 일으킨 이야기에는 뜻밖에도 매우 화를 내며,

"여봐라, 이 두 놈의 목을 잘라라!"

하고 외쳤다. 송강이 당황하여,

"형님, 잠깐만 참으시오. 천리를 마다하지 않고 우리의 동료가 되려고 온 장사將士를 어찌하여 베려고 합니까?"

하고 말리니, 조개가 말했다.

"우리 양산박의 호한들은 왕륜王倫을 징계한 후로 충의忠義를 본분으로 삼고 백성에게 자비를 베풀기를 염원해 왔소. 우리는 모두 산채의 명예를 존중하고 각자 호한답게 행동해 왔소. 그런데 이 두 놈은 양산박의 호한의 이름으로 닭을 훔쳐 먹고 우리 얼굴에 먹칠을 했소. 오늘 이 두 놈의 목을 베어 본을 보인 뒤 내가 직접 군사를 이끌고 그 마을을 평정하

여 오명汚名을 씻겠소. 여봐라, 어서 목을 잘라라!"

송강이 다시 말렸다.

"그 시천이라는 사나이는 본래 그런 놈이었겠지만 이 두 사람은 결코 산채의 수치를 드러낸 것은 아닙니다. 그리고 축가장의 놈들이 우리 산채를 적대시하고 있다는 것은 전부터 들어 알고 있습니다. 이번에 저쪽에서 남을 탓하다가 도리어 자기가 흠을 드러낸 꼴이 되었으니 이 기회에 놈들을 무찔러 산채의 오명을 씻도록 합시다. 산채의 식량도 지금 떨어져 가고 있으니 저 축가장을 공략하면 3년이나 5년분의 식량은 손에 넣을 수 있을 것입니다. 그리고 이응도 포섭하여 맞아들입시다. 그러나 형님은 산채의 주인이므로 가볍게 움직여서는 안 됩니다. 부족하지만 저를 보내 주십시오."

송강이 말을 마치자 오용과 대종이 이에 찬성하고 다른 두령들도 가세했다. 드디어 조개는 자기 주장을 꺾고 양웅과 석수를 용서하여 양림 아래에 앉히고 새 두령을 맞이한 환영 연회를 베풀었다.

이튿날 곧 축가장 정벌에 대해 의논한 결과, 송강을 총대장으로 한 토벌군이 편성되었다. 제 1군은 송강, 화영, 이준, 목홍, 이규, 양웅, 석수, 황신, 구붕, 양림 등의 두령 아래 보병 3천, 기병 3백이 선발대로 나서서 뒤이어 제 2군은 임충, 진명, 대종, 장횡, 장순, 마린, 등비, 왕왜호, 백승 등의 두령 아래 역시 보병 3천에 기병 3백의 병력으로 당당히 산채에서 내려와 축가장으로 진격했다.

42. 여장군 호삼랑의 분전

송강이 이끈 대부대는 독룡강에서 1리쯤 되는 곳에 진을 쳤다. 축가장의 길은 무척 복잡하여 종잡기 어려웠으므로 한 번 길을 잘못 들면 헤어나올 수가 없었다. 그러므로 먼저 척후병을 보내서 자리를 살필 필요가 있었다. 그때 이규가 앞에 나서서,

"뭐, 이 정도의 마을은 내가 2, 3백 명의 군사를 이끌고 쳐들어가 싹 쓸어버리겠습니다."

하고 말하자, 송강은,

"되지 않는 소리 그만 해!"

하고 책망하며 석수와 양림에게 정탐을 명령했다. 그리하여 석수는 장작 장수로, 양림은 기도사祈禱師로 변장하고 축가장으로 들어갔다.

석수가 2리쯤 가다가 길을 도저히 분간할 수 없어서 도중에서 장작을 내려놓고 한참 쉬고 있는데 뒤에서 방울을 울리면서 다가오는 중이 있었다. 물론 양림이었다. 다행히 주위

에는 아무도 없었으므로 석수는 그를 불러세우고,

"잘 분간할 수 없으나 어쨌든 큰길로 가면 틀림없겠지."

하고 각자 떨어져서 걸어갔다.

석수가 한참 더 가니 마을이 나타나고 술집과 푸주가 몇 집 있었다. 어느 상점에나 칼과 창이 비치되어 있었고 길을 가는 사람들은 모두 커다랗게 '축祝'이라고 쓴 누런 조끼를 걸치고 있었다.

석수는 한 노인에게 점잖게 물었다.

"할아버지, 사람들이 모두 '축'이라는 글자를 쓴 옷을 입고 있는데 무엇 때문입니까?"

"자네는 어디서 왔기에 아무것도 모르고 있나? 빨리 마을을 빠져나가야 해. 곧 싸움이 벌어지려고 한다네."

"뭐라고요?"

"양산박의 호한들이 이 마을에 쳐들어온다고 하네. 그놈을 무찌르기 위해서 마을의 젊은이들이 단단히 준비를 하고 있지. 자네도 어물어물하면 첩자로 의심을 받아 크게 혼나게 되네."

"아이고! 이거 어떡하지요. 마을에서 나가려고 해도 길을 알 수가 있어야지요."

하면서 석수는 울상이 되어 고개를 숙이고 간청했다.

"제발 부탁입니다. 이 장작을 모두 할아버지에게 드릴 테니 길을 가르쳐 주십시오."

"아니, 공짜로 받을 수는 없네. 내가 사도록 하지."

노인은 석수를 자기 집으로 데리고 가서 술을 대접하고 길을 가르쳐 주었다.

"마을에서 빠져나가려면 백양白楊 나무를 눈대중으로 하여 모퉁이를 돌면 돼. 아무리 좁은 길이라도 백양나무가 있는 곳에서 돌아가면 빠져 나갈 수 있네. 그 나무가 없는 곳에서 돌아가면 길이 막히고 빠져 나올 수도 없네. 막다른 골목에는 끝이 뾰족한 대나무와 철조망이 묻혀 있지."

석수는 그 노인에게 고맙다고 인사를 했다. 그때 밖에서 갑자기,

"첩자를 잡았다!"

하고 크게 떠드는 소리가 들렸다. 석수가 깜짝 놀라 밖으로 나가 보니 7, 80명의 군사에게 에워싸여 알몸이 되어 손을 뒤로 묶인 채 걸어가고 있는 것은 뜻밖에도 양림이었다. 석수는 속으로 '앗!' 하고 외쳤다.

석수는 그날 밤 노인의 권유에 따라 그 집에서 잤다.

한편 송강은 양림과 석수의 보고를 기다리고 있었으나 좀처럼 그들이 돌아오지 않자 다시 구붕을 마을 입구까지 보냈다. 그는 곧 돌아와서,

"첩자를 잡았다고 야단들입니다."

하고 보고했다. 송강은 이 말을 듣고,

"두 사람은 잡히고 말았나 보군. 그렇다면 잠시도 지체할 수 없지. 오늘 밤 군사를 몰아 두 형제를 구출한다."

하고 말했다. 그때 이규가 나섰다.

"제가 앞장서서 쳐들어가겠소."

송강이 명령을 내렸다. 그리하여 이규, 양웅이 선봉에 서고 이준이 후미에, 목홍이 좌측에, 황신이 우측에, 그리고 송강, 화영, 구붕 등이 중군中軍이 되어 북을 울리면서 쳐들어

갔다.

　이들이 독룡강에 도착한 것은 저녁때였다. 선봉에 선 이규는 윗도리를 벗어 상반신을 드러내고 두 자루의 큰 도끼를 휘두르면서 정면으로 쳐들어갔다. 그러나 적교는 높이 끌어올려 있었고 저택에는 등불이 하나도 보이지 않았다. 그래서 이규는 도랑을 건너 안으로 들어가려고 했으나, 양웅이,

　"계략이야. 그만둬!"

하고 말했다. 그러나 이규는 참지 못하고,

　"야, 축 태공祝太公 놈아, 썩 나와라, 흑선풍이 여기 있다!"

하고 외쳤으나 저택 안에서는 아무 응답도 없었다.

　이윽고 송강이 중군을 이끌고 도착하여 그 광경을 보고는 문득 전에 구천현녀九天玄女에게서 받은 천서天書에 '적과 대결할 때 급히 서둘러 나대지 말라'고 씌어 있던 것이 생각나서,

　"아뿔싸, 너무 깊이 쳐들어와 적의 계략에 걸렸구나. 빨리 군사를 후퇴시켜야겠다."

하고 말하자, 이규가,

　"형님, 이제 와서 무슨 말입니까? 우리가 앞장설 테니 모두 뒤따라오십시오."

하고 외쳤다. 그때 축가장 안에서 한 발의 호포號砲(신호로 쏘는 총포)가 하늘 높이 솟아오르더니 독룡강 위에 몇백 몇천 개의 횃불이 일제히 켜지고 성루城樓 위에서 화살이 비오듯 날아왔다. 송강은 당황하여 군사를 후퇴시키려고 하는데 후미의 두령 이준의 일대가 일제히 외쳤다.

"뒤의 길은 끊겼습니다. 복병伏兵이 있습니다!"

송강은 사방으로 길을 찾으라고 명령했다. 이규는 도끼 두 자루를 휘두르면서 적을 찾아 돌아다녔으나 하나도 눈에 띄지 않았다. 그때 독룡강 꼭대기에서 또다시 한 발의 호포가 울리고 그 소리가 아직 사라지기도 전에 사방에서 천지를 뒤흔드는 함성이 일어났다. 적의 복병이었다. 송강의 군사들은 넓은 길을 가다 보면 빙빙 돌아서 다시 제자리로 돌아왔고, 횃불을 목표로 진군하면 뾰족한 대나무나 사슴의 뿔을 묻어 놓아 지나갈 수가 없었다. 용감한 송강도,

"아! 나도 드디어 하늘의 버림을 받는구나!"

하고 한탄했다.

그때 좌측의 목홍 일대에서,

"석수가 돌아왔습니다!"

하고 외치는 소리가 들리더니 석수가 송강의 말 앞으로 뛰어왔다. 그리고 그는,

"문제없습니다. 길을 알아냈습니다!"

하고 안내에 나서서 백양나무를 목표로 모퉁이를 돌아갔다.

대략 5, 6리를 가니 앞길에는 적의 무리가 점점 늘어갔다.

"적은 호롱불을 신호로 하여 이쪽에서 동쪽으로 진군하면 호롱불을 동쪽으로, 서쪽으로 진군하면 서쪽으로 흔듭니다."

하고 석수가 말했다. 그리하여 화영은 활을 꺼내 나무 숲 저쪽에서 깜박거리는 빨간 호롱불을 향해 쏘았다. 화살은 분명히 호롱불에 명중했다. 그러자 적은 공격의 신호를 잃고 뿔뿔이 흩어졌다.

송강의 군사는 간신히 마을 입구에 이르렀다.

그때 임충, 진명 등의 제 5군이 합세했다. 날이 밝자 인원을 파악해 보니 황신이 보이지 않았다. 그는 길을 찾아 행군하다가 갈대 숲속에서 뻗어 온 두 개의 쇠갈퀴에 말의 다리가 걸려 드디어 사로잡히고 만 것이었다.

"왜 빨리 알리지 않았느냐?"

하고 송강은 황신의 부하를 책망했으나 이미 엎질러진 물이었다.

야간 습격은 완전히 실패로 돌아가고 두 형제를 잃었다. 어떻게 해야 할지 몰라 망설이다가 송강은 양웅이 말한 이가장의 이응이 생각나서 손수 선물을 마련하여 곧 이응을 찾아갔다.

이응은 저택 대문을 굳게 잠그고 적교도 높이 매달아 놓았다. 양웅과 석수는 집사인 두흥을 불러내어 송강에게 소개하고, 두흥을 통해 이응에게 송강의 뜻을 전하게 했다. 그러나 이응은 상처를 치료하기 위해서 자리에 누워 있다는 구실로 면회를 사절했다. 이응으로서는 설사 축가에 원한이 있다고 하더라도 나라의 역적인 양산박의 두령과 대면할 수는 없는 일이었기 때문이다.

송강은 할 수 없이 진지로 돌아왔다. 그는 잠시도 지체할 수가 없었으므로 진지를 다시 정비하고 축가장을 공격하기로 했다.

제 1군은 송강 이하 마린, 등비, 구붕, 왕왜호 5명이 선봉에 서고 제 2군은 대종, 진명, 양웅, 석수, 이준, 장순, 장횡, 백승 등이 수로水路를 맡았으며 제 3군은 임충, 화영, 목홍,

이규 등이 별동대로 나서게 되었다.

이리하여 송강 자신이 이끄는 선봉대는 '수帥' 자를 쓴 붉은 기를 선두로 기병 1백 50명, 보병 1천을 거느리고 축가장으로 진격했다. 축가장에는 두 개의 백기가 바람에 나부끼고 있었는데 그 깃발에는 '전평수박금조개塡平水泊擒晁蓋(수박水泊을 메워 조개를 사로잡는다)'라는 글씨와 '답파양산착송강踏破梁山捉宋江(양산梁山을 짓밟아 송강을 붙잡는다)'이라는 글씨가 씌어 있었다.

송강은 이것을 보고 노발대발하여,

"축가장을 무찌르지 않고는 절대로 양산박으로 돌아가지 않을 테다."

하고 말했다.

송강은 제 2군에게 정문을 공격하게 하고 자기는 선봉대를 이끌고 독룡강의 뒤쪽으로 돌아가 공격했으나 이곳도 금성철벽金城鐵壁처럼 방비가 탄탄했다.

그때 서쪽 고개 밑에서 한 떼의 기병이 함성을 지르면서 뛰어왔다. 그리하여 송강은 마린과 등비에게 뒷문을 공격하도록 명하고 자기는 구붕, 왕왜호와 함께 병력을 절반으로 나눠 이들을 맞아 싸웠다.

2, 30명의 기병에게 에워싸여 뛰어온 것은 한 여장군女將軍으로 호가장의 일장청 호삼랑이었다. 흰 바탕에 검정 무늬가 섞인 말을 타고 쌍도를 휘두르며 4, 5백 명의 부하를 이끌고 축가장의 원병으로 출두했던 것이다. 그녀는 축가장의 셋째 아들 축표와 약혼한 사이로 가까운 시일에 결혼하게 되어 있었다.

"호가장에 여자 장수가 있다는 말을 들었는데 저 사람이 그 여자인 모양이군. 누구 저 여자와 승부하지 않겠나?"

송강이 이렇게 말하자 상대방이 여자라는 말을 듣고 먼저 뛰어나온 것은 여자를 좋아하는 왕왜호였다. 그는 한꺼번에 사로잡으려는 기세로 창을 들고 마주 섰다. 양군이 일제히 함성을 지르는 가운데 쌍도의 용장과 창의 명인名人이 대결했다.

왕왜호는 대수롭지 않게 여기고 덤벼들었으나 상대는 의외로 강하여 십여 차례를 겨룬 끝에 일장청의 칼에 왕왜호는 쩔쩔매면서 말머리를 돌리려고 했다. 이때 일장청이 재빨리 접근하여 흰 팔을 뻗어 왕왜호를 안장에서 끌어내려 동댕이치자 부하가 그를 덮쳐서 끌고 가 버렸다.

구붕이 왕왜호가 사로잡힌 것을 보고 창을 휘둘러 일장청에게 덤벼들었으나 그도 일장청의 적수는 되지 못했다. 그리하여 등비가 칼을 휘두르면서 구붕을 도우러 말을 몰았다. 축가장 쪽에서도 일장청이 혹시 몰리지나 않을까 염려하여 적교를 내리고 축룡 자신이 3백여 명의 부하를 이끌고 창을 휘두르면서 송강에게 덤벼들었다. 그러자 마린이 쌍도를 휘두르면서 마주 싸웠다. 등비는 송강의 신상을 염려하여 그의 곁을 떠나지 않았다.

마린은 축룡과, 구붕은 호삼랑과의 싸움에서 모두 밀리게 되어 송강이 불안해 하고 있을 때 갑자기 산 아래서 뛰어나오는 무리가 있었다. 앞장선 사람은 진명으로 낭아봉을 휘두르면서 마린을 대신하여 축룡과 겨뤘다. 마린이 왕왜호를 구하려고 하자 호삼랑이 구붕을 버려 두고 마린에게 덤벼들었다.

축룡은 진명과 십여 차례 겨뤘으나 진명의 적수는 되지 못했다. 축가장에서는 축룡이 위태로워지자 무술 사범 난정옥이 뛰어나와 대적하는 구붕을 철퇴로 후려갈겼다. 구붕은 말에서 곤두박질하여 떨어졌다.

난정옥은 진명과 20차례나 겨뤘으나 승부가 나지 않자 일부러 허점을 보여 숲속으로 도망쳤다. 진명은 계략인 줄도 모르고 쏜살같이 뒤쫓아서 복병이 늘어놓은 밧줄에 걸려 그만 말과 함께 쓰러져 사로잡히고 말았다. 등비가 이것을 보고 구출하기 위해 달려가다가 그도 밧줄에 감기고 수많은 쇠갈퀴에 걸려 다시 사로잡히게 되었다.

송강은 간신히 빠져 나온 구붕과 마린의 호위를 받으면서 남쪽으로 도망쳤다. 뒤에서 난정옥, 축룡, 호삼랑이 쫓아왔다. 막다른 골목에 몰려 사로잡힐 뻔했으나 남쪽에서 목홍, 동남에서 양웅과 석수, 동북에서 화영 등이 각각 부대를 이끌고 뛰어와 난정옥과, 축룡에게 대결했다. 이를 본 축가장에서는 축표가 5백 명의 부하를 이끌고 창을 휘두르면서 뛰어와 서로 뒤얽혀 싸움을 벌였다.

송강은 날이 저물었으므로 계속 대적하면서 도망쳤다. 그때 호삼랑이 말을 몰아 쫓아왔다.

송강이 깜짝 놀라 말에 채찍을 가하면서 쏜살같이 도망쳤으나 일장청은 마을 복판까지 뒤쫓아와서 송강에게 칼을 내리치려고 했다. 그때 고개 위에서 큰소리로,

"네 이년, 잠깐만!"

하고 외치는 자가 있었다. 흑선풍 이규가 도끼를 휘두르면서 뛰어오고 있었다. 호삼랑이 말머리를 돌려 숲속으로 향하자

숲에서 십여 명의 기병이 뛰어나왔다. 선두에 선 사람은 임충으로 그는 말 위에서,

"네 이년, 어딜 가느냐!"

하고 호령했다.

일장청은 칼을 휘두르면서 임충에게 덤벼들었다. 그러나 임충은 1장 8척의 창으로 대적했다.

두 사람이 열 차례도 겨루지 않아 임충이 허점을 보이자 호삼랑은 쌍도로 찌르려고 달려들었다. 임충은 창으로 쌍도를 제치고 접근하여 호삼랑을 붙잡아 말과 함께 사로잡았다.

임충은 부하에게 명하여 호삼랑을 묶게 하고 송강에게 말했다.

"다친 데는 없습니까?"

"아니, 아무렇지도 않네."

하고 송강이 대답했다.

송강은 마을 입구에서 20여 명의 부하에게 명하여 호삼랑을 양산박으로 호송하고 아버지 송 노인에게 맡기게 했다. 두령들은 호삼랑을 보고 저마다,

'어디서 본 적이 있는 여자 같구나.'

하고 생각했다.

송강은 한 번도 아닌 두 번씩이나 크게 패하여 그날 밤은 한 잠도 자지 못했다.

이튿날 군사 오학구가 송강이 고전한다는 소식을 듣고 완 씨 삼형제와 여방, 곽성 등 여러 두령 이하 5백여 명의 부하를 이끌고 달려왔다. 송강이 말했다.

"싸움이 여의치 않아 양림, 황신, 왕왜호, 진명, 등비 다섯

두령은 포로가 되었고 구붕은 부상을 입었으니 할말이 없소. 일이 이렇게 된 이상 만일 축가장을 평정하여 다섯 형제를 구출하지 못한다면 나는 차라리 이곳에서 죽고 말겠소. 무슨 얼굴로 조개 형님을 만날 수 있겠소."

오학구가 웃으면서 말했다.

"안심하시오. 축가장의 운명도 이제 끝이 났습니다. 마침 좋은 계략이 있습니다. 제가 생각건대 며칠이면 일을 끝낼 수 있을 것 같습니다."

송강은 오용의 계략을 듣자 저절로 얼굴에 웃음을 띠며 좋아했다.

(하권에 계속)

▨ 옮긴이 소개

시인, 번역문학가.
고려대학교 철학과 졸업.
저서로는 《문》(시집), 《현대시 10강》
《한국 현대시 해부》 등이 있으며,
역서로는 《쇼펜하우어 인생론》 《마하트마 간디》 등이 있음.

수호지(중)

1987년 8월 20일   초판   1쇄 발행
1994년 3월 30일   초판   5쇄 발행
2003년 8월 10일   2판   1쇄 발행
2006년 3월 25일   2판   2쇄 발행

            지은이   시   내   암
            옮긴이   최   현
            펴낸이   윤   형   두
            펴낸데   범   우   사

               등 록 1966. 8. 3. 제 406-2003-048호
               413-756 경기도 파주시 교하읍 문발리 525-2
               대   표 031-955-6900 / FAX 031-955-6905

∗ 파본은 교환해 드립니다.   교정 · 편집/김영석 · 윤아트

ISBN 89-08-03302-5 04820   (홈페이지) http://www.bumwoosa.co.kr
      89-08-03202-9 (세트)   (E-mail) bumwoosa@chol.com

범 우 문 고

주머니 속에 친구를!

문고판/각권 값 2,000원 ▶ 계속 펴냅니다

온 고 지 신 (溫 故 知 新) 으 로 2 1 세 기 를 !

 범우사
서울시 마포구 구수동 21-1호. TEL 717-2121, FAX 717-0429
http://www.bumwoosa.co.kr (천리안·하이텔 ID) BUMWOOSA

온고지신(溫故知新)으로 21세기를!

현대사회를 보다 새로운 시각으로 종합진단하여
그 처방을 제시해주는

범우사상신서

범우사 서울시 마포구 구수동 21-1호 전화 717-2121, FAX 717-0429
http://www.bumwoosa.co.kr (천리안 · 하이텔 ID) BUMWOOSA

범우고전선

시대를 초월해 인간성 구현의 모범으로 삼을 만한 책을 엄선

▶ 계속 펴냅니다

범우사 서울시 마포구 구수동 21-1호 TEL 717-2121, FAX 717-0429
http://www.bumwoosa.co.kr (E-mail) bumwoosa@chollian.net

범우 셰익스피어 작품선

범우비평판세계문학선 3-①②③④

W. SHAKESPEARE

셰익스피어 4대 비극
W. 셰익스피어 지음/이태주 옮김
크라운 변형판 · 값 10,000원 · 544쪽

우리에게 너무도 잘 알려진 〈햄릿〉〈맥베스〉〈리어왕〉〈오셀로〉 등 비극 4편을 싣고 있으며, 셰익스피어의 비극세계와 그의 성장과정 · 극작가로서 그가 차지하는 문학사적 지위 등을 부록(해설)으로 다루었다.

셰익스피어 4대 희극
W. 셰익스피어 지음/이태주 옮김
크라운 변형판 · 값 10,000원 · 448쪽

영국이 낳은 세계최고의 시인이요 극작가인 셰익스피어의 희극 4편을 실었다. 〈베니스의 상인〉〈로미오와 줄리엣〉〈한여름밤의 꿈〉〈당신이 좋으실 대로〉 등을 통하여 우리의 영원한 세계문화 유산인 셰익스피어를 가까이 만날 수 있을 것이다.

셰익스피어 4대 사극
W. 셰익스피어 지음/이태주 옮김
크라운 변형판 · 값 10,000원 · 512쪽

셰익스피어 사극은 14세기 말에서 15세기 말에 이르기까지 영국사의 정권투쟁을 다루고 있다. 여기에는 〈헨리 4세 1부, 2부〉〈헨리 5세〉〈리차드 3세〉를 수록하였는데 셰익스피어는 이러한 역사극을 통해 세계인들에게 이상적인 군주의 모습이 어떤 것인지를 잘 보여주고 있다.

셰익스피어 명언집
W. 셰익스피어 지음/이태주 편역
크라운 변형판 · 값 10,000원 · 384쪽

이 책은 그의 명언만을 집대성한 것으로 인간의 사랑과 야망, 증오, 행복과 운명, 기쁨과 분노, 우정과 성(性), 처세의 지혜 등에 관한, 명구들이 일목요연하게 엮어져 있다.

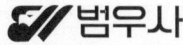 범우사   서울시 마포구 구수동 21-1호 전화 717-2121, FAX 717-0429
http://www.bumwoosa.co.kr (천리안 · 하이텔 ID) BUMWOOSA

범우희곡선

연극으로 느낄 수 없는 시나리오의
진한 카타르시스, 오랜 감동 …!

 범우사

서울시 마포구 구수동 21-1호 TEL 717-2121, FAX 717-0429
http://www.bumwoosa.co.kr (천리안·하이텔 ID) BUMWOOSA